정영문

1965년 경남 함양에서 태어나 서울대학교 심리학과를
졸업했다. 1996년 《작가세계》에 장편소설 『겨우 존재하는
인간』을 발표하며 작품 활동을 시작했다. 소설집으로
『검은 이야기 사슬』 『나를 두둔하는 악마에 대한 불온한
이야기』 『더없이 어렴풋한 일요일』 『꿈』 『목신의 어떤
오후』 『오리무중에 이르다』가, 장편소설로 『겨우 존재하는
인간』 『핏기 없는 독백』 『달에 홀린 광대』 『하품』
『중얼거리다』 『강물에 떠내려가는 7인의 사무라이』
『바셀린 붓다』 『어떤 작위의 세계』 등이 있다.
동인문학상, 한무숙문학상, 대산문학상 등을 수상했다.

꿈

꿈

소설 정영문

오늘의
작가 총서

35

민음사

차례

물오리 사냥

수면 위로 물오리가 나타나기를 기다린 게 거의 한 시간이나 되었지만 수면을 박차며 날아오르는 물오리도, 잠시 쉬기 위해 수면에 내려앉는 물오리도, 물오리의 그림자는커녕 날개 달린 것이라고는 하나도 보이지 않았다. 다만 높은 하늘 위로 너무 멀어 뭔지 정확히 알 수 없는 새 떼가 이따금 날아가긴 했다. 우리는 어떤 실종자를, 또는 그 실종자의 흔적을 찾고 있었다. 단순한 실종자가 아니었다. 그는 다른 실종자를 찾던 중에 실종된 것이다. 우리는 그 두 번째 실종자를 찾고 있었는데 그의 실종은 최초의 실종자의 실종과 분명 어떤 연관이 있는 것이 틀림없었고, 그래서 우리는 두 실종자를 동시에 찾게 되었다. 나는 처음에는 그 사건을 자의가 아닌 실종으로 보았지만 이후에 밝혀낸 증거들에 비춰 보았을 때 자의에 의한 것이 틀림없다는 쪽으로 생각이 기울고 있었다. 그런데 P는 처음에는 자의에 의한 것으로 단정을 짓더니 점차 타의에 의한 것으로 결론을 내리는 듯했다. 그는 어떻게든 나와는 생각을 달리하고 싶은 것처럼 보였다. 누군가가 자신과 생각을 같이하는 것을 참지 못했다. 그는 우리가 함께 수집한 동일한 증거를 갖고 나의 추리를 반박하고 있었다. 애초에 나는 P의 도움을 필요로 하지 않았고, 그래서 도움을 요청하지 않았는데도 그가 도움을 자청했다. 나는 그의 도움이라면 사양하고 싶었지만 그는 우연히 알게 된 이 사건에 지대한 관심을 보이며 막무가내로 나를 돕겠다고 했다. 하지만 우리가 수집한 그 어떤 정보도 사건을 해결하는 데 결정적인 열쇠가 되지 못했다. 오히려 일관성이 없는 파편적인 증거들은 사건을 더욱 알 수 없게 만들었다. 우선 두 실종자의 실종 동기가 뚜렷하지 않았고, 실종 당시의 상황은 모호하기 짝이 없었다. 이 사건과 관련해 분명하게 말할 수 있는 게 있다면, 분명하게 말할 수 있는 게 아무것도 없다는 사실뿐이었다. 우리는 결정적인 단서를 확보하지 못한 채 벌써 몇 주를 허비하고 있었다. 우리가 거의 마지막 희망을 갖고 찾아간, 실종자의 행방에 결정적인 단서를 제공할 수도 있는 사람은 부재중이었다. 그 이웃의 말로는 그가 며칠째 보이지 않는데, 한번 집을 비우면 며칠씩 집에 돌아오지 않는다고 했다. 그리고 그 며칠이 며칠로 이어질지는 전혀 알 수 없었다. 우리는 그냥 돌아갈 수 없는 상황이었고, 그래서 달리 대책도 없이 마냥 그를 기다리며 시간을 보내야 했고, 그래서 낮 시간에는 그 고장의 여기저기를 돌아다니며 시간을 보냈다.

우리가 이틀째 되는 날 오후에 강가로 나왔을 때 P는 그의 자동차 트렁크에서 사냥용 엽총을 한 자루 꺼냈다. 우리와 동행한 어린 K는 강가에 나온 것이 즐거운 듯 주위를 돌아다니기 시작했다. 총을 본 내가 그런 게 어디서 났는지 묻자, P는 어쩌다 보니 자신의 수중에 들어오게 되었다고 했고, 내가 그런 걸 가지고 다니는 건 불법이 아닌지 묻자, 그는 아무 대답도 하지 않았고, 그래서 내가 자네가 훌륭한 시민이 아니라는 것은 익히 알고 있었지만 법까지 위반하는 사람인 줄은 몰랐네, 하고 말하자 역시 그는 아무 대답도 하지 않았다. 그는 일단 대답이 궁색해지면 아무 말도 하지 않는 편을 택했는데 그 순간에도 그가 아무 말하지 않는 것으로 보아 대답이 궁색해졌다는 것을 알 수 있었다. 갑자기 말문을 닫아 버리는 습관은 그의 좋지 않은 점 중의 하나였는데 그렇다고 그에게 좋은 점이 달리 많은 것은 아니었고, 따라서 그 습관은 그의 많은 좋지 않은 점 중의 하나라고 말할 수 있었다. 내가 보기에 그에게는 본받을 만한 구석은 거의 없었다. 그렇다고 그의 좋지 않은 점을 보완하고 남을 훌륭한 구석이 있는 것도 아니었다.

우리는 강가에 자리를 잡고 앉았다. 겨울이 완전히 물러가지 않아 날씨는 아직도 쌀쌀했다. 제법 넓은 강은 텅비어 있었는데 바람도 거의 불지 않아 물결조차 일지 않았다. 주위에는 인가가 눈에 띄지 않았다. 다만 강 건너편에 어부의 배처럼 보이는 배 한 척이 물에 떠 있었지만 어부의 모습은 보이지 않았다. 어쩌면 그것은 이제 더 이상고기를 잡지 않는 어부의, 오래전에 버려진 배인지도 모른다. P는 엽총에 탄환을 장전하기 시작했다. 나는 그가 하는 짓을 가만히 구경했다. 그의 손놀림은 서툴렀고, 나는오발 사고가 나는 건 아닌지 걱정스러웠다. 물오리 사냥은 해 본 적이 있어, 내가 물었다. 없어, 하지만 토끼 사냥은 한 번 해 본 적이 있지, 그가 말했다. 그런데 토끼 사냥을 가서 토끼는 못 잡고 꿩만 잔뜩 잡아 왔어. 그러니까 물오리 사냥은 처음이란 말이지, 내가 말했다. 처음이라고 해서 못할 것은 없지, 그가 말했다. 물오리가 나타나길 기다리고 있다가 나타나면, 물오리가 나타나면 이 총으로 쏘면되는 거지. 그게 물오리 사냥의 전부지. 물오리가 강물 위에 떨어지면 어떻게 건져 올 건가, 내가 말했다. 그것까지는 생각을 못했는걸, 그가 말했다. 그냥 떠내려가게 내버려두지 뭐. 그의 한심한 구석을 많이 보아 온 나는 그의 말에크게 놀라지 않았다. 그런데 물오리가 나타나기만을 마냥 기다릴 텐가, 내가 말했다. 물오리를 유인하는 호루라기 같은 것도 있잖아. 그런 것까지는 몰라, 그가 말했다. 역시 내 생각대로 그는 물오리 사냥에 대해 아는 바가 아무것도 없었다. 그럼, 물오리 사냥에 대해서는 모른다 치고, 물오리에 대해서는 아는 바가 뭐가 있지, 내가 말했다. 아니, 물오리가 뭔지는 아는 거야? 아니, 물오리를 보면 그게 물오리라는 것은 알 수 있는 거야? 오리처럼 보이는 것으로, 물 위에 내려앉으면 그게 물오리지, 그가 말했다. 물오리에 대해 아는 거라곤 물에 사는 오리라는 것밖에 없지. 본래 오리는 뭍에 살지 않나, 내가 말했다. 집오리도 물에서 지내긴 하지만 사는 건 집에서 살잖아. 그리고 보니 물오리도 물에 사는 건 아니겠군, 그가 말했다. 물에 나와 물고기를 잡아먹거나 놀기도 하지만 잠은 뭍이나 갈대밭 같은 곳에서 자겠지. 그런데 들오리하고 물오리는 어떻게 다르지, 내가 말했다. 그리고 청둥오리는, 산오리는? 다들 오리라는 점에서는 같지, 그가 말했다. 그런데 산오리는 처음 들어 보는 걸. 산비둘기는 있지만 산오리는 없을걸. 오리는 물을 좋아하니까 물이 없는 곳에서는 살지 않을 거야. 하지만 산오리를 빼면, 모든 오리들이 오리라는 점이 같다는 점을 빼면 서로 어떻게 다른지는 나도 몰라. 그래, 분명 어떤 차이가 있다는 건 알지, 그 차이가 뭔지 모를 뿐. 자네가 오리에 대해서만큼은 잘 알 거라고 생각지 않았던 나의 예상이 역시 틀리지 않았군, 내가 말했다. 그런데 집토끼가 본래 동굴에 살던 것을 가축으로 만들었다는 사실을 아나, 그가 말했다. 본래 산토끼와 동굴토끼가 있었는데 동굴토끼가 집토끼가 된 거야. 오리 얘기를 하는데 왜 자꾸 토끼 얘기야, 내가 말했다. 토끼에 대해서라면 많이 알지, 그가 말했다. 뭘 더 아는데, 내가 말했다. 그는 잠시 생각에 잠기는 것처럼 보였다. 방금 말한 게 전부인 것 같군, 그가 말했다. 토끼에 대해서라면 아는 게 많은 것 같았는데, 아는 게 이렇게 없었다니. 자네가 가장 자네다울 때가 언제인지 아나, 내가 말했다. 언젠데, 그가 말했다. 방금처럼 한심한 얘기를 할 때야, 내가 말했다. 그는 내 말에는 대꾸도 않고 장전한 총을 들어 아무것도 없는 수면 위를 겨누면서 방아쇠를 당기는 시늉을 했다. 그런데 물오리는 잡아서 뭘 하겠다는 건가, 내가 말했다. 생각해 본 적 없어, 그가 말했다. 하지만 지금 우리에게는 달리 할 일도 없잖아. 달리 할 일도 없으니 물오리나 잡아 죽이자는 건가, 내가 말했다. 꼭 물오리일 필요는 없어, 그가 말했다. 뭐든 살아 움직이는 거면 돼. 그런데 뭔가 살아 있는 것을 쏴서 명중시키면 기분이 좋아지기도 한단 말이야. 그 총에 맞은 것은 기분이 무척 안 좋을 텐데, 내가 말했다. 그 기분까지는 내가 알 바가 아니지, 그가 말했다. 그건 그것의 사정이지. 내가 그것의 사정까지 알아줄 필요는 없지. 나는 내 기분에나 충실하면 된다고 생각해. 나는 그의 말에 할 말을 잃었다. 그는 상대로 하여금 할 말을 잃게 만드는 신기한 재주가 있었는데 기회가 있을 때마다 그 재주를 유감없이 발휘했다. 그런데 물오리 사냥을 해서 물오리들의 평화를 꼭 깨야 하나, 내가 말했다. 물오리들 또한 언제든지 자신들의 평화가 깨질 수도 있다는 사실을 알게 해 줘야지, 그가 말했다. 나는 더 이상 그와 얘기를 나누기보다는 혼자 가만히 있는 편을 택하기로 했다. P는 잠시 생각에 잠긴 듯 보였다. 문제는 어디에다 주안점을, 또는 역점을 두느냐는 거야, 그가 말했다. 그게 무슨 말인가, 내가 말했다. 나는 조금 전의 결심을 금방 깨고 다시 얘기하는 나 자신이 한심스러웠다. 그냥 그렇다는 말이야, 그가 말했다. 그런데 지금이 물오리 사냥을 하기에 적당한 시기는 맞는 거야, 내가 말했다. 물오리 사냥을 하기에 적당한 시기가 있기는 하겠지만 꼭 그 시기가 아니더라도 물오리 사냥을 아예 할 수 없는 건 아니겠지, 그가 말했다. 그리고 나는 지금이 적기라고 생각해. 그렇게 생각하고 싶어.

P는 여러모로 이상한 자였다. 그는 평소에 거의 말이 없는데 어쩌다가 그의 입에서 어렵게 나오는 말들은 대체로 밑도 끝도 없는 얘기거나, 아무런 뜻이 없는, 불필요한, 그래서 들으나마나 한 얘기거나, 그것을 듣는 사람을 헷갈리게 하거나 우울하게 만드는 얘기거나, 언젠가 한번 했던 이

야기를 약간 다르게 각색하는, 그래서 들었던 얘기를 또다시 들어야 하는 얘기거나, 그 상황에서 전혀 적절치 못한 얘기거나, 한없이 옆으로 새는 얘기거나, 오해를 요구하거나 유도하는 말이거나, 그게 아니면 누군가를 욕하는 말이었다. 한번은 우리가 어디선가 우두커니 앉아 있는데 그는 불이 켜진 전구의 하얗게 발광한 필라멘트를 씹어 먹고 싶은 유혹을 느낀다고 얘기하며, 나는 열로 충혈된 필라멘트를 소리 내서 씹어 삼키는 행위를 통해 어떤 불문율을 삼켜 소화시키는 것으로 그것을 새롭게 정립한다, 라는 알 수 없는 말을 하기도 했고, 때로는 혼자서 원소 주기율표를 외우곤 했다. 그는 원소 주기율표만은 처음부터 끝까지 정확한 순서로 외우고 있었다. 내가 왜 그런 걸 외우고 있냐고 묻자 그는, 이 세계가 원소들의 집합에 지나지 않는다는 사실을 상기하기 위해서지, 하고 대답했다. 그런 다음 그는, 아니, 꼭 그런 이유에서만은 아니지만 원자의 운동에 비하면 현실에서 일어나는 일은 아무것도 아니라는 생각이 드는 거야, 원자의 보이지 않는 운동만이 진정한 현상이지, 하고 말했다. 대체로 그는 느닷없이, 아무런 감동도 교훈도 맥락도 없는 이야기를 하곤 했다. 그리고 그는 짧게 끝낼 수도 있는 그 이야기들을 지루할 정도로 길게 얘기했다. 결코 짧지 않은 이야기들이 그에게는 결코 길지 않은 듯, 그는 어떻게든 이야기가 끝이 나는 것을 막으며, 피하며, 애매하게 얼버무리며 늘어놓곤 했다.

그런데 이상한 일이지만 가끔 그의 그 끝없는 이야기를 듣고 있노라면 오히려 마음이 편해지기도 했다. 그리고 그가 무슨 얘기를 하는지 알 수 없다는 사실이 그가 하는 얘기를 참고 듣는 데 도움이 되기도 했다. 그리고 그로 말하면 자신의 이야기가 그 누구에게도 이해되지 않는다는 사실에 만족할 뿐만 아니라 그것을 다행으로 여기기까지 했다. 뿐만 아니라 얘기를 시작하기에 앞서, 우리끼리 하는 얘긴데, 또는 남자들만 있어서 하는 얘긴데, 또는 다시 생각해 보아도 똑같은 생각이 들어서 하는 얘긴데, 또는 지금 내가 무슨 얘기를 하고자 하는가 하면 같은 불필요한 단서를 앞에 붙인 후에 정작 이야기는 한참 있다가 시작하거나 아니면 아예 하고자 했던 얘기가 없었던 듯이 아무 말 안 하기도 했다. 그리고 얘기 도중에도 여러 번, 내가 지금 무슨 얘기를 하고 있는지 알겠지, 하는 말을 되풀이하는데 그건 상대에게보다는 자신에게 던지는 질문에 가까웠다. 또한 그는 아무것도 아닌 이야기를 숨기거나 엄청난 사실을 아무렇지도 않게 털어놓기도 했다. 그리고 가끔 엉뚱한 짓을 저지르곤 했는데, 얼핏 보아서는 다 생각이 있어서 하는 짓처럼 보이기도 하지만 알고 보면 아무 생각 없이 한 일이었다. 내가 아는 한 그는 어느 시점에 사람이 그렇게 바뀐 것이 아니라 항상 그런 식이었으며, 그의 말에 의

하면 우리가 알기 전에도 오래전부터 그랬다고 한다.

가만히 앉아 있자 조금씩 추워지기 시작했다. 불이라도 피워야 할 것 같아, 함께 나무를 주우리라 기대하며 내가 말했다. 같이 가서 나무를 주워 오도록 하지. 하지만 어느새 우리가 있는 곳으로 온 K도 P도 내 말은 못 들은 척했다. 안 추워, 내가 말했다. 별로 안 추운걸, P가 말했다. 누구도 도울 생각을 하지 않았고, 어쩔 수 없이 나는 혼자서 나무를 주우러 갔다. 혼자서 그 수고스러운 일을 한다는 생각에 의욕이 나지 않았지만, 내가 그 일을 하지 않으면 누구도 해 주지 않으리라는 생각에 마음을 바꿔 먹었다. 내가 다시 돌아왔을 때에는 P가 K에게 무슨 얘긴가를 하고 있었다. 그는 나를 보더니 얘기를 멈추며 표정을 싹 바꾸었다. 내 욕을 하고 있었던 것 같았다. K는 말을 못하니 P 혼자서 내 욕을 했고, K는 그것을 듣고 있었던 게 분명했다. 하지만 K에게 무슨 얘기를 하고 있었는지 물어보는 것은 소용없었다. 나는 나무토막을 쌓고 종이에 불을 붙여 불을 피웠다. 연기 때문에 눈물이 났다. 이번에도 옆에 있는 누구 하나 나를 도와주지 않았다. 그들은 자신들과는 상관없는 일이라는 듯 팔짱을 낀 채 내가 하는 짓을 지켜보고 있었다. 하지만 일단 불길이 치솟기 시작하자 그들은 어떻게든 불 가까이 다가앉았다. 안 춥다고 해 놓고 왜 불 가까이 다가앉는 거야, P를 향해 내가 말했다. 불을 보고 있으니 춥게 느껴지는군, 그가 말했다. 그의 태도가 무한히 괘씸했지만 참기로 했다. 그가 불 가까이 오지 못하게 할 수도, 불을 내 쪽으로 끌어당겨 올 수도 없는 노릇이었다. K는 자칫 바지에 불이 붙을 수도, 살이 델 수도 있을 정도로 불 가까이 다가앉았다. 나는 옆에 앉아 있는 K를 바라보았다. 그는 무슨 말인가를 웅얼거리고 있었다. 그를 볼 때면, 그리고 그를 생각할 때면 마음이 아팠다. 벙어리에다 귀머거리인 그는 가난했지만 행복했다고 말할 수 없는, 가난했을 뿐만 아니라 불행했다고밖에 말할 수 없는 어린 시절을 보낸 아이였다. 한데 그가 선천적으로 벙어리에다 귀머거리인지, 아니면 자라면서 그렇게 되었는지, 아니면 처음에는 벙어리였는데 귀까지 먹게 되었는지, 아니면 그 반대였는지 알 수 없었다. 그는 수화조차 배우지 않았고, 글을 쓸 줄은 아는 것 같은데 글을 써서 자신의 생각을 표현하는 일은 없었다. 그럼에도 그와 함께하는 시간이 지나면서 그가 하는 말은 대충 다 알아들을 수 있게 되었다. 아니, 어쩌면 그건 내 생각일 뿐인지도 몰랐다. 그런데 그는 절대로 뭔가를 알아서 하는 일이 없을 뿐만 아니라, 뭔가를 시키면 제 기분에 따라 하거나 하지 않거나 했고, 하더라도 역시 제 기분에 따라 제대로 하거나 하지 않거나 했는데 제대로 하는 경우가 드물었다. 그리고 그는 바보가 아닌 다음에는 할 수 없는 짓을 종종 저질렀는데 그건 그가 바보니까 할 수 있는, 할 수밖에 없는 일이었다. 나에 대한 좋지 않은 얘기를 할 때의 기분은 어떻지, P를 향해 내가 말했다. 그는 곧바로 대답하지 않았다. P는 뭔가 물으면 결코 쉽게 대답하는 법이 없었다. 그는 쉬운 대답도 되도록 어렵게, 그래서 자신도 그 과정에서 대답하는 것이 어려워져 결국에는 제대로 대답을 하지 못하게 되는 식으로 대답하곤 했다. 아니, 아예 아무 대답도 하지 않는 경우가 많았다. P는 갑자기 손가락으로 자신의 윗니를 흔들어 대기 시작했다. 뭔가를, 뿌리째 흔들어 놓고 싶은 것처럼. 하지만 그것은 그가 딴청을 피우는 한 방법이었다. 그런데 정말로 내가 몰라서 하는 얘긴데 오리는 조류의 일종인가, 아니면 조류가 아닌 다른 것의 일종인가, P가 말했다. 나는 잠시 그가 한 말을 생각해 보았지만 분명치 않았다. 모르겠는걸, 내가 말했다. 닭을 볼 때면 가끔 그런 생각이 들곤 해, 그가 말했다. 조류에서 퇴화한 건지 아니면 육상 동물로 진화하는 중인지 모르겠어. 어떻게 된 거지? 자네가 이런 얘기를 하지 않았으면 모르지 않았을 텐데, 막상 자네의 얘기를 듣고 보니 잘 모르겠는걸, 내가 말했다. 그런데 어디까지가 조류고 어디서부터가 조류가 아닌지, 그가 말했다. 일단 조류라면 날개가 있어야겠지만 날개가 완전히 퇴화된 조류도 있잖아. 그런 걸 두고 조류라고 할 수 있을까? 그는 생각에 잠긴 것처럼 보였다. 나는 더 이상 그가 하는 생각을 같이 하고 싶지 않았고 그래서 다른 생각에 잠겼다. 우리는 잠시 말없이 앉아 있었다. 무슨 생각을 하고 있나, 내가 물었다. 나는 그가 조류와 관련해 또 무슨 생각을 해냈는지 궁금했다. 하지만 그는 더 이상 조류에 대한 생각은 하고 있지 않았다. 순간접착제에 대한 생각이 머릿속을 떠나질 않아, 그가 말했다. 또다시 그는 귀를 기울일 만하지 않은 이야기를 시작했고, 나는 그의 이야기에 귀를 기울이지 않으려고 했지만 잘 되지 않았다. 접착제에 대한 생각을 지울 수가 없어, 그가 계속 말했다. 그 냄새, 그 점착성을 생각해 보게. 그러면 나의 상태를 이해할 수 있을 걸세. 자넨 정서적으로 문제가 있어, 내가 말했다. 내가 정서적으로 문제가 있는지는 모르겠지만, 그 문제 있는 정서와 더불어 내가 살아가는 데 아무 문제 없으면 그만이지, 그 말을 하며 그는 나를 외면했다. 그의 얄미운 점은 바로 그것, 상대에게 보여지는 그의 문제점이 자신에게는 아무런 문제도 되지 않는다는 것이었다. 뻔뻔스러움은 그를 지켜 주는 가장 큰 힘이었다. 하지만 그의 뻔뻔스러움은 다른 많은 사람들이 보여 주는 또 다른 방식의 뻔뻔스러움과는 다른, 그것에는 미치지 못하는 것이었고, 그래서 그다지 뻔뻔스럽지 않다고 생각할 수도 있었다. 그런데 어젯밤에는 이상한 꿈을 꿨네, P가 말했다. 내가 내 방에서 무슨 일인가를 하려는데 누군가가 나타나 나를 귀찮게 하며 내 일을 방해하는 거야. 그래서 나는, 우리는 각자 서로가 할 일을 하는 거야, 하고 말했지. 너는 네가 할 일을 하고나는 내가 할 일을 하는 거지. 그런데 잠시 생각해 보니 내가 할 일이란 아무것도 없었어. 그래서 나는, 할 일이 아무것도 없는걸, 하고 말하며 가만히 있었지. 그의 목소리에는꾸밈이 없지 않았고, 그래서 나는 그가 얘기를 지어내고 있는 것이 틀림없다고 생각했다. 하지만 그에게는 실제 있었던 일에 대한 이야기와 지어낸 이야기가 아무런 차이가 없었다. 오히려 지어낸 이야기가 실제로 일어난 일 이상의 현실성을 가지기도 했다. 그런데 그자 역시 잠시 생각에 잠기더니, 나도 할 일이 없는걸, 하고 말하는 거였어. 우리 둘 모두 아무 할 일이 없었던 거야. 그래서 우리는 아무것도 하지 않고 가만히 있었지. 지금의 우리 같군, 내가 말했다.

우리는 잠시 아무 말도 없이 앉아 있었다. 그런데 이 사건은 뭔가 아귀가 맞지 않아, P가 말했다. 우리가 아직 아귀를 맞추지 못하고 있는 거지, 내가 말했다. 아귀를 맞출만한 단서를 아직 확보하지 못했으니까. 그런데 아무런 단서를 남기지 않고 사라지는 것, 그건 누구나 한번쯤 느끼는 유혹 아니야, P가 말했다. 나는 우리의 실종자들을 생각하면 그들이 어떤 거부할 수 없는 유혹에 빠진 것은 아닌가 하는 생각이 들어. 아무런 흔적도 남기지 않고 사라지는 것이 어떤 사람에게는 강력한 유혹일 수도 있겠지,

내가 말했다. 그사이 잠시 모습을 감췄던 K는 다시 돌아
와 ─ 그는 항상 언제 왔는지 모르게 왔다가 언제 갔는지
모르게 사라지곤 했다 ─ 호주머니에서 칼을 꺼내 나무토
막을 깎고 있었다. 녀석은 심심할 때면 접었다 폈다 할 수
있는 그 날카로운 칼을 꺼내 뭔가를 찔러 보거나 그어 보
거나 베어 보곤 했다. 또는 그것으로 자신의 목을 긋는 시
늉을 하기도, 괜히 과일을 찔러 먹을 수 없게 만들기도, 땅
위에 글을 쓰기도 했고, 나무에 던져 칼끝이 박히게도 했
다. 칼을 던지는 솜씨 하나만큼은 누구도 흉내 낼 수 없을
정도로 훌륭했다. K는 나무를 깎아 만든 뭔가를 내게 내
밀며 보여 주었다. 그게 뭐야, P가 말했다. 그것이 뭔지, 무
엇에 쓰는 것인지는 알 수 없었다. 하지만 그것이 아무 데
도 쓸데가 없는 것이라는 것만큼은 알 수 있었다. 그것은
그냥 칼질을 몇 번 한 나무토막이었다. 물고기 같아 보이지
는 않고, 그렇다고 물고기 말고 다른 뭔가로 보이지도 않는
군, P가 말했다. 잘 만들었군, 하고 내가 말하자 녀석은 웃
음을 지었다. 가재, 하고 K가 말했다. 가재라는 의미였다.
가재는 녀석이 거의 유일하게 발음하는 낱말이었다. 녀석
이 말하는 가재라는 말은 가재라는 뜻일 수도, 물고기라
는 뜻일 수도, 가자라는 뜻일 수도, 맞다는 뜻일 수도, 아
니라는 뜻일 수도, 배가 고프다는 뜻일 수도, 만족스럽다
는 뜻일 수도, 상대를 지칭하는 어떤 말일 수도 있었다. 그

리고 그것은 그가 말할 수 있는 또 다른 유일한 말인, 아어인지 악어인지 분명치 않은, 듣기에 따라 그 어느 쪽일 수도 있는 말과 동일한 의미와 효과를 가진 말이었다. 녀석이 그 말들을 통해 무엇을 말하고자 하는지는 신만이 알 수 있었다. 그럼에도 녀석은 그 말들로 모든 것을 말했고, 말할 수 있었다. 그것은 어떤 점에서 전능한, 절대의 언어였다. 그래서 동물의 언어와 다름없는 그의 언어가 커다란 호소력을 갖는 것은 아니었지만 때로는 신비롭게 느껴지기도 했다. 그리고 녀석은 칼로 뭐든지 만들 수 있었는데 그건 그가 그 칼로 만든, 무엇인지 알 수 없는 어떤 것이 그가 모든 것을 지칭할 수 있는 가재라는 말로 표현될 수 있기 때문이었다. K는 그의 나무 조각을 P에게 선물했고, P는 그에게 고맙다고 말하며 그것을 불길 속에 집어던졌다. 예상 밖으로, K는 화를 내는 대신, 마치 그렇게 해 주기를 기다렸다는 듯 즐거워했다. 그는 정말 알 수 없는 녀석이었다. 그리고 나로서는 알 수 없는 또 한 가지는 K와 P가 서로 너무도 잘 통한다는 사실이었다. 하지만 그들의 그런 모습이 보기 나쁘지만은 않았다.

이제 저녁이 되면서 희미한 반달이 떴지만 곧 구름에 가려 모습을 감췄고, 주위는 갑자기 어두워졌다. 우리는 한참 동안 우리 앞으로 흐르는 희미한 강을 바라보며, 적막 속에서 서로의 숨소리를, 그리고 그 단조로운 박자처럼 들

리는 숨소리들 사이로 어떤 멜로디처럼 들리는 K의 웅얼
거리는 소리를 들으며, 어둠 속에 앉아 있었다. 구름 뒤로
사라진 반달은 엷은 구름에 희미한 빛을 드리우며 흘러가
고 있었고, 그래서 그 반달을 볼 수는 없었지만 그것이 어
디를 지나가고 있는지는 알 수 있었다. 반달이 고요히 이동
하고 있는 것을 가만히 바라보고 있자 갑자기 허기가 느껴
졌다. 하지만 그 허기는 포만감의 또 다른 모습으로서가 아
니라 전혀 다른, 너무도 구별되는 무언가로 찾아왔다. 음
식을 먹은 지가 너무 오래되어서 느껴지는 것은 아니었다.
그리고 그 느낌은 내가 고요히 이동하고 있는 반달을 보는
동안 갑자기 찾아왔듯이 또 갑자기 사라졌다. 어쩌면 그것
은 허기도 포만감도 아닌, 배 속에서 느껴지는 다른 느낌
과 혼동한 것인지도 몰랐다. 이제 불길은 거의 사그라들고
있었다. 우리는 계속 서로의 모습을 간신히 알아볼 수 있
는 어둠 속에 앉아 있었다. 그리고 어느 순간 우리는 약속
이라도 한 듯이 동시에 일어났고, 다시 P의 차를 타고 낮
에 찾아갔던 집을 다시 찾아갔다. 불이 꺼져 있는, 커튼이
드리워진 그 집 안에서 어쩐지 누군가가 방 안을 서성이고
있거나 눈을 뜬 채로 가만히 소파에 앉아 있을 것만 같았
다. 그럼에도 인기척은 전혀 느껴지지 않았고, 문은 굳건히
잠겨 있었으며, 유리창에는 혹시 있을 수도 있는 사람의 침
입을 막는 창살이 단단히 박혀 있었다. 우리는 그 집 앞에

서 또는 자동차 안에서 한참을 기다렸다. 하지만 드나드는 사람은 아무도 없었고, 결국 우리는 그곳을 떠날 수밖에 없었다. 우리는 읍내 여관에서 밤을 보낸 후 아침에 다시 그 집에 갔지만 아무런 인기척이 느껴지지 않기는 마찬가지였다. 우리는 아침 식사를 한 후 다시 전날 갔던 강가로 나왔다.

P가 이번에는 자동차의 트렁크에서 낚시 도구를 꺼냈다. 그의 차 트렁크 안에는 그밖에 생각지 못한 여러 가지 것들이 가득 들어 있을 것 같았지만 전날 본 엽총밖에 없었다. 그는 그 엽총도 꺼냈다. 다시 강가로 내려온 P는 낚시도 별로 해 본 적이 없는 것 같은 서투른 솜씨로 낚싯대를 던졌다. 그는 바다낚시는 해 본 적이 있지만 강에서 낚시를 하기는 처음이라고 했다. 만약 우리가 바다에 있었다면 그는 반대의 얘기를 했을지도 모른다는 생각이 들었지만 나는 아무 말도 하지 않았다. 그는 항상 기분 내키는 대로 얘기했다. 그의 말은 그의 생각을 편리한 방식으로 표현하는 편리한 도구였다. 하지만 한참을 기다려도 물고기는 입질조차 하지 않았다. 강물은 잔잔했고, 안개가 걷히면서 피어오르는 엷은 수증기가 냉기를 더해 주고 있었다. 물오리 또한 전날 모습을 볼 수 없었던 것 이상으로 전혀 모습을 찾아볼 수가 없었다. 나는 다시 나무를 주워 와 전날 타다 남은 나무 위에 쌓은 다음 불을 붙였다. 또다시 K의

모습이 보이지 않았다. 그는 주위 어딘가에서 칼을 던지고 있을 수도, 그 칼로 뭔가를 조각하고 있을 수도, 아니면 나무 위에 올라가 있을 수도, 또는 그만이 할 수 있는 어떤 모자라는 짓을 하고 있을 수도 있었다. 하지만 그 모든 일들이 그에게는 더없이 중요한 일들이었다. P와 나는 말없이 앉아 있었다. 무슨 생각을 그렇게 하고 있나, 내가 물었다. 주방용 고무장갑에 대해 생각하고 있었어, 한참 생각 끝에 그가 말했다. 그가 정말로 그 생각을 하고 있었는지, 아니면 내가 그렇게 묻자 그런 대답을 꾸며 냈는지, 그 외에는 알 수 없었다. 내가 하는 얘기를 잘 들을 것까지는 없지만 잘 들어 봐, 그가 말했다. 안 들어도 될 것 같은데, 내가 말했다. 안 하면 안 되겠나? 안 하면 안 될 것 같아, 그가 말했다. 내가 궁금한 건 왜 주방용 고무장갑들은 하나같이 다 빨간색이냐는 거야. 아니, 다 빨간 건 아니지만 대부분이 빨갛지. 빨간색이 아닌 건 거의 없어. 그래서 주방용 고무장갑 하면 빨간색이 당연하다고 여겨질 정도야. 그런데 왜 주방용 고무장갑 하면 빨간색이 당연하다고 여겨지고, 그렇게 여겨지는 것이 당연하다고 생각되는 거지? 자네도 궁금하지 않나? 궁금할 수도 있는 일이지만, 자네에게 그 얘기를 들어서인지 하나도 궁금하지 않군, 내가 말했다. P는 생각에 잠겨 있었다. 그는 빨간 고무장갑에 대한 생각으로 여념이 없는 게 틀림없었다. 나 또한 왜 대부분의

주방용 고무장갑이 빨간색인지 생각했지만 그 이유는 알
수 없었다. 그사이 어느새 K는 근처에 있는 나무에 올라가
있었다. 그는 가지가 갈라진 곳에 앉아 강을 바라보고 있
었다. 그가 왜 틈만 나면 나무 위에 올라가는지는 아무도
알 수 없었다. 어쨌든 그는 원숭이처럼 나무 위에 올라가
는 것을 좋아했고, 잘 올라갔다. 심심하면 나무 위에 올라
가는 원숭이들에게 그 이유를 물어볼 수도 없었고, 그가
나무 위에 올라가는 이유가 원숭이가 나무 위에 올라가는
것과 같은 이유인지도 알 수 없었다. 대체로 그가 하는 행
위에는 어떤 이유나 목적이 있는 경우가 드물었다. 그럼에
도 어쩌면 어떤 이유도 목적도 없는 그 행위 자체가 이유
며 목적이기도 한 그의 행위들은 종종 감탄을 자아내곤
했다. 어쩌면 그는 아직 지상에 발을 딛고 살 준비가 되지
않았는지도 모른다. 어쨌든 그는 나무 위에 혼자 있으면서
편안함을 느끼는 게 틀림없었다. 자네, 산타클로스의 유래
에 대해 아나, 한참 동안의 침묵을 깨며 내가 말했다. 몰라,
P가 말했다. 자신이 모르는 것에 대해서도 마치 아는 바
가 있는 것처럼 한참 생각을 해 본 후에 대답하곤 하는 그
가 이번에는 웬일로 바로 모른다고 했다. 유럽의 어딘가에
서 학생 셋이 길을 잃게 되어 어떤 푸줏간 주인에게 하룻
밤만 재워 달라고 했지, 내가 말했다. 그런데 이 푸줏간 주
인은 잔인하게도 그들을 죽여 토막을 낸 다음 돼지고기와

함께 소금에 절인 거야. 그런데 성 니콜라우스가, 산타클로스의 본래 이름은 성 니콜라우스야, 그 세 아이의 유해를 발견하고는 그들을 되살려 냈지. 그 후로 그는 아이들의 수호성인이 된 거야. 이제 산타클로스의 유래에 대해 알겠지? 그게 다인가, 그가 말했다. 다야, 내가 말했다. 무슨 얘기가 그렇게 간단해, 그가 말했다. 그 얘기가 다니까, 내가 말했다. 그런데 성 니콜라우스는 무슨 수로 죽어서 토막이 난 아이들을 다시 살려 냈지, 그가 물었다. 그건 나도 몰라, 내가 말했다. 그리고 내가 모르는 것에 대해서는 묻지 말아 줘. 그가 그 아이들을 어떻게 살려 냈는지가 이야기의 핵심 같은데, 그 부분이 빠졌어, 그가 말했다. 핵심은 그게 아냐, 내가 말했다. 핵심은 그가 죽은 아이들을 살려 냈다는 거야. 그런데 그 학생들은 어쩌다 길을 잃었지, 그가 말했다. 말하자면 실종된 거지, 내가 말했다. 그는 잠시 생각에 잠기는 것처럼 보였다. 자네의 얘기에는 결정적인 뭔가가 빠져 있는 것 같아, 그가 말했다. 자네의 이야기는 어떤 사실의 일부 같고, 부분적으로 사실인 것 같기도 해. 그건 우리가 알 수 있고 말할 수 있는 모든 것이 부분적인 사실이거나 사실의 한 부분이기 때문이지, 내가 말했다. 자네의 그 이야기도 부분적으로만 사실인 것처럼 여겨지는걸, 그가 말했다. 나는 그를 쳐다보았다. 그는 아쉬운 듯 나를 바라보았다. 그는 나의 이야기가 그가 뭔가를 이야기할 때처럼 한없이 길게 이어지지 않은 것을 아쉬워하고 있었다. 내 얘기가 미진한 것처럼 느껴지나, 내가 말했다. 그건 그래, 그가 말했다. 할 수 없지, 내가 말했다. 모든 이야기는 결국 첨삭의 과정을 거쳐서 만들어지는 거니까. 특히 중요하지 않은 부분이 적절하게 삭제되는 것이 중요하지. 그는 잠시 생각에 잠겼다. 우리는 잠시 아무 말 없이 앉아 있었다. K는 그사이 잠이 든 듯, 또는 잠이 든 척하는 듯 나뭇가지 사이에 가만히 몸을 기대고 있었다. 우리 앞에 피워놓은 불로 인해 나는 노곤해졌다. 말도 안 되는 말을 일삼는 P와 아예 어떤 말도 하지 못하는 K, 이 약간 모자라는 인간들과 함께하는 그 시간이 그지없이 편안하게 느껴졌다. 아니, 어쩌면 기분 좋게 타오르는 불길 때문인지도 몰랐다. 그러고 보니 나도 토끼 사냥을 간 적이 있군, 내가 말했다. 그래, P가 말했다. 중학교 때였어. 정확히 기억은 나지 않지만 봄이 되면 한 달에 한 번 정도 전교생 모두가 근처에 있는 산으로 토끼를 잡으러 갔지. 그중 일부가 산으로 올라가 토끼를 쫓으면 아래쪽에서 산을 에워싸고 기다리고 있던 아이들이 맨손으로 덮치거나 몽둥이로 내리쳐 잡았지. 그래, 토끼를 잡으려면 위에서 아래로 쫓아야지, P가 말했다. 토끼는 앞발이 짧아 아래로 뛰어 내려가는 건 잘 못하지. 누구나 다 아는 그런 얘기로 내 얘기를 방해하지 말고 내 얘기나 끝까지 들어 봐, 내가 말했다. 우리는 한번

나가면 거의 열 마리 가까운 토끼를 잡곤 했어. 사냥이 끝나면 잡은 토끼들을 자루에 넣거나 막대기에 매단 채로 전교생이 합창을 하며 학교로 돌아왔지. 마치 전쟁에서 승리해 전리품을 갖고 귀향하는 병사들처럼. 그런데 전리품인 그 토끼들은 어떻게 했어, P가 말했다. 선생들이 챙겼지, 내가 말했다. 그들이 모두 먹어 치웠어. 선생들의 배 속을 토끼 고기로 채우기 위해 학생들을 동원했단 말이야, P가 말했다. 아주 나쁜 선생들이군. 토끼를 잡아 아이들에게 먹이지는 못할망정 아이들을 이용해 자신들의 배를 채우다니. 하지만 토끼 사냥을 가는 건 좋았어, 내가 말했다. 수업을 빼먹을 수 있었으니까. 자네도 별로 좋은 학생은 아니었군, P가 말했다. 그런데 선생들은 무슨 명분으로 학생들 모두를 토끼 사냥에 내몬 거지? 아마 자연 학습이나 체력 단련이라는 명분에서였을 거야, 내가 말했다. 서글픈 얘기군, P가 말했다. 서글픈 얘기긴 하지만 그렇게 서글프게 여겨지지는 않아, 내가 말했다. 나는 나무토막 하나를 불길 속으로 던졌다. 나는 불을 바라보며 일정한 부피와 형태가 없는, 순수한 질료로만 이루어진 불만큼 비물질적인 물질도 없다고 생각했다. 그때 갑자기 P가 고함 소리라고 하기 어려운, 그렇다고 비명에 가까운 소리도 아닌 소리를 질렀다. 나는 깜짝 놀랐다. 왜 그러나, 내가 말했다. 나를 질리게 하는 온갖 생각들이 나를 질리게 하기 전에 미리 소리를 질러 물리친 거야, 그가 말했다. 말하자면 선수를 친 거지. 그런 이유로 가만히 있다가 사람 놀라게 갑자기 소리를 또 지를 건가, 내가 말했다. 그럴 수도 있어, 그가 말했다. 그런 이유에서 소리를 지르는 거라면 허락할 수도 있지, 허락하기 쉬운 일은 아니지만, 내가 말했다. 나는 P가 그의 옆에 놓아둔 총을 만져 보았다. 나도 그냥 총 한 자루를 갖고 싶었는데, 내가 말했다. 총은 뭐 하게, P가 말했다. 그냥 옷장 속에 넣어 두고 싶어, 내가 말했다. 내가 죽게 되면 그때 갖도록 하게, 그가 말했다. 그 얘기는 자네가 죽기 전에는 내게 줄 수 없다는 얘기로 들리는군, 내가 말했다. 그렇게 이해해도 틀리지 않아, 그가 말했다. 그런데 나는 가끔 커다란 옷장 속에 들어가 그 안에, 옷걸이에 걸려 있는 옷들 사이에서 어색하게 서 있는 상상을 했지만 총을 그 안에 넣어 둘 생각은 못했는걸. 나는 이 총을 항상 침대 밑에 넣어 두었지. 우리는 잠시 아무 말 없이 앉아 있었다. 그 총은 내 아버지가 오랫동안 몸담고 있던 군대를 떠나면서 가져온 거야, P가 말했다. 그런데 아버지는 그 총으로 자살했지. 정말인가, 내가 말했다. 자네 아버지는 암으로 돌아가시지 않았나? 내게 아버지는 하나였고, 암으로 돌아가신 아버지는 없어, 그가 말했다. 이 총은 그의 유품으로 내가 유일하게 간직하고 있는 거야. 그런데 아버지는 한 번도 사냥을 간 적이 없으면서도 그 총을 정성스럽게 손질하곤 했지. 그러다가 어느 날 그 총을 꺼내 총구를 입에 물고 방아쇠를 당겼고 그 자리에서 죽었지. 결국 자신이 최초이자 마지막 사냥감이 된 거야. 이만하면 멋진 얘기 아냐? 멋진 얘기군, 내가 말했다. 그 이상 멋진 얘기를 들어 본 적은 없는 것 같아. 자네의 얘기가 사실이라면 말이지만. 자네의 이야기는 어디부터 어디까지 믿어야 할지 도무지 알 수 없는 것들뿐이니까. 그리고 내 아버지와 관련해 유일하게 공감하는 부분이 그가 이 총으로 생을 마감했다는 사실이지, 그가 말했다. 자네에게 그런 일이 있었다는 건 처음 알았지만 어쩐지 자네에게 썩 어울리는 일 같군, 내가 말했다. 총은 완벽한 모양을 하고 있었다. 모든 총이 그렇지만 그것 역시 기능적이라기보다는 미학적인 사물처럼 느껴졌다. 그럼에도 그것만큼 기능에 충실한 것도 없었다. 아버지는 질이 좋지 않았어, P가 말했다. 그는 자신뿐만 아니라 주위의 모두를 괴롭혔지. 내게 좋지 않은 점이 있다면 그건 그에게서 물려받은 거야. 내가 가장 참을 수 없었던 건 그가 어머니를 이유 없이 구타하는 거였어. 그래서 자네도 자네 아내를 이유 없이 구타하곤 하나, 내가 말했다. 나는 적어도 아무 이유도 없이 구타하지는 않아, 그가 말했다. 그는 잠시 생각에 잠기는 것처럼 보였다. 아니, 어쩌면 아무 이유도 없이 구타하기도 하는 것 같아, 그가 말했다. 그런데 아내를 때리고 나면 꼭 그녀의 목을 부둥켜안고 울게 돼. 그리고 그렇게 실컷 울고 나면 모든 게 제자리를 찾은 것처럼 느껴져. 그는 또 잠시 아무 말이 없었다. 어쩌면 그러한 이유로 그녀를 때리는지도 모르겠어, 그가 말했다. 그건 아내를 때리는 좋은 이유는 못 되는 것 같은데, 내가 말했다. 그런 이유로 아내를 때려서는 안 되지. 아니, 어떤 이유로도 아내를 때리거나 해서는 안 되지. P는 또 잠시 아무 말이 없었다. 그런데 이상하게도 나쁜 짓은 쉽게 배운단 말이야, 그가 말했다. 좋은 일은 배우는 데 많은 노력이 필요한데 나쁜 짓은 그냥 배우지. 그는 다시 생각에 잠기는 것처럼 보였다. 가끔 내가 좋지 않은 행실을 보이기도 하지, 그가 말했다. 가끔이 아니라 자주 보이지, 내가 말했다. 아니, 자네가 하는 짓은 죄다 그다지 좋게 보이지 않아. 그 정도인가, 그가 말했다. 아니, 꼭 그 정도라고 할 수는 없지만, 그 정도라는 뜻이야, 내가 말했다. 그 정도인지는 몰랐네, 그가 말했다. 우리는 잠시 말없이 앉아 있었다. 아, 참, 자네 어머니는 좀 어떠신가, 내가 말했다. 그의 어머니는 암에 걸려 병원에서 치료를 받고 있었다. 그냥 놔두면 오래 못 가고, 수술을 해도 가망이 없을 뿐만 아니라 자칫 수술을 했다가는 죽을 위험이 크다고 하더군, 그가 말했다. 어떻게 해도 오래가지는 못한다는 거야. 한마디로 죽는 데 큰 문제는 없을 거라는 얘기군, 내가 말했다. 그는 나를 쳐다보았다. 죽어 가는 내 어머니를 두고 그런 식으로 얘기를 해야겠나, 그가 말했다. 나는 아무 대답도 하지 않았다. 나 역시도 대답이 궁해지면 아무 말도 않는 편이었는데 그러한 버릇이 P에게서 옮은 것인지 아니면 본래부터 내가 갖고 있던 버릇인지 몰랐지만 P와 함께 얘기를 나눌 때면 그 버릇이 어김없이 나왔다. P는 내가 주워다 놓은 나무토막을 불길 위로 던졌다. 불길이 다시 솟구쳤다. 내 꿈이 뭔지 아나, 그가 말했다. 자네에게도 꿈이라는 게 있단 말이야, 내가 말했다. 너무 나이가 들기 전에 낡은 배를 한 척 구입해 한 1년 항해를 하다가 그 배와 함께 바다 속으로 침몰해 사라지는 거야, 그가 말했다. 그렇게 하게, 말리지 않을 테니까, 내가 말했다. 다시 우리는 조용히 앉아 있었다. 그래, 절멸, 절멸이야, 한참 후 P가 갑자기 소리를 질러 다시 나를 놀라게 했다. 소리 내서 말하면 기분이 좋아지는 단어들이 있는데 그중 하나가 절멸이야. 자네는 없나, 소리 내서 말하면 기분이 좋아지는 단어가? 나는 잠시 생각에 잠겼다. 앙숙, 내 경우에는 앙숙이라는 단어가 그래, 내가 말했다. 그건 나를 두고 하는 말 같은데, 그가 말했다. 어쨌든 앙숙이라는 단어도 괜찮군, 울림이 좋은 단어야.

다시금 우리는 따뜻한 불을 쬐며 가만히 앉아 있었다. 그런데 그때 뭔가가 가까운 강물 위로 떠내려가는 것이 보였다. 저게 뭐지, 내가 말했다. 잘 모르겠는걸, P가 말했다. 뭔가 길쭉하고 빨간 것이 천천히 떠내려가고 있었다. P가

자리에서 일어났다. 고무장갑이야, 그가 소리쳤다. 나는 못 믿겠다는 듯 그를 바라보았다. 하지만 자리에서 일어난 나는 그것이 고무장갑이 분명하다는 것을 알 수 있었다. 그 것은 틀림없는 빨간 고무장갑이었다. 빨간 고무장갑이 거 짓말처럼 강물 위를 떠내려가고 있었다. 이건 우연이 아냐, P가 말했다. 우연일 수가 없어. 이건 어떤 계시야. 아니야, 그 어떤 계시도 아닌, 그냥 우연일 뿐이야, 내가 말했다. 우리는 강물 위를 유유히 떠내려가고 있는 그 고무장갑에서 눈을 뗄 수가 없었고, 그래서 그것이 완전히 시야에서 사라질 때까지 바라보았다. 다시 자리에 앉은 우리는 잠시 아무 말 없이 고무장갑이 떠내려간 강물을 바라보았다. 그래, 그건 그냥 우연일 뿐이었어, P가 말했다. 계시라니, 말도 안 되지. 나는 그의 말에 대답하지 않았다. 겨울은 이상할 정도로 하늘이 텅 빈 느낌을 준단 말이야, 잠시 후 내가 말했다. 그 말을 해 놓고 나서 하늘을 보자 정말 그런 느낌이 들었다. P는 내 말에 아무 대꾸도 하지 않았다. 어쩌면 공중을 날아다니는 벌레라곤 하나도 없기 때문인지도 모르겠어, 내가 말했다. 겨울에는 공중을 날아다니는 벌레의 모습이라곤 전혀 찾아볼 수 없는 것이 당연한 일이기도 하지만 벌레라곤 전혀 볼 수 없는 겨울은 정말 이상하게 느껴지기도 해. 벌레라곤 볼 수 없으니 이상할 정도로 하늘이 텅 빈 것처럼 느껴지는 거야. P는 아무 말도 하지 않았다. 그는 생각에 파묻혀 있는 것 같았다. 그는 한참 동안 아무 말이 없었다. 그러더니 알아들을 수 없는 말을 중얼거리기 시작했다. 무슨 말을 하려는 건가, 내가 말했다. 하지만 그는 아무 대답도 하지 않았다. 대신 그는 나무 막대로 괜히 불 속을 헤집기 시작했다. 그의 손길에 불길이 타오르기는커녕 꺼져 가고 있었다. 나는 갈수록 이상해져 가는 것 같아, 그런 요지의 말을 하려고 했던 것 같아, P가 말했다. 나도 그 사실을 알 수 있어. 그런데 그렇게 갈수록 이상해짐에 따라 갈수록 나 자신을 보다 더 잘 이해할 수 있게 되는 것 같아. 자네는 자네가 생각하는 만큼 그렇게 이상하지 않아, 내가 말했다. 그리고 갈수록 왜 이렇게 말하는 게 어려워지는지 모르겠어, 그가 말했다. 무슨 말을 하다 보면 말하기의 어려움에 대해 말하는 말의 어려움을 말하는 것 같아. 그리고 말이라는 거, 참으로 이상하지 않아? 생각에 일정한 제약을 가하지 않고는 가능하지 않은 게 말이잖아. 그런데 어느 순간에는 아무런 생각의 제약도 받지 않고 터져 나오는 말이 있어. 그래서 때로 나 자신도 알 수 없는 말을 마구 하게 되지. 그리고 그이전에 말을 하고 있는 나 자신이 기이하게 느껴지는 순간이 있어. 말을 하고 있는 그 현상 자체가. 그리고 이렇게 말을 하다 보면 처음에는 말로 들리던 것이 조금 후에는 말소리로, 그 다음에는 그냥 소리로 들리는 거야. 그래서 말인데 지금은 내가 하는 말이 말소리로 들려. 여기서 좀 더 말을 하면 그냥 소리로 들리겠지. 무슨 말을 하는지 모르겠군, 내가 말했다. 하지만 나는 그가 무슨 말을 하고자 하는지 너무도 잘 알 수 있었다. 그런데 물오리는 다 어디로 간 거지, 내가 말했다. 아니면 어디에서 아직 오지 않는 거지? 아니면 어디론가 다 가 버린 건가? P는 아무 대답도 하지 않았다. 그런데 아직도, 이렇게 물오리라곤 그림자조차 보이지 않는 지금이 물오리 사냥의 적기라고 생각해, 내가 말했다. 꼭 물오리가 있어야만 물오리 사냥의 적기인 건 아니지, 그가 말했다. 그 점에 있어서 나는 생각을 달리하고 싶은데 쉽지는 않군, 내가 말했다. 어쩌면 물오리라곤 찾아볼 수 없는 때가 물오리 사냥의 적기일 수도 있지, 그가 말했다. 어느새 나무에서 내려와 우리가 있는 곳으로 온 K는 잠시 불을 쬔 후 물가로 나가 물수제비를 뜨기 시작했다. 그는 놀라운 솜씨로 다섯 개가 넘는 물수제비를 만들었다. 그런 다음 그는 그 다섯 개는 아무것도 아니라는 듯 여섯 개, 일곱 개, 심지어는 여덟 개까지 만들었다. 어떤 일에 있어서는 놀라울 정도로 무능한 그였지만 또 다른 일에서는 신기할 정도의 재능을 보이기도 했다. 그는 순서에 대한 감각이 전혀 없어서 어떤 서류도 정리할 줄 모르지만 방향에 대한 감각은 탁월해 한번 갔던 길을 결코 잊어버리는 일이 없었다.

우리가 드리운 낚싯대는 그대로 있었다. 여전히 수면 위로는, 그리고 수면 위뿐만 아니라 그 너머의 텅 빈 풍경 전체에서 기이할 정도로 아무런 움직임이 없었다. 무슨 생각을 하고 있나, P를 향해 내가 말했다. 물고기의 부레에 대해 생각하고 있었네, P가 말했다. 어릴 때 물고기를 잡아 내장을 꺼내 부레를 터뜨리면 그렇게 기분이 좋을 수가 없었어. 물고기를 잡으면 무엇보다도 부레를 터뜨려 봐야지. 하지만 아무리 부레를 터뜨린다 해도 어린 시절로 되돌아갔다는 느낌이 들지는 않겠지? 그렇지만 부레를 터뜨리며 어린 시절로 결코 되돌아갈 수 없다는 사실을 새삼스럽게 확인할 수는 있겠지? 자네가 그런 이유에서 물고기를 잡기를 원한다면 나로서는 물고기가 안 잡히길 바라야겠군, 내가 말했다. 그런데 일부러 안 잡으려 하는 것도 아닌데 왜 이렇게 안 잡히는 거지? 아예 안 잡으려고 작정해도 한 마리 정도는 잡힐 수도 있잖아. 그래서 물고기들에게 문제가 있다는 건가, 그가 말했다. 물고기보다는 자네 낚싯대의 미끼에 문제가 있는 것 같아, 내가 말했다. 나는 자리에서 일어나 낚싯대를 들어 조금 아래쪽으로 옮겼다 다시 위쪽으로 옮기기를 반복했다. 하지만 아무런 효과가 없었고 그래서 나는 다시 자리에 앉았다. 나는 잠시 낚시를 하느라 우리가 왜 그곳에 와 있는지를 잊을 수 있었지만 물고기가 전혀 입질조차 하지 않고, 수면 위에서 아무 일도 일어나지 않자 다시금 우리가 왜 그곳에 와 있는지에 대한 생각이 미쳤다. 하지만 우리는 실종자를 찾는 데 단서를 제공할 만한 사람을 찾을 수 없었고, 그래서 그 순간 그곳에서 낚싯대나 드리운 채 앉아 있을 수밖에 없다는, 눈을 돌릴 수 없는 그 엄연한 사실 앞에서 더 이상 실종자에 대해 생각하는 것은 쓸데없는 일이었고, 그래서 나는 다시 자리에서 일어나 낚싯대를 당겨 바늘을 확인했다. 벌레 모양의, 말랑말랑한 촉감이 나는 가짜 미끼는 그대로 매달려 있었다. 나는 다시 낚싯대를 던졌다. 물고기는 어쩌면 우리가 던진 미끼가 가짜임을 알고 물지 않는지도 모른다. 그것은 누가 보아도 가짜처럼 보였고, 물고기조차도 속이기 어려울 것 같았다. 잠시 나는 낚시에 대한 생각으로 실종자에 대한 생각은 잊을 수 있었다. 하지만 또다시 찌에서 아무런 움직임도 없자 실종자에 대한 생각이 떠올랐다. 우리가 찾는 실종자는 어디에 있는 걸까, 나는 생각했다. 어쩌면 그는 아는 사람이 없는 어느 도시의 이름 모를 거리를 배회하고 있을 수도, 어느 허름한 여관에서 꼼짝 않고 있을 수도, 또는 어느 숲 속의 낙엽 위에, 또는 물속 깊은 곳에 싸늘한 시체로 누워 있을 수도 있었다, 자신이 누군지 잊은 채로, 더 이상은 누군지 생각할 필요도 없는 채로. 아니면 그로서도 어쩔 수 없는, 논리적으로 설명되지 않는 상황에 처해 있을 수도 있었다. 그 생각을 하자 문득 그 순간의 나의 상황에 대해 생각이 미쳤고, 그래서 나 자신이 실종자처럼 느껴지기도 했다. 그때 갑자기 P가 뭐라고 소리쳤다. 그래, 그건 아스타틴이었어. 지구상에서 가장 희귀한 원소지. 지구 전체에 0.16그램밖에는 없으니까. 가만, 아스타틴이라는 원소가 지구 전체에 0.16그램밖에는 없다고, 내가 말했다. 그래, 그가 말했다. 0.16그램밖에 되지 않는 걸 어떻게 그 무게를 잴 수 있었지, 내가 말했다. 아니, 그보다도 그걸 어떻게 발견해 냈지? P는 잠시 생각에 잠겼다. 몰라, 나도, 그가 말했다. 나도 그 점이 궁금해지는군. P는 수첩을 꺼내서 자신만이 알아볼 수 있는 기호로 뭔가를 표시한 후 덮었다. 그가 뭘 적었는지 물어도 끝내 대답하지 않을 거라는 걸 나는 알고 있었고, 그래서 아무것도 묻지 않았다. 그는 지구 전체에 0.16그램밖에 없는 원소의 무게를 무슨 수로 쟀는지 알아봐야겠다고 표시한 것이 틀림없었다. 그는 궁금한 것은 참지 못하는 성격이었다. 그리고 그가 궁금해하는 것은 살아가는 데 그다지 도움이 되지 않는 것들이 대부분이었다. 거기에서 더 나아가 그의 생각들 대부분이 그가 살아가는 데 도움이 되지 않는 방식으로 돌아갔다.

우리가 낚시나 하자고 여기 이렇게 와 있는 건 아닌데도 낚시나 하며 있는 게 나쁘지 않군, P가 말했다. 하지만 우리는 누구도 낚시에 몰두하고 있지 않았다. 그건 물고기가 전혀 잡히지 않아서가 아니라 우리의 생각이 딴 데, 우리가 찾아야 하는 실종자에게 가 있었기 때문이었다. 하지만 딴 데 가 있는 그 생각도 생각 속에서 더 이상 나아가지 못했다. 우리 앞에 있는, 아무런 변화도 없는 수면이 모든 생각을 가로막고 있는 것 같았다. 우리의 계획에 차질이 빚어진 것 같군, 내가 말했다. 큰 차질이 빚어졌다고는 할 수 없지, P가 말했다. 우리의 계획에는 이런 차질까지 포함되어 있었으니까. 잠시 그는 생각에 잠기는 듯 보였다. 그런데 실종자를 찾기 위해서는 그를 이해할 필요가 있고 그를 이해하기 위해서는 그의 입장이 되어 볼 필요가 있고 그의 입장이 되어 보기 위해서는 스스로가 실종자가 될 필요가 있고 그러기 위해서는 자네가 사라질 필요가 있을 것 같아, P가 나를 쳐다보며 웃음을 짓고 말했다. 나더러 사라지라고, 내가 말했다. 그런 일이라면 일부러 그럴 필요도 없는 것 같은데. 나는 항상 나 자신이 실종 상태에 있는 것 같으니까. 그리고 내 안의 뭔가가 실종된 듯하니까. 나 또한 그렇지는 않은걸, 그가 말했다. 그런데 이 사건 자체가 어느새 어느 지점에서 실종되어 버린 것 같아. 그건 그래, 내가 말했다. 우리는 잠시 말없이 강을 바라보았다. 어쩌면 실종자는 그냥 실종된 채로 놓아두는 게 옳다는 생각이 들어, P가 말했다. 그는 그를 찾는 사람들에게는 명목상의 존재일 뿐이지만 그가 존재하는 곳에서는 실재하겠지.

어쩌면 실종이란 그를 찾는 사람들의 관점에서 나온 생각일 뿐이야. 우리는 잠시 아무 말 없이 앉아 있었다. 이제 어떻게 하지, 내가 말했다. 모르겠어, P가 말했다. 어떻게 할지 생각해 보는 거야. 우리는 잠시 생각에 잠겼다. 조용히 흘러가는 강물을 바라보고 있자 나의 생각들 또한 그 강물에 떠내려가고 있다는 생각과 함께 나 자신 또한 그 생각들과 함께 떠내려가고 있다는 생각이 들었다. 그때 갑자기 P가 무슨 생각에서인지 옆에 놓여 있던 총을 들어 물속을 향해 마치 장난이라기보다는 아무렇게, 무심한 태도로 한 발 한 발 쏘기 시작했다. 총성에 멍해진 고막이 불편하게 느껴졌다. 하지만 나는 그를 말리지 않았고, 누구도 말리지 않아 그만둘 수 없는 것처럼 계속 총을 쏘았다. K는 희열을 감추지 않고 환한 웃음을 지으며, 가재, 가재, 아어, 악어라는 말을 되풀이하고 있었다. P는 탄약이 든 가방에서 탄약을 꺼내 다시 장전하기 시작했다. 그런데 그 순간 거짓말처럼 수면 위로 뭔가가 떠올랐다. 제법 큼직한 물고기였다. 약간 거리가 있어 무슨 종류의 물고기인지는 정확히 알 수 없었다. 내가 쏜 총에 맞았나 봐, P가 말했다. 아니면 총소리에 기절해서 떠오른 건가? 그것이 그가 쏜 총에 맞아서 떠올랐는지 아니면 다른 이유로 떠올랐는지는 알 수 없었다. 아닐 수도 있지, 내가 말했다. 자네가 총을 쏜 것과 상관없이 떠올랐을 수도 있어. 그냥 자연적으로

수명이 다해 떠오른 것일 수도 있지. K는 신기하다는 듯 물
위로 떠오른 물고기를 가리키며, 가재, 가재, 하고 말했다.
우리는 떠내려가는 물고기에서 눈을 떼지 못했고, 그것이
완전히 시야에서 사라진 다음에는 또 다른 물고기가 죽
어 물 위로 떠오르기를 기대하며 수면을 가만히 바라보았
다. 하지만 그 한 마리뿐이었다. 더 이상 물 위로 떠오르는
물고기는 없었다. P는 자신이 벌인 일을 믿을 수 없는지 더
이상 총을 쏘지 않았다. 어쩌면 이 사건의 전말은 바로 저
런 식으로 드러날 수도 있겠군, 내가 말했다. 실종자의 시
신을 찾는 쪽으로 조사의 방향을 수정해야 할 것 같아, 그
가 말했다. 아니, 내 말은 그런 뜻이 아냐, 내가 말했다. 알
아, 무슨 얘긴지, 그가 말했다. 나는 그가 내 말의 뜻을 알
고 있는지 확신할 수 없었지만 그럼에도, 그래, 그거야, 하
고 말했다. K는 어느새 물고기에 대한 생각은 잊어버린 듯,
근처에서 그가 표적으로 삼은 나무를 향해 칼을 던지고
있었다. 그의 관심은 너무도 쉽게 뭔가에 쏠렸다가 마찬가
지로 너무도 쉽게 그것에서 벗어나곤 했다. 그리고 그사이
에도 그는 뭔가를 끝없이 웅얼거리고 있었다. 그리고 그의
웅얼거림만큼 그 순간 내가 생각하는, 또는 생각지 못하
고 있는 어떤 것을 정확하게 표현해 주는 것은 없는 것 같
았다. 이 사건은 끝내 해결될 수도, 끝내 해결되지 않을 수
도 있겠지, P가 말했다. 아니면 아무것도 아니게 끝날 수도

있겠지? 나는 무슨 말인가를 하고자 했다. 하지만 그 순간 내 입에서 튀어나온 발음은 가재인지 아어인지 악어인지 분명치 않은 어떤 소리였다.

파괴적인 충동

예상대로 코트에는 아무도 없었다. 아직 날씨가 추운 탓도 있었지만 땅이 젖어 있어 아무도 테니스를 칠 생각을 하지 않은 게 분명했다. 지난가을에 떨어져, 이제는 넝마처럼 너덜너덜해진 낙엽들만이 이따금 부는 바람에 코트 안을 이리저리 뒹굴고 있을 뿐이었다. 잠시 텅 빈 코트를 바라보다가 들어선 나는 코트의 한쪽 구석에 있는, 혼자 연습할 수 있도록 만들어 놓은 시멘트 벽을 향해 공 몇 개를 날린 후 그것으로 연습은 충분하다는 듯 코트로 나가 혼자서, 마치 누군가와 시합을 하듯 반대편 코트로 공들을 날렸다. 그런 식으로 주머니에 있던 공을 모두 날려 보낸 후에는 다시 반대편 코트로 가 공을 주워다가 그러기를 반복했다. 나는 그렇게 테니스를 치며 내가 왜 갑자기 테니

스를 칠 생각을 하게 되었는지 생각해 보았다. 테니스라고
는 거의 쳐 본 일이 없는 내가 집 안의 어딘가에 처박혀 있
던 라켓을 꺼낸 이유는 분명치 않았다. 그날 아침 내가 창
밖을 내다보고 있을 때 운동복을 입은 누군가가 마치 테니
스라도 치듯 팔을 휘두르며 골목길을 달려가는 것을 보았
기 때문은 아니었다. 오히려 테니스를 치고 싶은 알 수 없
는 충동이 인 것은 아침에 눈을 뜨면서였다. 내가, 아니면
다른 누군가가 테니스를 치는 장면이 저절로 떠오른 것은
아니었고, 다만 누군가가 손바닥으로 작은 공을 위아래로
계속 던지는 상상을 하기는 했다.

코트는 테니스를 치기에는 썩 마땅치 않았다. 겨울이 끝
나가면서 언 땅이 녹아 바닥은 질척거렸다. 공은 제대로
튀지 않았을 뿐만 아니라 제대로 굴러가지도 않았다. 그래
도 나는 끈기 있게 공을 쳤다. 나는 몸을 기계적으로 움직
였고, 그러자 내 몸이 실제로 기계인 것처럼, 또는 기계와
크게 차이가 없는 것처럼 느껴졌다. 하지만 그 기계는 곧
지쳤고, 그래서 나는 잠시 그냥 선 채로 쉬었다. 그러자 뇌
사 상태로 중환자실에 누워 있는 아버지가 떠올랐다. 아버
지라는 노쇠한 기계는 심각한 고장이 나 있었다. 아버지가
뇌사 상태인데도 내가 그렇게 테니스를 치고 있는 것이 잘
못 같지는 않았다. 아버지는 내가 테니스를 치는 것과는
상관없이 뇌사 상태에 빠져 있었고, 나는 그가 뇌사 상태

에 빠져 있는 것과는 상관없이 테니스를 치고 있었다. 그렇게 우리는 각자의 삶을 살아가고 있었다.

아버지의 주치의는 내게 안락사를 제안했다. 아니, 정확히 말해 안락사는 아니고, 인위적인 생명 연장의 노력을 포기해 자연적인 죽음을 맞이하게 하자는 것이었다. 나는 생각해 보겠다고 했다. 쉽게 결정을 내릴 수가 없었다. 아버지가 그렇게 죽게 되는 것은 나보다는 그에게 좋은 것일 수 있다는 것이 나의 생각이었는데 그 생각을 나의 생각으로 인정하기 어렵다는 것 역시 나의 생각이기도 했다. 나의 생각들은 그렇게 서로 갈등하고 있었다. 어쨌든 그는 단지 살아 있다는 사실 그 자체만으로 고통을 겪고 있었다. 나는 공을 주워 모은 후 다시 한번 힘 있게 공을 날렸다. 그런데 공 하나가 코트 구석으로 굴러갔다. 그것을 주우러 간 나는 그곳에서 죽어 있는 쥐를 발견했다. 아니, 그것은 아직은 완전히 죽지 않은 상태로 몸을 뒤집은 채 경련하고 있었다. 살려 두어서는 안 된다고 생각한 것은 아니었지만, 나는 나도 모르게 테니스 라켓의 테두리로 쥐를 내리쳤다. 공격이라고밖에는 표현할 수 없는 돌발적인 행동이었다. 내 안의 뭔가가 쉽게 폭력적인 양상으로 드러나는 것을 거의 본 적이 없는 나였지만 그 갑작스러운 행동에 놀라거나 하지는 않았다. 사실 나는 아무런 느낌도 가질 수가 없었다. 나는 쥐를 내리치는 일을 태연하게, 어떤 일을 저지른다기보다는 수행하듯 했고, 그래서 그 태연함이 다소 지나치다고 생각될 뿐이다. 쥐의 내장이 터지면서 땅바닥에, 그리고 라켓에 피가 묻었다. 마침내 쥐는 가벼운 경련을 몇 번 일으킨 후 더 이상 움직이지 않게 되었다. 그것을 보자 마음이 가라앉은 것은 아니었지만 마치 그렇기라도 하듯 가벼운 웃음을 지어 보였다.

그런데 그 순간 누군가가 코트 옆을 지나가다가 알은척을 하며 나를 향해 손을 들어 보였다. 하지만 내가 모르는 낯선 사람이었다. 그 낯선 사람은 내게 미소를 지어 보였다. 나는 얼굴을 찡그렸는데 그의 미소가 너무나 어색하게 느껴졌기 때문이라기보다는, 이유가 전혀 없었던 것은 아니지만, 너무 환하게 느껴졌기 때문이었다. 그는 계속 철망 너머에 서서 가만히 나를 지켜보고 있었다. 그는 누군가를 감시하기보다는, 누군가를 너무나 오랫동안 감시하다 보니 이제는 구경하기에 이른 사람처럼, 구경하는 사람의 표정으로 나를 바라보았다. 나는 그를 무시하려 애를 썼다. 그러자 그는 철망 가까이 다가와 철망 사이에 손가락을 낀 채 나를 바라보았고, 그러자 그와 나 사이에 놓인 철망이 동물을 가둬 놓은 우리처럼 여겨졌다. 하지만 나와 그 중 누가 갇혀 있는 쪽인지는 분명치 않았다. 그는 바보처럼 입을 헤벌린 채 웃고 있었다. 나는 분노를, 거의 분노에 가까운 감정을 느꼈다. 그의 모습에서 불순한 의도나 악의 같은 것을 읽을 수 있었던 것은 아니었지만 그 사실이 나의 분노를 가라앉히지는 못했다.

　나는 다시 그를 무시하고 공을 치기 시작했다. 하지만 공들이 제대로 맞지 않았다. 한데 내가 조금 후 다시 고개를 돌렸을 때 그의 모습은 보이지 않았다. 나는 다시 고개를 돌렸고, 조금 전과는 반대쪽에 있는 철망 밖에서 나를 바라보고 있는 그의 시선을 발견했다. 알 수 없는 수치심이 몰려왔다. 당장이라도 달려 나가 그를 라켓으로 내리치고 싶은 충동을, 조금 전 라켓으로 내려친, 이미 죽은 쥐를 떠올리며 간신히 눌렀다. 그는 자리에서 꿈쩍도 않고 있었다. 이제 그는 더 이상 웃고 있지 않았다. 그의 얼굴은 기이하게 무표정했다. 그 무표정한 얼굴은 마치 빛의 삼원색이 무색을 만들어 내는 것처럼, 아무런 표정이 없다기보다는 표정으로 담을 수 있는 모든 표정을 다 담고 있는 것처럼 보였다. 더 이상 공을 치고 싶은 의욕이 사라져 버렸고, 그래서 그냥 돌아갈 준비를 했다. 하지만 공 하나는 끝내 찾지 못했다. 대신 내 것이 아닌, 털이 모두 빠진 낡은 고무공 하나를 찾아냈고, 그것을 챙겼다. 코트를 나온 나는 나를 바라보는 대신 조금 전 그가 보고 있던, 이제 아무도 없는 코트를 계속해서 바라보고 있는 사내를 보았고, 어쩌면 그는 나와는 상관없이, 그저 철망 너머의 코트를 바라보았는지도 모른다는 생각이 들었다. 집으로 가는 길에 몇 번 뒤를 돌아보았지만 그 사내가 뒤를 따라오거나 하지는 않았다. 그래도 나는 필요 이상으로 걸음을 빨리했다.

집에 도착했을 때 집 앞에 사람들이 모여 있었다. 그리고 그들 사이에는 개 한 마리가 누워 있었다. 나도 아는 개였으며, 그 개도 나를 알아보았다. 내가 지나갈 때면 이유 없이 꼬리를 치곤 하던 개였는데 그럴 때면 나는 내게 그럴 건 없다고, 혼잣말을 하곤 했다. 모여 있는 사람들 가운데에는 내가 사는 집의 주인 여자도 있었다. 이상하게도 집 앞을 지날 때면 거의 매번 그녀와 마주쳤다. 그럴 때마다 인사 정도를 나눴지만 얘기를 나눈 적은 없었다. 그녀는 앞집에 사는 개가 골목을 지나가던 차에 치여 죽었다고 얘기했다. 그 개는 주로 앞집의 대문 앞에서 앞발 위에 고개를 얹은 채 가만히 엎드려 눈을 감고 있거나, 아니면 그 상태로 눈을 뜨고 지나가는 사람들을 조용히 쳐다보거나 했으며, 집 근처 골목을 왔다 갔다 할 때도 활기라곤 없었다. 한마디로 무척 조용했다. 심지어 한번은 그 개의 이상할 정도의 조용함을 참을 수 없어 개를 향해 으르렁거려 보기도 했지만 그때에도 무심한 표정으로 나를 물끄러미 쳐다보기만 했다. 어쩌면 짖는 능력을 상실했는지도 몰랐다. 나는 그 개를 좋아하지는 않았지만 그런 점은 마음에 들었다. 그런데 그 개가 죽었다는 얘기를 듣자 새삼스럽게 불쌍하다는 생각이 들었다. 어쩌다 차에 치였다던가요, 주인 여자를 향해 내가 말했다. 목격자가 없어 정확히는 알 수 없지만 개를 친 운전자의 말에 의하면 개가 갑자기 차 앞으로 뛰어들었다고 해요, 주인 여자가 말했다. 평소에 그렇게 느릿느릿하던 개가 갑자기 차 앞으로 뛰어들었다는 건 믿어지지 않는군요, 내가 말했다. 동시에 나는 내가 주인 여자와 그렇게 얘기를 하고 있다는 사실도 믿기지 않았다. 그리고 나는 내가 그 개에 대해 남의 일이 아닌 것처럼 얘기하고 있다는 사실을 깨달았고, 약간 놀라기도 했지만 그건 대상에 대한 애정을 전제하는 진정한 의미의 관심이 아닌 호기심일 뿐이었다. 그러게 말이에요, 주인 여자가 말했다. 개가 차에 치이는 사고의 경우 대체로 개 쪽이, 개의 임자 쪽이 불리하게 마련이죠. 개는 사고 상황을 증언할 수가 없으니까요. 그리고 이렇게 개가 죽어 버린 경우에는 더 말할 나위가 없고. 우리는 몇 마디를 더 주고받았다. 하지만 내가 그 죽은 개에 대해 진정한 관심을 갖고 얘기하는 것이 아니라는 사실을 새삼스럽게 깨닫고는 주인 여자에게 인사한 후 집 안으로 들어왔다. 방 안에 들어서자 죽은 개의 영상이 죽은 쥐의 영상과 자꾸만 겹쳐 떠올랐고 — 서로 비중이 다른 두 액체가 섞이지는 않으면서 엉기는 것처럼 — 어느 순간에는 개도 쥐도 아닌 어떤 동물의 모습으로 떠올랐다. 하지만 외투를 벗자 그 모든 영상들이 깨끗이 사라졌다. 나는 깜빡 잠이 들었고, 내가 깼을 때에는 이미 저녁이었다.

나는 잠시 어둠 속에 누워 있었는데 그때 누군가가 초인종을 눌렀다. J였다. 나를 본 그녀는 내게 무슨 일이 있었던 건 아니냐고 물었다. 그건 왜 물어, 내가 말했다. 얼굴이 좋아 보이지 않아서, 그녀가 말했다. 그걸 물어서 말인데 그것까지는 모르겠어, 내가 말했다. 그녀는 더 이상 묻지 않았다. 그래서 나는 그녀에게 다른 얘기를, 앞집의 개가 차에 치여 죽었다는 얘기를 했다. 그녀는 관심을 보이며 자세히 얘기해 달라고 했다. 나는 자세히는 모른다고, 내가 아는 거라고는 그 개가 지나가던 차에 치여 죽었다는 것밖에는 없다고 했다. 어떻게 죽었는지 내가 자세히 알지 못해서이기도 했지만 더 이상은 얘기하고 싶지 않았고, 그래서 죽은 개에 관한 이야기는 그것으로 끝이라고 했다. 그녀는 아쉬운 듯한 표정을 지었다. 그녀의 아쉬운 표정이 개가 죽어서인지 아니면 개가 어떻게 죽었는지 내가 자세히 알지 못해서인지는 알 수 없었다. 그러자 그녀는 자신이 들은 이야기를 들려주었다. 아이를 봐주는 여자가 무슨 이유에서인지 몇 달에 걸쳐 계속 일정한 시간 동안 아이를 간질여서 결국 아이를 미치게 만들었다는 것이었다. 나는 그녀의 이야기를 흥미롭게 들었다. 간지럼을 태워 사람을 미치게 만들 수도 있다는 건 몰랐군, 내가 말했다. 나는 그녀의 이야기를 잠시 머릿속으로 생각해 보았다. 그러자 그 이야기가 갑자기 슬프게 느껴졌고, 그래서 더 이상은 생각하지 않기로 했다. 그녀는 가끔 내가 좋아할 만한 이야기를 들려주곤 했다. 그녀에게 있어 내가 좋아하는 점은 그런 것이었다. 그리고 그런 것 때문에 그녀를 좋아하기도 했다. 언젠가 그녀가 들려준, 적도 부근의 어느 작은 섬에 사는 사람들의 이야기는 내가 가장 좋아하는 것 중의 하나였다. 그 섬의 특이한 점은 그 섬에 사는 모두도, 대부분도 아니지만 많은 사람들이 완전 색맹이라는 것이었다. 일반적으로 인구 분포당 색맹인 사람의 비율에 비춰 보았을 때 그 섬의 색맹 비율은 불가사의할 정도로 높았다. 많은 과학자들이 이유를 알아내기 위해 노력했지만 그럴듯한 결론을 얻지 못했다. 섬의 대부분이 초록색의 열대 수목들로 덮여서 초록색 외의 다른 색은 거의 찾아보기 어려운 특이한 자연 환경 때문일 수도, 또는 그 섬에 사는 사람들이 거의 주식처럼 섭취하는 나무의 열매 때문일 수도, 또는 어떤 유전적인 이유 때문일 수도 있다고 추측하지만 그 정확한 이유는 밝혀지지 않았다. 그럼에도 불구하고 그 섬에 사는 사람들은 생활에 아무런 불편을 겪지 않았다. 그들은 먹기 좋게 익은 바나나를 노랗게 변한 껍질 색을 통해서가 아니라 질감과 향기를 통해 구별할 줄 알았다. 그 이야기는 그녀가 들려준 이야기 중 내가 가장 좋아하는 것일 뿐만 아니라 내가 알고 있는 가장 서정적인 이야기였으며 가슴 아프면서도 마음을 푸근하게 하는 이야기였다. 그런데 그녀의 이야기들을 듣고 있노라면 어느 순간 아무런 관련 없는 이야기들이 모두 이상하게 관련을 갖고 있는 것처럼 느껴지기도 했다. 아니, 그녀의 얘기뿐만이 아니었다. 내가 알거나 생각해 낸 많은 것들이 서로 뒤엉켜 본래의 내용과는 다른 것이 되곤 했다. 머릿속에서는 서로 관련이 없어 보이는 것들이 이상한 관계를 맺기도 하는 반면 밀접하거나 튼튼한 관계가 있어 보이는 것들의 관련성은 힘없이 사라져 버리곤 했다. 언젠가 J가 말한 것처럼 내가 다소 이상한 방식으로 뭔가를 보는 이유도 거기서 기인하는지도 모른다.

우리는 같이 저녁을 먹었다. J는 얼마 전 다녀온 여행 얘기를 했다. 그녀의 여행 얘기는 별로 재미가 없는 정도가 아니라 재미라고는 하나도 없었다. 얘기를 끝낸 다음 그녀는 나도 여행을 갔다 오는 게 어떠냐고 말했다. 여행이라도 갔다 오라고, 내가 말했다. 여행은 내가 엄두를 내기도 어려운 것이었다. 한번은 여행을 떠나기 위해 기차역에 나갔다가 대합실을 오가는 사람들의 무수한 발걸음 — 그것은 세상을 움직이는 힘이었다 — 을 보다가 그것을 더 이상 참을 수 없어 여행을 포기하고 그냥 돌아온 적도 있었다. 나는 그 많은 사람들이 어딘가를 향해 가고 있다는 사실에 무척 놀랐다. 그럼 함께 여행을 가는 건 어때, 그녀가 말했다. 자신이 아주 좋은 생각을 떠올렸다는 듯 눈을 반짝이며 말했다. 그건 더 어려운 일인걸, 내가 말했다. 그녀는 나를 재촉했다. 나는, 그건 좋은 생각이 아니라고, 생각해 보면 좋은 생각이 아님을 알 거라고 말했지만 그녀는 막무가내였다. 그리고 지금은 여행을 하기에 적당한 때가 아냐, 내가 말했다. 여행하기에 적당한 때 같은 건 없어, 그녀가 말했다. 언제든 여행을 떠나면 그때가 적당한 때가 되는 거야. 결국 나는 그녀의 억지에 못 이겨 따라나섰다. 집 앞에는 그녀의 낡은 자동차가 우리를 기다리고 있었다. 나는 금방이라도 멈춰 설 것만 같은 그 차를 타고 싶지 않았지만 그녀는 나를 차 안으로 떠밀어 넣었다. 차에 타 출발한 후에도 나는 원치 않는 일을 할 때면 그렇듯이, 그리고 그래야 하듯이 못마땅한 얼굴로 아무 말 없이 차창 밖만 내다보았다. J는 얼굴을 찌푸리는 내 모습을 보는 게 즐거운지 속도를 높였다. 우리는 곧 시내를 벗어나 고속도로에 접어들었고 또 얼마 있지 않아 국도로 들어섰다. 나는 졸음이 몰려와 잠시 졸다가 깨기를 반복했다. 중간중간 그녀는 우리가 어디쯤 가고 있는지 얘기했지만 내게는 하나도 들리지 않았다. 잠시 후 그녀는 우리가 어느 섬으로 연결되는 다리를 건너고 있다며 밖을 내다보라고 했고, 그래서 나는 밖을 내다보았지만 칠흑 같은 어둠 말고는 아무것도 보이지 않았다.

마침내 목적지에 도착한 우리는 어느 여관에 들어갔다. 잠이 덜 깬 나는 계속 자고 싶었지만 J는 잠이 오지 않는지 무슨 얘긴가를 계속했다. 나는 잠결에 그녀의 이야기들을 건성으로 들었다. 하지만 어느 순간 그녀가 먼저 잠이 든 듯 코 고는 소리가 요란스러웠다. 그 소리에 잠이 완전히 달아난 나는 모든 사람들이 낮과 밤을 가리지 않고, 잠을 잘 때면 섬이 떠나가라 심하게 코를 고는, 코골이들의 섬을 상상하며 누워 있었다. 하지만 코 고는 소리는 점점 더 커져 갔고, 마침내는 참을 수 없는 지경이 되었다. 나는 색맹인 사람과는, 심지어는 죽은 사람과도 얼마든지, 기꺼이 잠을 잘 수 있었지만 코 고는 사람과는 절대로 잘 수 없었다. 나는 방을 나왔고, 여관 주인에게 옆방을 달라고 했다. 그녀는 무슨 영문인지 궁금하다는 표정이었지만 이유를 묻지는 않았다.

새로 들어간 방에서도 옆방의 그녀가 코 고는 소리가 들렸지만 그 소리에 잠을 이루지 못할 정도로 시끄럽지는 않았다. 그럼에도 나는 쉽게 잠을 이루지 못하고 뒤척였다. 나는 코골이들의 섬에서 멀지 않은 곳에 있는 불면증에 시달리는 사람들로 가득한 섬을 상상했다. 그들은 이웃한 코골이들의 섬에 사는 사람들과는 무관하게 잠을 이루지 못했다. 그들이 잠을 자지 못하는 이유가 가까이 있는 코골이들 때문은 아니었지만 코골이들의 섬에서 들려오는 코

고는 소리는 그들을 뒤척이게 했다.

이튿날 거의 정오가 다 되어 일어난 나는 잠깐 동안 내가 어디에 있는지 어리둥절했다. 창밖을 내다보니 갈매기들이 날고 있었고, 그 갈매기들이 내는, 뭔가를 찢는 듯한 울음소리도 들렸다. 그럼에도 그곳이 바닷가라는 생각은 쉽게 들지 않았다. 나는 천천히 자리에서 일어나 창가로 가 의자에 앉아 밖을 내다보았다. 바다를 바라보며 그것이 바다라는 사실을 나 자신에게 주지시키기라도 하듯, 바다야, 하고 천천히 발음했다. 흐린 하늘 아래로 바다를 주된 배경으로 하는 텅 빈 풍경이 펼쳐져 있었다. 그 텅 빈 풍경은 황량하거나 황폐한 풍경만이 지닐 수 있는 아름다움을 보여 주지도, 마음을 푸근하게 만들지도 않는, 그냥 뭔가 빠져 있는 듯한 느낌이었다. 그때 저 멀리서 누군가가 천천히 걸어와 내가 바라보고 있는 풍경 속으로 들어왔다. 한 여자였다. 모자를 눌러쓴 그녀의 얼굴은 볼 수가 없었지만 누구인지 알 수 있었다. 모자 아래로 내게 익숙한 작은 체구가 보였던 것이다. 하지만 그 모자는 처음 보는 것이었다. 모자는 그녀의 작은 몸에 비해 챙이 너무 커 보였다. 그녀는 몇 걸음을 더 옮겼고, 나의 시야 한가운데에서 멈춰섰다. 그러더니 바다를 향해 고개를 돌린 채로 잠시 가만히 서 있었다. 나는 그녀에게서 눈을 떼 멀리 수평선을 바라보았다. 수평선 근처에는 고기잡이배들처럼 보이는 작은

배 몇 척이 떠 있었지만 돌아오는 중인지 아니면 먼 바다
로 나가는 중인지, 아니면 그냥 멈춰 서 있는지 알 수 없었
다. 바다에 온 것이 후회스럽지는 않았지만 잘한 일 같지도
않았다. 한데 내가 다시 시선을 돌렸을 때에는 조금 전 보
이던 그녀의 모습이 보이지 않았다. 주위를 둘러봐도 어디
에서도 보이지 않았다. 나는 유리에 비친 나의 모습을, 어
쩔 수 없이 보이기 때문에 바라본다는 식으로 잠시 바라보
았다. 그때 누군가가 내 방문을 여는 소리가 들렸고, 뒤를
돌아보니 조금 전 해변가에 서 있던 그녀가 서 있었다. 잠
을 편히 잔 얼굴이었다. 내가 옆방으로 옮긴 이유에 대해
서는 묻지 않았다. 그 이유는 자신도 잘 알고 있는 것 같았
다. 내가 코를 심하게 곤다는 얘기를 진작 했어야 했는데,
그녀가 말했다.

우리는 식사를 한 후 바닷가를 산책했다. 나는 방에 그
대로 있고 싶었지만 그녀의 등쌀에 어쩔 수가 없었다. 나
는 그다지 바다를 좋아하지 않았다. 조금도 지칠 줄 모르
고 끝없이 출렁이는, 스스로에게, 자신의 충동에 시달리고
있는 것 같은 파도를 보고 있으면 온몸의 힘이 모두 빠지
곤 했다. 새삼스럽게 바다에 온 것이 후회스러웠다. 우리가
묵었던 여관 말고도 다른 여관이 서너 곳 더 있고, 몇몇 식
당과 가게들이 있는, 대체로 한적한 해변이 있는 섬이었다.

이걸 봐, 우리가 해변을 걷기 시작한 지 얼마 되지 않았

을 때 J가 모래 위의 뭔가를 가리키며 말했다. 나는 그녀가
가리키는 것을 바라보았다. 조기처럼 보이는 물고기가 다
른 물고기에 물어뜯긴 듯 지느러미와 꼬리와 머리의 일부
가 뜯겨져 나간 채 죽어 있었다. 그 훼손된 사체에서 고통
이라기보다는 어떤 알 수 없는 불편한 감정을 느꼈고, 그
래서 그것을 집어 바닷물에 던졌다. 손에서 비린내와 함께
생선의 부패한 냄새가 강하게 풍겼지만 씻어 내지 않았다.
우리는 계속 해변가를 따라 천천히 걸어갔다. 모래사장에
는 조개껍질이 널려 있었다. 해수욕장처럼 보이지만 수영
을 하기에는 알맞지 않아, J가 말했다. 물속에는 조개껍질
이 널려 있어 종종 발을 베이게 돼. 그걸 어떻게 알아, 내
가 말했다. 전에 언젠가 여기 물속에 들어갔다가 발을 베
인 적이 있거든, 그녀가 말했다. 그런데 발이 베이고도 금
방 알지도 못했어. 조개껍질이 워낙 예리해서야. 이런 곳이
라면 해수욕을 금지하는 팻말 같은 거라도 설치해 놓아야
하지 않나, 내가 말했다. 그렇기도 하지, 그녀가 말했다. 하
지만 내가 그랬던 것처럼, 물속에 조개껍질이 널려 있다는
사실을 모르고 물속에 들어갔다가 발을 베인 후 이곳이
수영을 하기에는 적당하지 않다는 것을 알게 되는 것도 나
쁘지 않은 것 같아. 언젠가 여름에 이곳에 와서 발을 베일
수도 있다는 걸 알고도 물속에 들어가 보고 싶군, 내가 말
했다. 물이 조금씩 밀려오고 있었다.

우리가 낮은 모래 언덕 하나를 넘어가자 모래사장 위에 소파처럼 보이는 뭔가가 버려져 있는 것이 눈에 들어왔다. 소파야, J가 소리쳤다. 소파처럼 보이는 어떤 것인걸, 내가 말했다. 하지만 우리가 가까이 다가가 보니 그것은 소파처럼 보이는 어떤 것이 아니라 진짜 소파 그 자체였다. 소파가 전혀 의외의 장소에 있는 것이 낯설게 여겨지거나 하지는 않았다. 저 소파에 누군가가 누워 있는 것만 같아, J가 말했다. 하지만 가까이 가 보니 그 위에는 아무도 없었다. 낡은 3인용 비닐 소파는 군데군데 찢겨져 있었다. 이걸 누가 여기에다 버렸지, J가 말했다. 어쩌면 버린 게 아니라 일부러 갖다 놓았는지도 모르지, 여기에 이렇게 앉아 있기 위해서, 소파 위에 앉으면서 내가 말했다. 그 말을 듣고 보니 그런 것 같기도 한걸, 그녀가 말했다. 아니면 다른 섬에서 이곳으로 떠밀려 왔는지도 몰라. 아니, 그럴 가능성은 별로 없을걸, 내가 말했다. 이렇게 여기 앉아 있으니까 마치 거실에 앉아 있는 것 같아, 소파에 앉은 그녀가 말했다. 거실이 넓어서 좋군, 내가 말했다. 해변과 바다와 하늘이 거실의 풍경을 이루고 있어, 그녀가 말했다. 막상 바다에 오니까 생각했던 것만큼 나쁘진 않군, 내가 말했다. 아마도 거실에 있다는 느낌을 가질 수 있어서인지도 모르겠어. 우리는 잠시 말없이 앞을 바라보았다. 하지만 소파에 앉은 채로 끊임없이 일렁이는 파도를 바라보고 있자 극심한 무력감이 밀려오는 것을 어쩔 수가 없었다. 그래서 나는 파도를 향해, 너의 필요에 의해 내 앞에서 그렇게 일렁이지는 말라고, 그런 수작은 내게 통하지 않는다고, 조용히 말했다. 하지만 파도에게 내 말 따위는 아무 소용이 없었다.

그사이 바닷물이 발밑까지 차올랐다. 밀물이 들면서 조금씩 소파가 물에 잠기기 시작했다. 조금 있으면 물 위에 뜬 소파에 앉아 있을 수 있겠군, 내가 말했다. 그 순간 무슨 이유에서인지 J가 신발과 양말을 벗고 치마를 걷어 올린 채 차가운 물속에 들어가 아이들처럼 발로 물장난을 쳤다. 나는 그녀가 하는 짓을 신기하다는 듯이 지켜보았다. 그런데 갑자기 그녀가 비명을 질렀다. 무슨 일이야, 그녀의 비명 소리에 깜짝 놀라며 나도 소리쳤다. 그녀는 물밖으로 뛰쳐나왔다. 뭔가에 쏘인 것 같아, 그녀가 말했다. 나는 주위를 둘러보았다. 하지만 모래와 물 말고는 아무것도 보이지 않았다. 해파리에게 쏘인 것 같아, 그녀가 말했다. 그녀의 발목이 빨갛게 부어올랐다. 해파리의 모습은 보이지 않았다. 해파리가 분명해, 내가 물었다. 그녀는 말을 잇지 못했다. 그럼 해파리에게 쏘였다고 치고, 해파리에게 쏘인 기분이 어때, 내가 물었다. 그녀는 통증으로 얼굴을 찌푸렸고, 다시 아무 말도 잇질 못했다. 이곳에 해파리가 사는 줄 몰랐어, 내가 말했다. 그리고 이런 차가운 날씨에도 해파리가 바닷가까지 나오나? 그녀는 신음 소리를 냈다. 해파리에게 쏘였을 때 가장 좋은 방법은 그냥 참는 거야, 내가 말했다. 그 다음으로 좋은 방법은, 이건 어디서 들은 이야기인데, 쏘인 부위에 오줌을 누는 거지. 그녀는 이제 악을 쓰며 울부짖기 시작했다. 나는 달리 마땅한 방법을 찾을 수가 없었고, 그래서 그녀가 고통스러워하는 모습을 가만히 지켜보았다. 그렇게 쳐다만 보고 있을 거야, 그녀가 말했다. 그래, 그럴 거야, 내가 말했다. 그녀는 나를 흘겨보았다. 설사 내가 그렇게 얘기해도 나의 본심은 아니라는 건 알고 있지, 내가 말했다. 그것까지는 모르겠고, 그게 본심이라는 건 알겠어, 그녀가 말했다. 정말 그렇게 가만있기만 할 거야? 나는 어떻게 해야 좋을지 알 수가 없었다. 그녀는 나를 흘겨보았다. 나를 그렇게 흘겨보니까 하는 말인데 그렇게 흘겨보아도 상관없어, 내가 말했다. 그런데 왜 물에 뛰어든 거야? 모르겠어, 어쩌면 이렇게 뭔가에 쏘이려고 그런 모양이야, 찌푸린 얼굴로 악을 쓰며 그녀가 말했다. 나는 그녀를 부축해 여관 근처로 갔고, 약국에 가 약을 사 왔다. 그녀는 통증이 심한 듯 얼굴을 찌푸렸다. 먼저 들어가, 조금만 더 있다가 들어갈게, 약을 건네주며 내가 말했다.

나는 그녀가 여관에 들어가는 모습을 지켜본 후 다시 바닷가로 나가 소파가 있는 곳으로 갔다. 소파는 이제 물 위에 떠 있는 것처럼 보였다. 조금씩 흔들리기는 했지만 떠

내려가지는 않았다. 신발과 양말을 벗고 소파로 가서 그 위에 누워 바다를 바라보았다. 옆으로 바다가 나와 함께 누워 있었다. 잠시 잠이 들었고 꿈을 꿨다. 나는 바닷가에 놓여 있는 침대에 누워 있었다. 내가 누워 있는 그 침대가 아닌, 세상의 모든 침대에 있는 것 같았는데 아늑한 느낌과도 다르고, 색다른 느낌과도 같지 않은 뭐라 말할 수 없는 느낌이 들었다. 하지만 내가 편안하게 있으려면 그것을 방해하는 뭔가가 있어야 한다는 듯 근처에서 무슨 소리가 들려왔다. 침대에 누워 있던 내가 옆으로 눈을 돌리자 내가 알지 못하는, 체구가 몹시 큰 두 사람이 옆에 있었다. 그중 한 사람이 이제 잠을 그만 자야겠다고 말하며 당연하다는 듯 내 침대를 차지했고, 그러자 그의 동행 역시 당연하다는 듯 침대로 올라와 내 옆에 누웠다. 그들에게는 나의 모습이 보이지 않는 모양이었다. 세 사람이 자기에 침대는 너무 비좁았고, 그들의 커다란 덩치는 조금씩 나를 침대 밖으로 밀어냈다. 내 침대를 뺏은 그들은 부부처럼 서로 마주 본 채로 곧 잠이 들어 심하게 코를 골기 시작했다. 내가 잠에서 깼을 때에도 소파는 그대로 있었다. 아주 잠시 잠이 들었던 게 분명했다. 나는 소파에서 일어나 바다를 바라보았다. 그런데 왠지 바다의 거대한 풍경 속에 어울리지 않는 뭔가가 있다는 느낌을 지울 수가 없었고, 그래서 나는 잠시 그것이 무엇인지 생각해 보았다. 잠시 후 그 어울리지 않는 것이 버려진 소파도 다른 무엇도 아닌, 나 자신이라는 결론에 이르렀다. 나는 나 자신이 어떤 오점처럼 느껴졌다. 그래서 나는 그런 느낌을 부풀리기 위해 숨을 한껏 들이쉬었고, 더 이상 숨을 들이쉴 수 없는 상태가 되었을 때, 마치 그 오점의 부피가 포화 상태에 이르기라도 한 듯 자리에서 벌떡 일어났다.

나는 다시 해변가를 걸어갔다. 우리가 묵고 있는 여관에 다다라 그 여관을 바라보았다. J가 창가에 서 있는 모습이 어렴풋이 보였다. 그녀를 향해 손을 흔들었다. 하지만 그녀는 나를 향해 손을 흔들거나 하지 않았다. 어쩌면 그녀는 나를 보지 않고 있는지도 몰랐다. 아니면 나는 그녀가 아닌 다른 누구를 향해 손을 흔들었는지도 모른다. 나는 여관 쪽의 어떤 움직임을 향해 손을 흔들었던 것이다. 조금 후 내가 여관에 들어갔을 때 그녀는 잠이 들어 있었다. 나는 그녀의 코 고는 소리를 잠시 듣다가 내 방으로 갔다.

이튿날 우리는 다시 해변으로 나갔다. 해파리인지 뭔지 알 수 없는 것에 쏘인 J의 상처는, 상처 주위로 약간 빨갛게 부어 있는 것을 빼면, 많이 아물었다. 그녀는 해파리에게 쏘였을 때 내가 보인 반응을 두고 나를 탓했다. 나는 욕을 들어 마땅하다는 듯 잠자코 그것을 들었다. 아무런 반응을 보이지 않자 그녀는 더 이상 내게 욕을 하지 않았다. 우리는 전날과는 반대쪽으로 해변을 따라 산책했다. 우리가 한참을 걸어 섬의 끝에 있는 언덕 가까이에 이르렀을 때 갑작스럽게 어디선가 요란한 폭음과 함께 비행기 소리가 들려왔다. 약 300미터쯤 떨어진 해변가 진지에서 전방 1킬로미터쯤 떨어져 날고 있는 소형 모형 비행기 뒤쪽에 매달린 긴 끈에 매달린 표적을 향해 사격을 하고 있었다. 진지가 있는 언덕 위에서 섬광이 번쩍였다. 대공포 사격 연습을 하나 봐, 내가 말했다. 여긴 안전할까, 불안한 얼굴로 J가 말했다. 어디에도 안전한 곳은 없어, 내가 말했다. 유일하게 안전한 곳이 있다면 그건 생각 속에서 안전한 곳뿐이지. 그 말을 하며 나는 며칠 전 내가 테니스 코트에서, 죽어 가는 쥐를 내리쳐 죽인 기억이 떠올랐다. 혹시 이쪽으로 포탄이 날아오지는 않을까, 그녀가 말했다. 잘못하다가 이쪽에 떨어질 수도 있잖아. 우리를 표적으로 삼아서 쏘는 건 아니니까 이쪽으로 날아오기는 힘들 거야, 내가 말했다. 그래도 잘못 날아올 수 있잖아, 그녀가 말했다. 아주, 잘못 날아오기를 바라는 것처럼 말하는군, 내가 말했다. 우리는 잠시 점점 강도를 더해 가는 사격을 지켜보았다.

그런데 그때 어디서 어떻게 왔는지 알 수 없는 몇 명의 아이들이 나타났다. 아니, 그들이 어떻게 왔는지는 알 수 없었지만 그들이 어디서 왔는지는 알 수 있었다. 조금 전 나는 그들이 해변의 가게 근처를 서성이고 있는 것을 보았기 때문이다. 내가 알 수 없었던 건 그들이 어떻게 그렇게 빨리 우리가 있는 곳으로 올 수 있었는가 하는 것이었다. 내가 산책하면서 문득 뒤를 돌아보았을 때 그들은 우리하고는 꽤 떨어진 곳에 있었다. 어떻게 잠깐 사이에 그렇게 빨리 다가올 수 있었는지 이해할 수 없었다. 어쩌면 그들은 내 생각보다 가까운 곳에 있었거나, 내가 그들이 있었던 곳을 실제보다 멀게 느꼈던 게 틀림없었다. 어느 쪽이든 그들이 실제로 있었던 곳은 같은 곳이었을 테지만 나는 그 두 경우의 장소를 나의 생각으로 일치시킬 수도, 거리를 좁힐 수도 없었다. 내 생각 속에서는 먼 곳에 있었던 그들이 내가 고개를 돌려 그들을 마지막으로 본 이후로 그들과 우리 사이의 거리를 빠르게 좁히며 줄곧 우리의 뒤를 밟았는지도 모른다. 모두 다섯 명으로 십대 후반인 듯했다. 두 아이는 코밑에 솜털밖에 없었지만 다른 두 아이는 제법 수염이 듬성듬성 났고, 한 아이는 무성한 수염을 깎지 않은 채였다. 어느 모로 보아도 착해 보이지는 않았다. 그중 한 아이가 아주 공손한 태도로 돈이 있으면 조금만 달라고 했다. 그 공손한 태도 뒤로 그는 우리를 위협하고 있었다. 나는 속으로 머릿수를 세며, 세 명만 돼도 어떻게 해볼 텐데, 다섯은 너무 많아, 하고 생각했다. 얼마나 필요하지, 내가 말했다. 나의 목소리는 내가 듣기에도 약간 떨리고 있었다. 나는 지갑에 있는 돈을 얼마간 꺼내 주었다. 그는 더는 없냐고 물었다. 이번에도 공손한 태도는 잃지 않았다. 나는 남은 돈 중의 일부를 더 주었다. 그는 나를 다시 쳐다보았다. 나는 지갑 속에 남아 있던 돈을 몽땅 주었다. 하지만 그 돈을 모두 합해도 그다지 많은 액수는 아니었다. 이게 다예요, 다른 한 아이가 말했다. 그리고 그들 가운데에서 가장 어려 보이는 또 다른 아이가 호주머니 속에 든 날카로운 칼을 살짝 내보였다. 그의 뺨에는 칼자국이 나 있었다. 나는 그 칼이 나를 찌를 수도 있다는 두려움과 함께 무자비하게 난자당하고 싶은 충동에서 비롯된 강한 기대감으로 그것을 바라보았다. 칼을 든 아이는 이 모든 것이 재미있다는 듯 웃고 있었다. 얼마 전 코트 밖에서 나를 향해 웃고 있던 사내를 떠올리게 했다. 하지만 이번에는 분노도 수치심도 일지 않았다. 오히려 웃음이 나려 했고, 나는 하마터면 그 아이와 함께 웃을 뻔했다. 그때 J가 재빨리 자신의 지갑 속에 든 돈을 모두 꺼냈다. 상당히 많은 액수였다. 나는 그녀가 평소에 그토록 많은 돈을 지니고 다니는지 몰랐다. 아이들은 그중 일부를 다시 돌려주고 이번에도 공손하게 고맙다고 말한 다음에 멀어져 갔다.

어쩌면 남자가 그렇게 가만히 당하고만 있을 수 있어, 우리만 남게 되었을 때 J가 말했다. 내가 얼마나 겁이 많은지, 그리고 기회가 주어지면 얼마나 비겁할 수 있는지 몰랐단 말이야, 내가 말했다. 그 정도인지는 몰랐어, 그녀가 말했다. 그런데 당신 잘못으로만 돌릴 수는 없지만 당신이 이렇게 여행을 오자고 하지만 않았어도 일어나지 않았을 일을 누구 잘못으로 돌리려는 거지, 내가 말했다. 그녀는 나를 흘낏 쏘아보았다. 누구의 잘못도 아니야, 그녀가 말했다. 살다 보면 누구의 잘못으로도 돌리기 어려운 일들이 종종 일어난단 말이야, 내가 말했다. 그녀는 아무 말도 하지 않았다. 그런데 평소에도 그렇게 돈을 많이 갖고 다녀, 내가 물었다. 아니, 이런 적이 없는데 어쩌면 이렇게 잃기 위해서, 쓰기 위해서 가져온 것 같아, 그녀가 말했다. 어쨌든 다행이야, 별일 없이 지나가서. 일이 이렇게 되어서가 아니라, 진작에 이런 일이 일어날 줄 알았다는 생각이 들어, 내가 말했다. 그녀는 아무 대답도 하지 않았다.

나는 고개를 돌려 멀어져 가는 아이들의 모습을 바라보았다. 그들은 이번에는 실제로도, 그리고 보기에도 아주 천천히 멀어져 가고 있었다. 그리고 우리와는 아무 상관 없는 존재들로 느껴졌다. 조금 전의 두려움은 이상하리만치 금방, 그리고 완전하게 사라졌다. 마치 우리에게 아무 일도 없었던 것 같았다. J 역시 마찬가지인 것 같았다. 내가 다시 고개를 돌려 그녀를 바라보자 그녀는 웃음을 지었고, 우리는 함께 웃었다. 그 순간에도 포격은 계속되고 있었다. 저녁이 되면서 하늘이 어두워지며 섬광이 더욱 또렷하게 빛을 냈다. 우리는 충분히 안전한 곳에 있는 것처럼 느껴졌다. 한데 그 순간 J가 소리를 질렀다. 왜 자꾸 사람

놀라게 소리를 지르는 거야, 내가 말했다. 머리 위에 뭐가 떨어졌어, 그녀가 말했다. 그녀의 머리에는 뭔가가 묻어 있었고, 그녀는 손으로 그것을 떼어 냈다. 푸르스름한 것이 그녀의 손에 묻었고, 그녀는 손을 코에 갖다 대었다. 이게 뭐지, 그녀가 말했다. 갈매기 똥 같은데, 내가 말했다. 그리고 실제로 그것은 갈매기 똥이었다. 갈매기 똥이잖아, 하고 말하며, 또다시 그녀는 웩, 하고 소리를 질렀다. 내가 뭐랬어, 내 말이 맞지, 내가 말했다. 그녀가 정말로 난처한 표정을 짓자 나는 재미있다는 듯이 바라보았다. 그녀는 휴지를 꺼내 머리와 손에 묻어 있는 똥을 닦아 냈다. 하지만 아무리 닦아도 냄새는 쉽게 사라지지 않았다. 나는 쉽게 사라지지 않는 그 냄새가 향기라도 되는 듯 연거푸 그녀의 머리 위에 대고 코를 킁킁거렸다. 그런데 왜 당신과 함께 있으면 꼭 내게만 안 좋은 일이 생기는 거지, 그녀가 말했다. 그게 내 잘못인가, 내가 말했다. 당신 잘못은 아니지만, 그래도 당신 잘못으로 돌리고 싶어, 그녀가 말했다. 달리 누구의 잘못으로도 돌릴 수 없으니까. 그래, 어쩌면 갈매기가 내 머리를 겨냥했는데 당신 머리 위에 잘못 떨어졌는지도 모르지, 내가 말했다. 다시 우리가 여관으로 돌아왔을 때 J는 그만 집에 돌아가고 싶어 했다. 당신과 함께 이곳에 더 있으면 무슨 좋지 않은 일이 또 일어날지 모르겠어, 그녀가 말했다. 어떤 일이 일어날지 두고 보는 것도 재미있을 텐데, 내가 말했다. 지금까지 일어난 일만으로도 충분해, 그녀가 말했다. 하지만 나는 혼자 좀 더 남아 있고 싶다고, 그러니 먼저 가라고 했다. 어쩐지 나는 그녀가 그렇게 먼저 가겠다는 얘기를 꺼내지 않았으면 내가 그녀에게 먼저 가 달라고 말했을 거라는 생각이 들었다. 그리고 그녀와 함께 하는 여행에서 그녀의 역할은 끝이 난 것 같았다. 그럴 이유라도 있어, 그녀가 물었다. 아니, 모르겠어, 그냥 혼자 더 있고 싶어, 더 있어야 할 것 같아, 내가 말했다. 하지만 이곳이 마음에 들어서는 아냐. 말은 그렇게 했지만 그곳의 어딘가가 마음에 들려고 하는 것도 사실이었다. 그녀는 더 이상 캐묻지도, 함께 돌아가자고 강요하지도 않았다. 그녀는 씻은 후 짐을 챙긴 다음 내가 돌아가는 데 필요한 여비를 주고 떠났다.

그날 밤 혼자 여관방의 침대에 가만히 누워 천장을 멍하니 바라보며 머릿속에 아무렇게나 떠오르는 생각들을 하며 시간을 보냈다. 왜 하루를 더 머물려고 했는지 생각해 보았지만 알 수 없었다. 아무 일도 없는 하루를 더 보내기 위해서, 아니면 무슨 일이 생기기를 바라며? 그 어느 쪽도 아닌 것 같았다. 하지만 나는 무슨 일이 생긴다 하더라도, 아니면 아무 일도 일어나지 않더라도 상관없다고 생각했다. 어쨌든 그것은 중요하지 않았다. 그렇다고 다른 중요한 것이 있는 것도 아니었다. 나는 머릿속을 어지럽게 파고

드는 생각들을 도무지 정리할 수가 없었다. 나의 정리되지 않은 생각 속에서 이 세계는 너무나도 잘 정리된 것 같았고, 그래서 이 세계는 그대로, 그렇게 있어야 한다는 생각을, 그 정도로 정리할 수 있었다. 그런 다음 나는 나의 시선을 좀 더 좁혀 좀 더 먼 곳에 시선이 가 닿게 하거나 시선을 좀 더 넓혀 좀 더 가까운 곳에 이르게 했다. 하지만 모든 시선은 시선을 가로막고 있는 천장에 가 닿을 뿐이었다. 점차 나의 시선들이 서로 어긋나게 겹치기 시작했고, 분명치 않은 수많은 생각들이 파도처럼 떠밀려 왔다가 물러났다. 나는 그중의 어떤 생각들을 마치 테니스 공을 라켓으로 툭툭 치듯 갖고 놀다가 던져 버리곤 했다. 그러던 어느 순간 문득 파괴적인 충동에 대한 생각이 떠올랐고, 그에 어울리는 영상들이 집요하게 떠돌았고, 그 집요하게 떠도는 영상들을 물리치기 위해 모래 말고는 아무것도 없는 텅 빈 사막을 떠올리며 그 속으로 걸어 들어가는 상상을 하려 했지만 쉽지 않았다. 다시금 파괴적인 힘에 대한 막연한 생각들이 이어졌다. 분명하게 알 수는 없었지만 라켓으로 쥐를 내리칠 때 또는 기관포 사격에서 발생하는 힘과는 또 다른 힘으로 느껴졌다. 나는, 잠자고 있는 어떤 충동을 일깨워 그것으로 하여금 너를 상대하게 할 필요는 없겠지, 하고 나 자신을 향해 말했다. 그렇게 혼자 공상하다가 잠이 들긴 했지만 잠자리는 무척 불편했다. 이튿날 오후가 되어서야 일어났을 때 어쩐지 품어서는 안 되는 생각을 품고 잠을 잤다는 생각이 들었다. 정신을 차리고 옷을 모두 입은 다음에도 곧바로 방을 나서지 못하고 머뭇거렸는데 뭔가가 나를 그곳에서 붙들고 있는 것만 같았기 때문이다. 그래서 나는 이마가 벌게질 정도로 세게 문질러 그 순간 나를 가로막고 있는 듯한 느낌을 지웠고, 그러고 난 후에야 방을 나설 수 있었다.

그날도 나는 식사 후에 해변을 따라 산책했다. 한데 얼마 걷지 않아 바닷가에서 전날 본 아이들을 발견했다. 그들이 무엇을 하고 있는지, 또는 무슨 일을 꾸미고 있는지, 또는 꾸민 일을 단념하고 있는지는 알 수 없었다. 그들은 별생각 없이, 그리고 마땅히 할 일도 없이 서성이고 있는 것 같았다. 아니면 또 다른 희생양을 찾고 있는지도 몰랐다. 나는 그들 가까이를 지나쳐 갔다. 이미 그들이 나를 발견한 후라 뒤돌아 가기도 그들을 피해 돌아서 가는 것도 어색했기 때문이다. 그들은 나를 모르는 척했다. 마치 전날 우리 사이에 아무 일도 없었던 것처럼 태연했다. 나 역시도 모르는 아이들인 양 행동했다. 또 돈을 요구해도 할 수 없어, 내게 남은 돈은 없으니까, 나는 생각했다. 하지만 그들은 내게로 와 또다시 돈을 요구하거나 하지는 않았다. 어쩌면 전날 우리가 준 돈을 아직 다 쓰지 않았는지도 모른다. 나는 한참을 계속 걸었고, 전날과는 반대쪽에 있는 섬의 끝에 이르렀다. 거기에는 작은 돌산이 있었고, 아래에는 이제 사용하지 않는 채석장이 방치되어 있었다. 잔인하게 파헤쳐진 산의 잘려 나간 바위 아래로는 돌 부스러기들이 널려 있었고, 옆에는 오래전에 멈춰 선 듯 녹이 슨 암석 분쇄기가 거의 쓰러질 듯한 모습으로 서 있었고 — 섬에서 본 것 중 가장 인상적인 것이었고, 덕분에 그 섬에 오길 정말 잘했다는 생각이 들었다 — 자갈을 실어 나르는 컨베이어 벨트는 군데군데 구멍이 나 있었다. 나는 그 볼썽사나운 잔해들을 마치 현장을 꼼꼼히 조사하는 토목 기사처럼 천천히 살펴보았다.

한데 문득 뒤를 돌아보자 내 뒤에 누군가가 서 있었다. 전날 호주머니 속의 칼을 꺼내 보인 아이였다. 그는 혼자였다. 순간적으로 분노를 느끼거나 하지는 않았지만, 다만 그가 왜 그곳에 있는지 궁금했다. 어쩌면 그는 해변에서 나를 본 후 줄곧 내 뒤를 밟았는지도 모른다. 그는 전날 우리가 마주쳤을 때처럼 웃고 있었다. 하지만 호주머니 속의 칼을 꺼내 보이거나 하지는 않았다. 그의 웃는 모습을 보자 문득 어쩌면 이 아이는 늘 이렇게 웃고 있는지도 모른다는 생각이 들었다. 아니면 누군가를 위협할 때, 또는 어떤 위험이 닥친 순간에만 웃는지도 모른다. 하지만 그는 웃음을 지을 뿐 아무 말도 하지 않았다. 잠시 나를 쳐다보던 그는 나와는 볼일이 없다는 듯 나를 지나쳐 채석장으로 쓰이던 산 쪽으로 갔다. 나는 잠시 그다지 높지 않은 산 위로 올라가기 시작하는 그 뒷모습을 바라보았다. 하지만 그 다음에는 나도 모르게 그를 따라 야산을 향해 가고 있었다. 그때 문득 좋은 생각이 떠올랐다. 나는 양말을 두 짝 모두 벗어 그 속에 돌맹이를 집어넣은 다음 다른 양말로 그것을 쌌다. 그의 모습이 바위산의 소나무와, 소나무 아래 자라고 있는 덤불숲 사이로 잠시 보였다가 사라지곤 했다. 나는 조용히, 하지만 빠른 걸음으로 그의 뒤를 밟았고, 우리 사이는 계속 좁혀졌다. 나는 뒤를 밟으며 그에 대한 적의를 일깨우기 위해 애를 썼지만 소용이 없었다. 그는 야산의 정상에 있는, 묘석도 없고, 군데군데 파헤쳐진, 방치된 무덤 위에 조용히 앉아 바다 쪽을 바라보고 있었다. 나는 덤불 뒤에 몸을 숨긴 채 그를 잠시 바라보다가 살금살금 다가갔다. 그는 깊은 생각에 잠긴 듯, 아니면 아무 생각 없이 멍하게 있는 듯 내가 바로 뒤에 있다는 사실도 눈치 채지 못했다. 돌아앉아 있는 그의 뒷모습에서 어쩐지 어린 시절을 불우하게 보냈을 것만 같은 느낌을 받았다. 얼핏 그가 측은하게 느껴졌다. 나는 잠시 주춤했지만 곧 손에 들고 있던, 양말로 싼 돌맹이로 그의 머리를, 죽지 않을 정도로 내리쳤다. 그에게 아무런 적의도 느끼지 못한다는 사실이 그를 내리치는 데 방해가 되지는 않았다. 그에게 해를 입힐 생각은 없었다. 다만 그에게 어떤 타격을 가하고 싶었다. 그

리고 돌멩이를 양말 속에 넣어 충격을 줄이는 방법을 생각
해 내지 못했다면 이런 일은 저지르지 않았으리라는 생각
이 들었다. 후회스럽지 않았다. 그렇다고 조금 전 내가 저
지른 일이 잘한 일이라고 생각하지도 않았다. 다만 이 모든
것이 왠지 당연한 귀결처럼 여겨졌고, 그래서 나는, 이건
부득이한 일이었어, 라고 중얼거렸다. 그는 옆으로 쓰러졌
고, 머리에는 약간의 피가 묻어 있었다. 잠시 실신했을 뿐
생명에는 지장이 없는 듯했다. 정신을 잃고 쓰러져 있는 모
습을 보자 왜 내가 하루를 더 머물려고 했는지 그 이유를
알 수도 있을 것 같았다. 하지만 그 이유가 좀 더 분명해진
것 같았을 뿐 끝내 완전히 알 수는 없었다. 잠시 쓰러져 있
는 그의 모습을 바라보았다. 야비하거나 비굴해 보이는 웃
음을 짓고 있지도, 누군가를 위협하는 표정을 짓고 있지도
않은 그 순간의 그는 오히려 순진한 얼굴을 하고 있었다.
그리고 그의 콧수염 역시 아직 어른이 되지 못한 아이의
것처럼 보였다. 그를 따라다니는 근심이 무엇이든 그것을
잊은 채 잠들어 있는 것처럼 보였다. 나는 그를 향해 개인
적인 감정은 하나도 없었다고 얘기했다. 하지만 정신을 잃
은 아이는 그 말을 알아듣지 못했다. 나는 잠시 그를 위해
할 수 있는 일이 없을까 생각했고, 그가 추울 수도 있겠다
는 생각이 들었고, 그래서 외투를 벗어 덮어 주었다. 하지
만 그렇게 하고 나자 내가 추웠고, 그래서 나는 그 외투를

벗겨 다시 껴입었다. 어쨌든 그는 옷을 충분히 두껍게 입고 있어 몸이 얼거나 하지는 않을 것 같았다. 나는 무심히 그의 호주머니 속에 손을 넣어 칼을 꺼냈다. 칼은 생각만큼 예리하지는 않았다. 나는 그 칼을 내 호주머니에 넣은 다음 다시 한번 그가 괜찮은지 확인하고 산을 내려왔다.

이제는 그 섬을 떠날 충분한 이유가 생긴 것처럼 느껴졌고, 나는 해변을 따라 근처의 버스 정류장으로 향했고, 곧 도착한 버스에 몸을 실었다. 한데 버스가 출발한 후 불현듯 그 아이가 벙어리인지도 모른다고 생각했다. 실제로 그는 내 앞에서 계속 웃기만 할 뿐 말을 한 적은 없었다. 그리고 그의 웃음은 벙어리들이나 짓는 웃음 — 벙어리들이 모두 그런 웃음을 짓는지는 알 수 없었지만 — 같았다. 어쩌면 아무 근거도 없는 생각일 수도 있었지만, 일단 그런 생각이 들자 그가 벙어리임에 틀림없다는 생각으로 굳어졌다.

그리고 그날 저녁 집에 돌아온 나는 짧은 여행의 기억들과 순간순간의 느낌들을 떠올리며 재미 삼아 그 모든 느낌들을 합산해 보았다. 예상처럼 역시 아무런 느낌도 들지 않았다. 모든 느낌을 청산해 버린 느낌마저도 들지 않았다. 그리고 아무런 느낌도 들지 않는 그 상태는 여행에 대한 기억마저 말끔히 지워 주었다. 마치 여행 같은 것은 다녀온 적도 없는 것 같았고, 나는 그 상태가 만족스러웠다.

이튿날 나는 다시 병원에 갔다. 이번에는 아버지가 입원해 있는 병원이 아니라 치과 병원이었다. 오래전부터 계속 미뤘던 일이었다. 나는 젊은 의사의 지시대로 몸을 뒤로 누일 수 있는 의자에 앉아 치료를 받았다. 치아 두 개가 썩어 덧씌우기를 해야 하는 상태였다. 우선은 신경 치료를 받기로 했다. 나는 의사가 내 잇몸의 신경을 건드리며 치료하는 동안 발아래 쪽의 책상에 있는 나선형의 작은 스테인리스 구조물을 골똘히 바라보았다. 전기 장치에 의해 나선형의 착시 현상을 일으키며 계속 돌고 있는 장식품이었는데, 한참 동안 보고 있으면 그 안으로 무한히 빨려 들어가는 느낌을 주는 것이었다. 꼭 원형 계단을 떠올리게 했다. 언젠가 한번 어느 빌딩에서 원형 계단을 발견하고는 꼭대기까지 올라가 지칠 줄 모르고 아래를 내려다본 적이 있었는데, 그 순간 나는 내가 나선형에, 나선형의 구조물에 집착한다는 사실을 처음 깨달았다. 때로 나선형은 그 안으로 무한히 빨려들 것 같은 느낌을 주기도 하지만 때로는 그것으로부터 무한히 튕겨져 나가고 있다는 느낌을 주기도 했다. 그리고 그 느낌은 그 순간의 느낌 속에서 어느 한쪽으로도 기울었는데 일단 한쪽으로 기울면 다른 한쪽으로 기우는 것이 거의 불가능했다. 나는 신경을 건드리는 소형 드릴의 날카로운 느낌을 고스란히 느끼며 여러 가지 의료 기구와 장비들을 둘러보았다. 이빨을 뽑거나 치료하는 데 쓰이는 여러 가지 기구들이 갖춰진 진료실은 작은 실험실을 연상시켰다. 그런 것들을 둘러볼 수 있어서 무척 기분이 좋았고, 마취도 안 한 채로 행한 신경 치료의 통증도 거의 느낄 수 없었다. 치료는 곧 끝이 났고, 나는 다음 진료를 예약했다. 나는 치과 병원에서의 좋았던 기분을 가지고 아버지가 입원해 있는 병원의 중환자실로 갔다. 그곳에는 치과 병원보다 볼 것들이 더 많았다. 중환자실에 들어선 나는 아버지를 잠시 살펴본 후 주위에 있는 산소 발생기와 인공호흡 장치, 가느다란 호스와 밸브와 튜브와 마스크, 그리고 뇌파 측정기, 그 밖의 다른 기계 장치의 게이지 등을 실컷 구경했다. 자신이 하는 일에 열심인 기계 장치들은 — 나는 기계 장치들을 보면 그것들이 명상에 잠겨 있다는 착각마저 들곤 했다. 그리고 아주 단순한 것에서부터 아주 복잡한 것에 이르기까지 기계들의 완결성은 유기체의 그것만큼이나 나를 감탄하게 만들었다. 세상의 모든 기계 장치들은 너무나 기능적이고 효율적이어서, 바로 그 이유로 나는 효율성을 전적으로 무시한, 또는 배반한, 전혀 기능을 알 수 없는, 엄청나게 비대한, 아무런 쓸모가 없는 기계 장치 — 태생적으로 너무나 완벽한 결함 덩어리인, 아무런 쓸모도 갖지 못하는 그 기계는 완성되는 순간 폐기 처분될 것이다 — 를 제작해 보고 싶은 유혹을 종종 느꼈다. 그런 생각이 나의 마음을 달래 주었다. 기분을 돋워 주는 여러 기계 장치들을 번갈아 보며 시선을 옮겨 다녔다.

평소 같았으면 불필요한 관심을 지대하게 보이며 전혀 지루하지 않게 볼 수 있었을 그 모든 기계 장치들에도 불구하고 곧 나는 시큰둥해졌는데 내 앞에 누워 있는 아버지 때문이었다. 그는 애처로운 모습으로 어떻게든 내 기분을 언짢게 했다. 나는 아버지를 다시 유심히 바라보았다. 꼭 쥔 손이 눈에 들어왔다. 전에 내가 다녀갔을 때부터 계속 그런 상태로 있었던 모양이었다. 뭔가를 숨기고 있는 듯한 그 손을 참을 수가 없다. 나는 그 손에 대단한 관심이 있는 것처럼 유심히 바라보았다. 내가 그것을 그렇게 유심히 바라본 이유는 그것에 대한 미미한 관심마저 완전히 떨쳐 버리기 위해서였다. 잠시 후 의사가 왔고, 나는 아버지의 몸에 부착된 인공적인 생명 연장 장치를 제거하는 데 동의했다. 의사는 언제쯤이 좋을지 생각해 본 후에 다시 찾아오라고 했지만 나는 지금 당장이라도 상관없다고 했다. 의사는 나를 한번 흘낏 쳐다보았다. 나는 더 이상 기다릴 것도, 생각할 것도 없다고 했다. 의사는 다른 의사를 불렀고, 불려 온 의사는 아버지의 몸에 연결되어 있던 튜브와 마스크, 그리고 주사 바늘을 제거했다. 아버지는 마치 테니스 코트의 죽어 가던 쥐처럼 경련을 일으키더니 곧 잠잠해졌다. 이렇게 해서 마침내 아버지는 죽게 되었군, 조금도 어울리지 않는 모습이라고는 할 수 없는 모습으로, 아버지의 마지막 순간을 지켜보며 나는 생각했다. 의사는 잠시 자리를 비켜 주었다. 나는 죽은 아버지를 내려다보았다. 난생 처음 보는 희귀 식물을 구경할 때처럼 마지막으로 그를 바라보았다. 연민과 경멸이 뒤섞인 감정이 치밀지도, 치밀 것 같지도 않았다. 나는 아무 감정도 느낄 수 없었다. 여전히 꼭 쥐어져 있는 아버지의 손을 펴 보려 했다. 손을 잡으려는 순간 나는 흠칫하지 않을 수 없었다. 정전기가 심하게 일며 불꽃이 번쩍 일었다. 나는 센 전류에 덴 것처럼 손을 흠칫 뗐다. 그러고는 다시 조심스럽게 그의 손에 손을 대 보았다. 이번에도 정전기가 일었지만 조금 전처럼 심하지는 않았다. 나는 그의 손을 펴 보았다. 아무것도 들어 있지 않았지만 놀라운 것이 눈에 들어왔다. 손톱이 아주 길게 자라 있었던 것이다. 관 속에 누운 시체의 손톱을 떠올리게 했다. 놀라운 것을 보기라도 한 듯 그 순간의 놀라움을 표정에 그대로 지닌 채 병실을 나섰다. 접수창구에서 몇 가지 필요한 수속을 밟은 후 병원을 떠났다. 장례식은 이틀 후로 잡아 두었다. 나는 아무에게도 연락하지 않기로 마음을 먹었다. 연락할 만한 사람도 없었다. 아버지와 오래전부터 따로 살아온 어머니는 연락을 해도 오지 않을 것이었다. 그리고 딱히 준비할 것도 없었다.

내가 병원을 나서서 얼마 지나지 않았을 무렵 내 앞에 놀라운 광경이 펼쳐졌다. 앞쪽에서 걸어오던, 짧은 치마를 입은 젊은 여자가 마치 연극 무대에서처럼 갑자기 길 위에 쓰러져 발작 증세를 보이기 시작했다. 길을 가던 사람들이 걸음을 멈췄고, 그녀를 에워싸기 시작했다. 하지만 누구도, 그녀를 지켜볼 뿐 아무 조처도 취하지 않았다. 흔히 볼 수 없는 그녀의 표정과 몸짓으로 사람들이 다가오지 못하게 했다. 간질 발작을 일으키는 것이 분명했다. 한데 흰 눈자위가 드러난 일그러진 표정과는 너무도 대조적인 고급스러운 파란색 윗옷과 살짝 걷어 올려진 짧은 치마 아래로 드러난 너무도 하얀, 탄력 있는 허벅지가 약간은 기이하게 느껴졌다. 나는 그런 생각을 하며 그녀를 내려다보았다. 그때 누군가가 나서서 그녀를 진정시키려고 했지만 소용이 없었다. 그도 그럴 것이 그 순간 그녀가 갑작스럽게 발작을 멈추며 몸을 일으켰고, 자신에게 무슨 일이 있었는지, 그리고 그녀를 에워싸고 있는 사람들을 이해할 수 없다는 표정으로 바라보고 너무도 태연하게 옷에 묻은 먼지를 턴 후 멀어져 갔다. 나는 잠시 멀어져 가는 그녀의 뒷모습을 지켜보았다. 조금 전의 발작의 흔적은 찾아볼 수가 없었다. 모든 것이 너무도 순식간에 일어났고, 조금 전의 상황이 무엇이었는지 어리둥절해졌다. 쉽게 발을 뗄 수가 없었다. 나와는 상관없이 일어난, 내가 모르는 여자의 갑작스러운 발작이 헤어 나올 수 없는 상태로 몰아넣은 것처럼 느껴졌기 때문은 분명 아니었다. 그럼에도 오로지 자기에 의

한, 자기를 향한, 자기 속에서 이루어지는 운동처럼 여겨지는 그 발작은 분명 인상적인 구석이 있었다.

잠시 나는 내 주위로, 도로 위를 빠르게 지나가는 차량들과 그보다는 느리게 보도 위를 지나가는 사람들의 움직임을 바라보았다. 그(것)들의 움직임이 내가 움직이는 것을 어렵게 만드는 것은 아니라고 생각하면서도, 내가 몸을 움직이는 것이 어려운 것은 그(것)들 때문이기라도 한 듯 그(것)들을 바라보았다. 그 모든 움직임들이 나와는 아무런 상관도 없이 이루어지는 것 같았고, 그것들 역시 서로 무관하게 이루어지는 것 같았다. 나는 잠시 그 느낌 속에 머물다가 그 느낌을 내가 서 있던 그 자리에 나를 대신해 남겨 놓은 다음 다시 걸음을 옮겼다. 나는 조금 전 그녀가 간 방향을 뒤쫓아 갔지만 그녀의 모습을 찾을 수는 없었다. 길을 잃은 것처럼 잠시 사람들 사이에 서 있다가, 근처에서 누구의 것인지 알 수 없는, 나무 울타리 속에 있는 흉상 하나를 발견하고는 그 앞으로 걸어갔다. 청동으로 만들어진 흉상 아래에 있는 팻말에는 그의 이름이 적혀 있었지만 먼지에 가려 잘 보이지 않았다. 그가 무슨 이유로 역사에 길이 남았는지, 그래서 흉상으로나마, 그리고 어떻게 보면 흉물처럼 그 거리의 한 모퉁이에 서 있게 되었는지 알 수 없었다. 누구의 것인지 알 수 없는, 자신의 모습에, 자신의 기억에, 그리고 자신을 그렇게 서 있게 한 역사에 흠칫하는 듯한 모습으로 서 있는 그 흉상이 그곳에 있어야 할 이유를 끝내 찾을 수 없었고, 마치 그 흉상의 모습을 참을 수 없다는 듯이, 그래서 그럴 수 있는 것처럼 다시 걸음을 옮기기 시작했다. 그 후로 나는 뚜렷한 목적 없이 시내를 돌아다녔고, 완전히 지친 상태에서 집으로 돌아왔다.

잠시 침대에 누워 쉬다가 아무 생각 없이 텔레비전을 켰다. 텔레비전에서는 테니스 시합을 중계하고 있었다. 시합을 하는 두 사람은 세계에서 가장 실력 있다는 선수들이었다. 하지만 이상하게도 그날따라 그들은 실수를 많이 했다. 세계 최고의 선수라는 말이 무색할 정도였다. 나는 텔레비전의 볼륨을 완전히 줄였다. 그러자 생동감이 없어진 그들의 동작은 우스꽝스럽게 느껴졌다. 나는 잠시 그들을 구경하다가 텔레비전을 끄고 어두운 화면을 노려보았다. 검은 화면 위로 어두운 통로 속에 서 있는 듯한 나 자신의 모습이 실제로 보이는 것은 아니었지만 그러한 상상을 하면서 화면 속에 있는 내 모습에 손을 대어 보았다. 순간 정전기가 심하게 일었다. 나는 심한 충격을 받은 사람처럼 넋이 나간 채 그대로 누워 있었다. 그리고 잠시 후 전기스탠드를 켜고 종이를 꺼내 수많은 나선들을 그리기 시작했다. 여러 개의 나선들이 포개지며, 서로 연결된 마술사의 링처럼 서로 뒤엉켰다. 그 뒤엉킨 나선들 위로, 내가 어쩔 수 없는 이 상황이 나의 변함없는 상황이라고 나는 적는다, 라고 적은 후 어쩌면 그것은 잘못된 생각일 수도 있다, 는 말을 덧붙였다. 순간 갑자기 전구에서 펑, 하는 소리가 나며 불이 나갔다. 방 안이 깜깜해졌고, 아무것도 보이지 않았다. 잠시 그 어둠 속에서 조용히 앉아 있었다. 그러자 마치 누군가에게 가장 큰 약점을 잡힌 것 같았다. 나는 나의 약점을 인정하듯 눈을 감고 누군가를 조롱할 때처럼 혀를 내밀어, 혀끝에 닿은 어둠을, 또는 고요를, 그 아무렇지 않은 맛을 맛보았다. 그러면서 나는 눈에 보이지 않는 곳에, 집 안 구석구석 쌓여 있을 먼지들을 상상했다. 이상하게도 그 메마른 먼지를 상상하자 입 안에 침이 고이기 시작했다. 나는 물을 마시기 위해서였는지 자리에서 일어났지만 대신 가만히 손을 더듬어 스탠드를 찾았고, 그 안에 든 전구를 빼내서, 아무렇지도 않게 그 갓 속에 손을 집어넣었다. 기다렸다는 듯 220볼트의 전류가 나의 몸을 관류했다. 전율이 느껴졌고, 나는 아무 느낌도 없는 척 가만히 손을 빼지 않고 있었다. 아니 그것은 손을 뺀 후의 생각일 뿐 실제로는 금세 손을 뺐다. 하지만 감전의 충격은 정전기의 충격과는 비교도 되지 않을 만큼 컸다. 왼쪽 상반신이 뭔가에 심하게 부딪힌 것 같았다. 또는 끓는 물에 살이 살짝 데쳐진 것 같았다. 몸의 나머지 부분과는 확연히 구분되는 느낌에 의해 나는 왼쪽 상반신이 마치 바닥에 떨어져 부딪히며 떨어져 나간 석고상의 일부처럼 느껴졌고, 그래서 부동의 석고상처럼 꼼짝 않고 앉아 있었다. 그러다가 문득 잠이 들었고 꿈을 꿨다. 내가 귓속에 손가락을 넣자 거리낌 없이 안으로 깊숙이 들어가 손가락으로 뇌를 만지작거리는, 고통스럽지는 않았지만 아주 비위가 상하는 꿈이었다.

이튿날 아침 식사를 한 후 무엇을 할지 망설이다가 다시 테니스 코트에 갔다. 사실 처음부터 거기에 갈 생각은 아니었다. 집을 나와 걷다 보니 어느새 그곳에 가 있었다. 이번에는 라켓도 공도 가져오지 않았다. 정전기가 너무도 심해 그 무엇에도 손을 대기 어려울 정도였다. 실제로 공은 치지도 않으면서 마치 공을 치는 것처럼 팔을 휘두르며 코트를 누비고 다녔다. 실제로 치는 것이 아니라 치는 흉내만 내는 것이기에 더욱 열중할 수 있는 것 같았다. 하지만 혼자 테니스를 치면서도 부진을 면치 못하고 있다는 생각이 들었고, 그래서 나는 다소 과장되게, 아주 큰 동작으로 손목을 휘둘렀다. 그 순간 손목 관절이 삐끗했다. 별다른 통증은 느껴지지 않았지만, 대신 전날 감전된 부위의, 잊고 있었던 뻐근한 느낌이 다시 찾아왔다. 나는 잠시 테니스 코트를 둘러싼 철망을 따라 코트를 돌기 시작했다. 일전에 본 사내의 모습은 찾아볼 수가 없었다. 대신 나는 한쪽 구석에서 낙엽에 덮여 있는 공 하나를 발견했다. 어쩌면 내가 지난번에 잃어버리고 찾지 못한 공인지도 모른다. 벤치에 앉아 땅바닥에 공을 튕기며 그 소리에 귀를 기울였다.

탁하면서도 메마른 소리가 났다. 그리고 그때 근처 어딘가에서 분명하게 알 수 없는 관악기 소리가 계속 들려왔다. 무슨 곡인지 골똘히 생각해 보았지만, 내가 모르는 곡이라는 생각뿐이었다. 그 곡뿐 아니라 그것을 연주하는, 관악기임이 분명한 그 악기도 무엇인지 끝내 알 수가 없었다. 그래서 나는 마치 그 동작에서 어떤 도움을 구하듯 손가락관절을 천천히 구부리며 관절의 구부러지는 모습을 가만히 바라보았다. 손목에서 약간의 통증이 느껴졌고, 자세히 보니 손목이 약간 부어 있었다. 그때 문득 조금 전 손목을 크게 휘두른 기억이 떠올랐고, 거기에는 휘두른 행위가 있었을 뿐 그 휘두름에 가격당한 것은 아무것도 없었다는, 그리고 내가 그 코트에서 얼마 전 쥐를 내리쳤을 때에도, 여행 중에 섬에서 만난 아이를 내리쳤을 때에도 마찬가지였다는 생각이 들었다.

그 순간 내가 앉아 있던 벤치 옆 수돗가에 있던 고무호스에서 갑작스럽게 물이 뿜어져 나오기 시작했다. 똬리를 튼 뱀처럼 감겨 있던 호스에서 물이 뿜어져 나오며 호스가 춤을 추기 시작했다. 호스가 이리저리 맴돌면서, 물줄기가 나를 향해, 나를 뒤쫓듯이 뿜어졌다. 나는 자리에서 벌떡 일어나 물줄기를 피했다. 어쩐 일인지 물줄기는 마치 나와 장난하듯, 계속 끈질기게 나를 따라다녔다. 나는 물줄기를 피할 수가 없었고, 몸이 젖는 것도 피할 수가 없었다.

그도 그럴 것이 나는 물줄기를 피하듯 이리저리 몸을 움직였지만 사실은 그 물줄기가 내게 와 닿도록 완전히 피하지는 않았던 것이다. 나는 계속 뿜어져 나오는 물줄기를 피하지 못하고 이리저리 미친 듯이 뛰어다녔다. 그사이 나의 입에서는 웃음이 터져 나왔고, 나는 웃음을 멈출 수가 없었다. 그리고 그 순간 문득 그 웃음에서, 웃음을 향한 충동에서 나는 파괴적인 충동을 느낄 수 있었다. 하지만 그 파괴적인 충동이 그 멈출 수 없는 웃음 속에 있는지 아니면 그 웃음을 짓고 있는 내 안의 뭔가에서 기인하는지 알 수 없었다. 그럼에도 나는 그 파괴적인 힘이 내가 테니스 코트에서 죽어 가는 쥐를, 그리고 여행 중에 만난 아이를 내리칠 때 느낀 파괴적인 충동과도, 기관포탄이 공중에서 파열하는 힘과도 또 다른, 아니, 크게 다르지는 않고, 약간 다른, 그럼에도 분명히 다른 점이 있다는 생각을 다소 어렵게나마 할 수 있었다.

아늑한 궁지

T가 나를 찾아온 것은 저녁 무렵이었다. 저녁 무렵은 내가 누구의 방해도 받지 않고 휴식을 취해야 하는 시간인데, 아마 그는 그 사실을 몰랐던 모양이다. 바깥에는 안개가 짙게 껴 있었고, 나는 거실의 텔레비전을 켜 놓은 채로 소파에 누워 창밖의, 가로등에 비친 뿌연 안개를 바라보고 있었다. 안개는 옅어지지 않았고, 옅어질 것 같아 보이지도 않았다. 오랫동안 방문객을 맞이한 적이 없는 나는 분명 집을 잘못 찾아온 사람이 틀림없다고 생각하며 천천히 자리에서 일어나 잠옷을 걸친 후 현관으로 나가 문을 열었고, 그러자 그곳에는 T가 서 있었다. 문을 열어 주기가 무섭게 집 안으로 들어온 그는 내게 손을 내밀며 악수를 청했다. 그는 나를 잘 아는 척했다. 하지만 나는 그가 누구인

지, 내가 만난 적이 있는 사람인지조차도 기억이 나지 않았다. 누구신지, 엉겁결에 악수를 하며 내가 물었다. 그는 우리가 잘 아는 사이이며, 잘 생각해 보면 자신을 기억할 수 있을 거라고 말했다. 먼저 자신을 소개하는 것이 순서일 텐데도 그는 그렇게 하지 않았는데, 나는 그 점에 대해서는 상관하지 않았다. 그는 내가 안내하지 않았는데도 거실로 가 불쑥 소파에 앉아 어떻게 이런 곳에 사람이 살 수 있느냐는 듯 집 안을 한번 둘러보았고 ─ 내 집에 처음 오는 사람들은 대체로 그런 반응을 보였고, 그래서 나는, 이 사람 또한 다르지 않군, 하고 생각했다 ─ 그래서 나는 이런 집에는 이런 사람이 산다는 듯 그의 앞에 서 있었다. 그는 다시 한번 집 안을 둘러보며, 내가 그의 시야를 막고 있는 것이 신경 쓰인다는 듯 나를 자리에 앉게 했다. 그는 감기가 심하게 걸린 듯 기침을 계속 했는데 기침이 나려고 할 때마다 손으로 입을 가렸고, 그래서 기침은 불완전하게 그가 가린 손 안에서 부서졌다. 나는 못마땅한 표정으로 그의 입과 손을 바라보았다. 그는 침이 묻은 손을 바지에 닦았는데 잠시 후에는 손바닥을 코에 대고 자신의 침 냄새를 맡았다. 그의 침 냄새가 내 코에도 맡아지는 것 같았지만 나 또한 기침을 할 때면 그러는 편이었고, 그래서 나는 그 보기 싫은 모습을 눈감아 주었다. 그는 아직도 자신이 누구인지 기억나지 않느냐고 물었다. 나는 대답 대신 그를 가만히 바라보았다. 그는 따뜻해 보이는 검정 코트를 입고 있었고, 살이 찐 얼굴에는 검정색 중절모가 씌워져 있었는데 그 모자는 그와 잘 어울리기보다는 그와는 상관없이 멋져 보였다. 그것은 누가 써도 멋져 보일 것 같은 모자였다. 그 모자 아래로 유난히 까만 눈동자가 반쯤 드러나 있었고, 입을 벌릴 때마다 희미한 입김이 새어 나오는 입 주위로는 수염이 무성했다. 그는 그 이름이면 나의 기억을 되살릴 수 있다는 듯 자신의 이름을 다시 한번 천천히 말했다. 나는 그의 얼굴이 낯설었고 그가 말하는 그의 이름 또한 귀에 익지 않았고 그 이름을 말하는 그의 목소리 또한 기억이 나지 않았다. 그는 안타까운 표정을 지으면서 어떤 기억을 되살려 주며 잘 기억해 보라고 했지만 여전히 기억나지 않았다. 그는 나에 관한 이야기는 꺼내지 않았고, 그래서 나는 그가 나를 아는지조차 확실하지 않았다. 그러면서 그는 나의 수완을 익히 알고 있으며 이런 일에는 내가 제격이라고 말했다. 나는 그의 말이 나를 너무도 모르고서 하는 얘기로 들리지는 않았다. 나는 거실의 텔레비전으로 눈길을 돌렸다. 텔레비전에서는 너구리에 관한 프로그램이 방영 중이었다. 몇 년 전 새롭게 조성된 생태 공원의 자연 환경이 나아져, 사라졌던 야생 동물들이 다시 돌아와 서식하고 있었는데 돌아온 야생 동물 중에는 너구리도 있었고, 그 너구리가 돌아다니는 모습이 사람들에게 목격되었다는 것이다. 그리하여 어떤 방송국의 취재진이 너구리 탐사에 나섰고, 그들은 아침부터 다음 날 아침까지 덤불숲 속에 숨어 너구리가 나타나기를 기다렸다. 하지만 너구리는 아무리 기다려도 나타나지 않았고, 취재진은 마냥 기다리는 수밖에 없었다. 그들은 고작 너구리가 먹이로 삼는 몇 마리의 들쥐와 개구리를 카메라에 담을 수 있었을 뿐이었다. 아무것도 하지 않는 것으로 할 바를 다하고 있는 시간은 곤혹스러울 게 틀림없었다. 취재진 모두가 지친 기색이었다. T는 얘기를 계속했다. 그의 이야기를 건성으로 들으려고 했던 것은 아니지만 그럴 수밖에 없었는데, 텔레비전의, 나와는 아무런 상관도 없는 너구리에 관한 이야기가 나와 직접적으로 관련이 있는, T가 하는 이야기보다 더 흥미로웠던 것이다. 그에 더해 어쩐지 T 역시 건성으로 이야기를 하는 것 같았는데, 그것이 내가 그의 이야기를 건성으로 들어서만은 아닌 것 같았다. 그는 나를 똑바로 쳐다보지 않았다. 그는 작고 까맣고, 다소 흐리멍덩해 보이는, 양쪽의 크기가 약간 다른 눈을 깜박이며 천장과 벽을 번갈아 쳐다보고 있었다. 나는 갑자기, 다른 이유는 없이, 단지 그의 신경에 거슬리기 위해 쉽게 고치지 못하는 좋지 않은 습관을 가진 사람처럼 의식적으로 다리를 떨기 시작했다. 하지만 그는 그것에 대해서는 전혀 신경을 쓰지 않았다, 아니 쓰지 않는 것처럼 보였다. 그는 곧 본론으로 들어갔고, 자신이 나를 찾아온 이유를 말했다. 아니, 곧바로 본론으로 들어가지도 않았다. 그는 무슨 얘기를 하는지 정확히 알 수 없는, 우리 사이에 오갈 수 있는 이야기로는 적당치 않아 보이는 얘기들을 한참 했다. 그런데 어느 순간 그가 다리를 조금씩 떨기 시작했다. 그것이 나의 영향 때문인지 — 나는 그렇게 생각하고 싶었다 — 아닌지는 알 수 없었다. 나는 그것을 확인하기 위해 다리를 떠는 것을 멈추었다. 하지만 그는 내가 다리 떨기를 멈춘 후에도 계속 다리를 떨었다. 아무래도 그는 나와는 상관없이 다리를 떠는 것 같았다. 그에게는 다리를 떠는 좋지 않은 버릇이 있는 것이 분명했다. 한데 그가 다리를 떨고 있는 것을 바라보고 있자 — 나는 신경을 딴 데로 돌릴 수가 없었다 — 나 또한 어느새 다리를 떨기 시작했고 다리를 떠는 것을 쉽게 멈출 수가 없었다. 내가 다리를 그렇게 떠는 것이 그의 영향 때문인지는 확실하지 않았다. 나는 의식적으로 그것을 멈추었지만 곧 어느새 나도 모르게 다리를 떨고 있는 나 자신을 발견했다. 나는 내가 다리를 더 이상 떨지 못하도록 두 손으로 무릎을 꼭 쥐고 있어야 할 정도였다. 그때 마침 T가 자리에서 일어나 나의 주의를 딴 데로 돌려주었다. 그는 거실의 한쪽 구석에 있는, 내가 오래전 어느 골동품 가게에서 산, 지금은 더 이상 사용하지 않는, 아니 어쩌면 어느 시골의 약재상에서는 아직도 사용하고 있을

지도 모르는 작은 저울을 발견하고는 그것이 있는 곳으로 가 그것을 흥미롭게 바라보며 접시 위에 자신의 손가락을 가볍게 올려놓았다가 떼기를 되풀이했다. 그는 그것이 마음에 드는 모양이었다. 실제로 눈금이 촘촘히 표시된 가로 막대의 양옆으로 펼친 두 손을 어깨 높이로 들고 있는 듯한, 두 개의 접시가 달려 있는 그 저울은, 그것을 본 사람이면 누구나 갖고 싶은 마음이 들게 하는 것이었다. 나는 속으로, 당신이 무엇을 줘도 그 저울과 바꿀 수는 없다고, 내게 등을 돌리고 있는 그를 향해 말했다. 그 저울은 내게 단순한 저울 이상이었다. 내가 어떤 막연한 순간에 처하게 되면 그 접시를 손가락으로 누르며 나의 생각과 그 생각 아래로 가라앉는 생각의 앙금의 무게를 달아 보는 도구였다. 그뿐만이 아니었다. 나는 기분이 어정쩡할 때 또는 기분이 아주 좋을 때 또는 슬플 때 또는 화가 났을 때에도 접시를 건드려 보거나 그 위에 추를 놓거나 손가락을 올려 보곤 했다. 다시 말해 나는 기분 여하에 상관없이, 그것을 만지작거리고 싶을 때면 기분 내키는 대로 그것을 건드려 보곤 했다. 그러니 그것이 내게 얼마나 중요한 물건인지는 말할 필요도 없었다. 다시 자리로 돌아온 그는 본론으로 들어갔다. 하지만 그의 이야기는 산만하기 짝이 없었다. 그는 한 가지 얘기를 하다 말고 다른 얘기를 했고, 여러 번 처음의 얘기로 되돌아갔다. 그때마다 나는 그의 모자가 멋지다고 생각했고, 그래서 어디 가면 그런 모자를 살 수 있는지 묻고 싶었지만 내가 그의 이야기에 집중하지 않고 있다는 사실을 감추기 위해 그 얘기는 꺼내지 않았다. 실제로 나는 그의 이야기에 그다지 집중하지 못하고 있었다. 사람들의 이야기에 집중하는 것이 항상 어려웠던 나지만, 그의 이야기, 아니 정확히는 그가 이야기를 하는 방식에는 집중을 어렵게 만드는 구석이 있었다. 그것이 무엇인지는 분명하게 말할 수 없었지만, 그 분명하지 않은 무엇이 분명하게 있다는 것은 분명하게 말할 수 있었다. 어쨌든 나는 무척 애를 쓴 끝에 그가 누군가로부터 어떤 일을 부탁받았으며, 그 일을 처리하는 데 나의 도움이 필요하다는 얘기를 하고자 한다는 것을 이해했다. 하지만 나는 그 일의 어느 부분에서 나의 도움이 필요한지 알 수 없었다. 그는 내가 제대로 이해하지 못한, 나의 도움을 필요로 하는 그 일에 대한 구체적인 내용을 얘기하는 대신, 그 일은 의뢰한 사람에게는 무척 중요한 것이며, 어쩌면 위험이 따를 수도 있다는 얘기를 직접 하지는 않았지만 그런 뉘앙스로 얘기를 했다. 그런 다음 이 일의 성격상 자세한 것은 얘기해 줄 수 없다고 말했다. 그사이 그의 목소리가 조금씩 친숙하게 들렸다. 그에 대한 기억이, 그를 만난 적이 있다는 사실이 조금씩 생각났다. 하지만 이번에는 그를 무슨 일로 만났는지, 그리고 그를 만난 장소가 어디며, 우리가 몇 번이나 만났는지 기억나지 않았다. 그러니까 분명한 것을 말해 줄 수 없다는 데 이 일의 특성이 있소, 지금으로서는, 조금 후 그가 덧붙였다. 그는 내가 이해하지 못한 부분이 있을 수도 있다는 생각에서인 듯 설명을 덧붙였지만 그 설명 또한 여러모로 도움이 되지 않았다. 그런 다음 그는 어느 순간 더 이상은 얘기를 해 줄 수 없다는 듯 얘기를 끝냈다. 그리고 그는 다시 한번 우리의 협조를 강조했다. 그가 부탁한 그 일에서 나의 역할이 분명치 않았을 뿐만 아니라 과연 나의 역할이라는 게 있는지조차 알 수 없었다. 그리고 이 일에서 그의 역할은 무엇인지도 알 수 없었다. 나는 우리에게는 각자의 역할이 있지만 일의 성격상 일의 진행에 따라 그 역할은 서로 바뀔 수도, 각자의 역할이 줄어들거나 늘어날 수도 있다고 생각했다. 그는 다시 한번 이 일의 성격상 분명하게 예정된 것은 없으며, 상황의 변화에 따라 일정에도 변화가 있을 거라고 말했다. 나는 그의 말뜻을 이해했다는 듯 고개를 끄덕였는데, 그것은 이제 내가 그 일의 일부가 되었고, 그렇다면 그것의 일부를 이루는 사람처럼 처신하는 것이 자연스럽게 여겨졌기 때문이었다. 그는 며칠 내로 내게 다시 연락이 갈 거라고 말한 후 다시 한번 집 안을 둘러본 다음 현관문 쪽으로 갔다. 그는 아직도 자신이 누구인지 기억나지 않는가 하고 물었다. 나는 그가 내 집에 들어섰을 때 이상으로 기억나지 않았지만, 그가 가고

난 후면 기억날지도 모르겠다고 말했다. 그럼 잘 있어요, 당신을 믿소, 현관문을 닫으며 그가 말했다. 조금 있자 그가 계단을 내려가는 소리가 들렸다. 하지만 발소리는 층계참에서 잠시 멈추더니 다시 커졌다. 조금 후 그가 문을 두드렸다. 조건에 대한 이야기를 잊었군요, 그가 말했다. 어떻게 그걸 잊을 수 있었는지, 자책하듯 그가 말했다. 그는 조건을 얘기했다. 나는 잠자코 듣기만 했다. 그가 말하는 조건은 내게 나쁠 것도 없지만 좋을 것도 없는 것 같았다. 그는 나의 반응을 원했다. 하지만 나는 아무 말도 하지 않았다. 나는 우리의 조건에 대해 아무런 입장이 없었고, 그래서 그가 얘기한 대로 해도 좋으며, 그의 얘기와는 다르게 해도 상관없다고 말했다. 그러면 내가 얘기한 대로 하죠, 그가 말했다. 나는 고개를 끄덕였다. 하지만 그 조건이 만족스러워서 그렇게 하는 건 아니라고 했다. 그는 그건 자신과는 상관없는 일이라고 했다. 그렇게 해서 그가 제시한 조건은 받아들여졌다. 그는 더 할 말을 찾는 듯 잠시 머뭇거리더니 다시 한번 인사를 한 다음 밖으로 나갔다. 그의 발소리가 다시 작아졌다. 그 순간 나는 그에게 뭔가를 물어보는 것을 잊었다는 생각이 들었고, 그래서 문밖으로 나갔지만 이미 그의 모습은 보이지 않았다. 당신이 쓰고 있는 그 모자는 어디 가면 살 수 있는 거죠, 하고 나는 물을 작정이었다. 그때 문득, 그가 누군지는 생각이 나지 않았지만 그를 만난 장소가 생각이 났다. 하지만 공원으로 생각되는 그 장소가 어디였는지는 기억나지 않았다. 나는 T가 내게 말하고 간 것을 곰곰이 다시 정리해 보았지만 별로 도움이 되지 않았다. 어쩌면 T 역시 그가 요령 있게 설명하지 못한 것 이상으로 이 일에 대해 아는 게 없다는 생각이 들었다. 하지만 T가 취한 은밀한 태도로 미루어 보아 이 사건은 누군가를, 어쩌면 누군가의 목숨을 해치는 일이 포함될 수도 있다고 생각했다. 그리고 그 발단은 해묵은 원한 관계에 의한 것인지도 모른다. 오랜 시간의 경과에도 불구하고 누군가를 향한 원한이 세월에 의해 무뎌지지 않고 그 날카로움을 그대로 유지하는 것을 보는 것은 기분 좋은 일이었다. 자신을 위태롭게 만들 수도 있는 깊은 원한을 떨쳐 버리지 못하는 자는 최소한 그 원한으로 말미암은 생기에 차 있을 수는 있었다. 그리고 어떤 점에서 원한만큼 서로를 없어서는 안 되는, 또는 있어서는 안 되는 존재로 만들어 주는 것도 없었다. 어쨌든 내가 하는 일의 성격상 일의 성격을 분명히 알지 못한다고 해서 항상 문제가 되는 것은 아니었다. 오히려 어떤 경우에는 하게 된 일의 성격을 분명히 파악하지 못하는 것이 그 일을 하는 데 도움이 되는 경우도 있었다. 그리고 나는 내가 이 일에 휘말리게 됨으로써 내게 닥칠 수도 있는 좋지 않을 수도 있는 일에 대해서는 생각지 않았다. 내게 좋을 수도 있는 일과 좋지 않을 수도 있는 일이 내게 크게 달랐던 적은 없었다. 대신 나는 곧 있게 될 일을 위한 나름대로의 준비가 필요하다는 생각에 준비가 필요한 것들을 생각해 보았다. 하지만 이내 따로 준비할 것들은 없으며, 시간이 되면 분명한 목적을 갖고 집을 나선 다음 내가 할 일을 하기만 하면 된다는 결론을 내렸다.

하지만 그 후 며칠이 지나도록 아무런 연락도 없었다. 그리고 아무 일도 없었다. 아직 일을 시작하기도 전인데도 마치 일이 끝나 더 이상 할 일이 없어진 것처럼 아무 일도 없었다. 아니, 그 일과는 상관 없이 내게는 무슨 일인가가 일어났다. T가 다녀간 날 밤부터 그가 다녀간 것과는 아무 상관 없이 두통이 시작된 것이다. 오른쪽 관자놀이가 몹시 쿵쿵거리면서 예리한 통증이 느껴졌다. 그럼에도 불구하고 머리의 왼쪽은 이상할 정도로 아무렇지도 않았다. 아니, 오른쪽 머리의 심한 통증으로 인해 머리의 왼쪽은 거의 고요하게 느껴졌다. 뇌의 좌우가 전혀 다른 두 사람에게 속한 것처럼 여겨질 정도였다. 전형적인 편두통 증상이었다. 좌우 뇌의 반구를 갈라놓는 편두통은 고통스럽지만 흥미로운 현상이기도 했다. 그날 밤 내내 나는 통증에 시달리며, 조금이라도 통증을 잊기 위해 머리가 잘려 나간 소와 거북과 뱀장어 같은 것들을 상상하다가 거의 새벽이 다 되어서야 간신히 잠들 수 있었다. 결국 T가 다녀간 이튿날은 잠자리에서 늦게 일어났다. 내가 보통은 일찍 일어나면서 그 날따라 늦게 일어난 것은 아니었다. 하지만 그날은 평소에 비해서도 늦게 일어난 편이었다. 일어났을 때는 이미 정오에 가까운 시각이었다. 외출을 할까 했지만 식사를 한 후 베어 문 사과 속에서 벌레를 발견한 순간 그럴 마음이 사라져 버렸다. 나는 벌레가 구멍 밖으로 반쯤 몸을 내민 채 꿈틀거리는 모습을 잠시 바라보다가 ― 나는 징그럽다거나 가련하다는 생각 없이, 여기에 뭔가 꿈틀거리는 것이 있군, 하고 생각했는데 그것은 벌레라는 단어로 일컬어지는 뭔가가 여기에 있군, 이라는 문장으로 이어졌고, 또한 그 문장은 내가 말하고 있는 벌레라는 단어가 지시하는 대상이 여기에 있군, 하는 문장으로 대체될 수 있는 것이었으며, 결국 나는 실제 벌레보다는 벌레라는 단어와 그것이 들어가는 문장을 상대하고 있었다 ― 베어 문 사과 조각을 그것이 떨어져 나온 위치에 정확하게 다시 붙인 후 냉장고의 냉동실에 넣었고, 그 후로는 아무 일도 하지 않고 빈둥거렸다. 그런데 그날 오후에는 J가 나를 찾아왔다. 기다리던 T는 오지 않고 그녀가 온 것이다. 물론 그녀는 T를 대신해서 온 것이 아니었다. 그녀는 나를 찾아오기 전에 내게 용건이 분명치 않은 전화를 했고, 내게 찾아와도 되겠냐고 하기에 내가 모르겠다고 말하자 나를 찾아온 것이었다. 아니, 내가 오거나 말거나 하라고 하자 가거나 말거나 하겠다고 한 후에 온 것이다. 우리는 막역하기 짝이 없다기보다는 막연하기 짝이 없는, 그런 친구 사이였다. 가끔씩 그녀를 만날 때면 나는 왜 우리가 가끔씩이나마 만나는지 알 수 없다는 생각이 들곤 했다. 그녀는 이번에도 사과를 사 왔는데, 그전에 올 때도 사과를 사 왔었다. 나는 냉동실에 벌레가 든 사과가 하나 있다는 사실은 말하지 않았다. 어쩐지 그 사실은 나만 알고 있어야 하는 비밀처럼 여겨졌다. 집에 온 그녀는 기분이 좋은 듯 약간 들떠 있었는데 그 이유는 알 수 없었다. 나는 그 이유가 그다지 궁금하지 않았고, 그래서 아무것도 묻지 않았는데, 그녀 역시 그 점에 대해서는 아무 말도 하지 않았고, 그래서 그 이유는 그냥 그대로 모를 수 있었다. 그녀는 무슨 얘긴가를 했다. 하지만 나는 지루한 기색을 감추지 않았다. 그런 다음 그녀는 어느 지역에 있는 호수에 가고 싶다고 말했다. 나는 그 지역에는 호수가 없다고 잘라 말했다. 그러자 그녀는 실망한 듯, 하지만 상관없다는 듯, 아무튼 호수에 가고 싶다고 했다. 나는 그녀에게 왜 호수에 가고 싶어 하는지는 묻지 않았다. 얼마 전 누군가와 어디를 지나갔었는데 그 사람이 차창 밖을 가리키며 그곳에 호수가 있다고 했어, 그녀가 말했다. 하지만 어두워서 아무것도 볼 수 없었어. 그런데 그날 이후로 계속 호수에 가고 싶어졌어. 그냥 호숫가를 말없이 거닐다가 잠시 멈춰 섰다가 다시 거닐곤 하면서 시간을 보내고 싶어. 나는, 그건 그녀의 자유니까 얼마든지 그렇게 하라고 했다. 그녀는 잠시 나를 빤히 쳐다보더니 갑자기 웃으며, 닭장 속에는 암탉이, 라는 노래를 부르며, 야옹하고 고양이 소리를 냈다. 내가 노래하는 노래 속의, 닭장속의 암탉이 고양이 울음소리를 내는 건 고양이가 그 암탉을 잡아먹었기 때문이야, 재미있다는 듯 그녀가 웃으며 말했다. 그런 정도로는 내가 재미있어 할 수 없다는 듯 나는 전혀 웃지 않았다. 그녀는 또 다른 얘기를 했고, 나는 또다시 지루한 표정을 지었다. 나는 누가 내 옆에 있는데도 그 누군가가 없는 것처럼 생각하려고 애썼다. 그녀는 그녀가 하는 모든 얘기를 내가 재미없어 하자 곧 떠났다. 그녀는 나를 만나면 가슴이 아프다고 했다. 하지만 떠날 때의 그녀는 처음 내 집에 왔을 때보다 기분이 더 좋은 듯했다. 그런데 막상 그녀가 가고 나자 약간 아쉽기도 했다. 나는 내 옆에 누가 있는 것도 아닌데 누군가 있는 것처럼 생각하려고 애썼다. 누가 내 옆에 있는데도 그 누군가 없는 것처럼 생각하는 것과 내 옆에 누가 있는 것도 아닌데 누군가 있는 것처럼 생각하는 것 중 어느 것이 더 어려운지 생각해 보았고, 그 두 가지 모두가 내게는 그다지 어렵지 않게 여겨졌다. 어쨌든 가 버린 그녀에 대한 아쉬움은 크지 않았고, 그래서 그녀가 간 후 곧 그녀에 대한 생각은 잊을 수 있었다.

나는 한참 동안 멍하니 앉아 있었고, 문득 냉동실에 넣어 둔 사과가 생각났고, 그래서 그것을 꺼냈다. 사과는 단단하게 얼어 있었다. 베어 문 사과 조각을 떼어내자 그 안의 구멍에는 얼어붙은 벌레가 그대로 있었는데 죽은 듯 꼼짝 않고 있었다. 사과를 해동하면 벌레는 다시 움직일 것 같았고, 그래서 나는 사과 조각을 다시 붙인 후 냉동실에 넣었고, 대신 냉장고 위에 올려놓은 각설탕 하나를 꺼내 입 안에 넣었다. 나는 각설탕을 과자처럼 먹기 좋아했다. 아니, 내게는 각설탕이 과자의 일종이었다. 각설탕은 내게 각별한 맛을 안겨 주었다. 나는 평소에도 호주머니 속에 각설탕을 넣고 다니며 생각이 날 때마다 꺼내 먹곤 했다. 그리고 때로는 그것을 옆에 있는 사람에게 권하기도 했다. 그러면 처음에는 각설탕을 그렇게 먹는 것을 이상스럽게 생각하지만 내가 그것을 맛있게 먹는 것을 보고는 자신도 한번 먹어 본 후에 그 순수한 하얀 결정체가 그 순간 자신에게 기쁨을 준다는 사실을 알고는 즐거워하곤 했다. 물론 설탕으로만 이루어진 각설탕은 단맛밖에 주지 않았다. 그럼에도 입안에 넣은 각설탕은 달콤한 독처럼 느껴지면서도 그것이 전부가 아닌, 어떤 형언할 수 없는 느낌을 주기도 했다. 각설탕의 각진 모서리가 혀에서 녹으며 가파르게 부서지며 — 그 순간 각설탕은 거대한 빙산의 일각처럼 느껴지고, 그래서 나는 내 입 안에서 거대한 빙산의 일각이 부서져 내리는 느낌을 가질 수 있었다 ── 녹아내리는, 그리고 끝내는 완전히 허물어져 내리는 느낌은 한마디로 표현하기 어려운 것이었다. 그것은 어떤 경우에는 내 안의 뭔가가 허물어져 내린다는 서글픈 느낌을 주기도 하지만 또 다른 경우에는 내가 뭔가를 허물어 버렸다는, 어떤 승리감을 주기도 했다. 나는 각설탕 하나를 천천히 핥아먹은 후 입안에 가득한, 단맛이 나는 침을 천천히 삼킨 다음 각설탕 하나를 더 먹었다. 이번에 먹은 각설탕은 어려운 과제를 끝냈을 때처럼 이상한 성취감을 주었다. 그렇게 각설탕 두 개를 먹고 나자 문득 자전거를 타고 어딘가 가고 싶어졌다. 내가 일단 자전거에 오르자 행선지는 저절로 정해졌다. 곧 경마장에 도착한 나는 경마장 안으로 들어갔다. 한데 그때 경마장 입구에 있던 수위가 문이 열려 있다고 해서 아무렇게나 들어가면 어떻게 하냐고 했다. 그는 경마 시즌이 시작되려면 며칠 더 있어야 한다고, 지금은 며칠 후면 시작될 경마를 위해 준비하는 중이라고, 그래서 들어갈 수 없다고 했다. 할 수 없는 노릇이군, 하고 생각하며 내가 발걸음을 돌리려는 순간 수위가 친절하게도, 경마가 열리고 있는 것은 아니지만 경마장을 둘러볼 수는 있다고 말했고, 그래서 나는 그가 친절하기도 하다며 감사를 표한 후 경마장으로 들어갔다. 이곳은 낮 시간에는 누구나 자유롭게 드나들 수 있다는 걸 몰랐단 말이오, 내 뒤에다 대고 수위가 소리쳤다. 나는 뒤를 돌아보았고 웃고 있는 그를 보았다. 오, 이 수위가 나를 놀린 게로군, 마치 내가 누구든 놀려도 좋은 사람이기라도 한 듯, 하고 나는 생각했다. 나는 기분이 좋아졌고, 그를 향해서 웃음을 지어 보였다. 그럼에도 사람들이 자유롭게 드나들 수 있는 경마장 안에 사람들의 모습은 눈에 띄지 않았다. 수위는 사람들을 거의 볼 수 없어 무료한 나머지 농담을 건넨 것이었어, 하고 나는 생각했다. 나는 자전거를 한쪽에 세워 놓은 다음 경주로 주위의 펜스 쪽으로 다가갔고, 말들이 경주로를 힘차게 달리는 모습을 상상하려 했지만 텅 빈 경주로의 모습은 그 상상을 간단하게, 효과적으로, 그리고 결정적으로 가로막았다. 그래서 나는 상상이 되지 않는, 말이 달리는 경주로의 모습을 상상하는 대신 텅 빈 경주로를 바라보며, 그것 또한 볼 만한 광경이라고 생각하며 골똘히 바라보았다. 그러자 어쩐 일인지 실제로는 들리지 않는 말발굽 소리가 들리는 듯했고 — 아니, 이것은 사실이 아니다. 나는 그 저절로 들리지 않는 소리를 떠올리기 위해 무진 애를 쓴 후에야 들을 수 있었다 — 그 소리는 조금 후, 들리지 않는, 커져 가는 사람들의 함성 — 그것을 듣는 것은 말발굽 소리를 듣는 것 이상으로 어려운 일이었다 — 에 묻혀 더 이상 들리지 않았다. 나는 텅 빈 경주로를 마치 말이 달리고 있는 것처럼 골똘히 바라보았는데 그러고 있자 문득 왜 말은 항상 충동적으로 달리고자 하는가라는 의문이 생겼지만 그에 대한 답을 일부러 구하지는 않았다. 하지만 답을 구하지도 않았는데도 문득 어떤 생각이 떠올랐는데, 그것은 말이 항상 달리고자 하는 충동에 사로잡혀 있기 때문이라는 것이었다. 그렇지만 그것은 아무리 해도 해답으로 인정하기 어려운 것 같았고 그래서 그 생각은 버렸다. 대신 나는 왜 항상 가만히 서 있는 말을 보면 그것이 이상한 자긍심에 사로잡혀 있는 것처럼 보일까 하는 생각을 했다. 하지만 그에 대한 마땅한 해답 역시 구할 수 없었다. 그래서 나는 어쩌면 그것은 자긍심이 아니라 자신에 대한 연민에 사로잡혀 있는 모습일지도 모른다고 생각했다. 한데 말이 달리지 않는 경주로를 바라보고 있자 그 바라보는 일이 어쩐지 싱겁게 느껴졌다. 나는 내가 보고 있는, 달리는 말을 위해 있는 그 경주로는 어쩐지 달리는 말을 생각하는 나의 머릿속에만 있을 뿐이라는 생각이 들었고, 그래서 발걸음을 옮겨 마구간으로 갔다. 나는 그곳이 말들을 가둬 놓은 곳이라는 것을, 언젠가 그 안에 갇혀 있는 말들을 본 적이 있어서 알고 있었다. 하지만 문이 잠겨 있어 말들은 볼 수 없었다. 그럼에도 그 안에서 새어나오는 말똥 냄새는 맡을 수 있었다. 그렇지만 말똥 냄새가 난다고 해서 그 안에 말이 있으리라는 법은 없었다. 그리고 말들이 울거나 다른 이유로 내는 이상한 소리도, 말발굽이 시멘트 바닥에 탁탁

하고 부딪히는 소리도 들리지 않았다. 나는 말들을 보지도 못하고 말똥 냄새만 맡은 것으로는 말을 본 거나 다름없다고 생각할 수 없었을 뿐만 아니라 말을 실제로 볼 수는 없으니 말똥 냄새라도 실컷 맡자는 생각도 할 수가 없었다. 어쩌면 말들은 다른 곳으로 보내져 그 안에 없는지도 몰랐다. 말이 없는 마구간을 생각하자 약간 서글퍼졌고 나는 그 서글퍼진 느낌을 그대로 간직한 채 마구간을 떠나 경마장 옆의, 나무들이 있는 곳에 있는 벤치로 가서 앉았다. 어느새 텅 빈 경주로 위로 회색 작업복들을 입은 일꾼들이 나와 땅을 고르고 있었다. 그렇게 가까운 거리는 아니어서 잘 알 수는 없었지만 그들은 다소 게으르게 일을 하는 것 같았다. 그들은 자신들이 해야 하는 일을 되도록 천천히 끝내고자 하는, 아니 그냥 시간을 때우고자 하는 것처럼 보였다. 그중 몇몇은 아예 일은 않고 가만히 서서 담배를 피우며 얘기를 나누고 있었다. 그들이 게으름을 피우건 열심히 일을 하건, 나와는 아무 상관도 없는 일이었지만, 그 사실이 내가 그들을 못마땅한 표정으로 바라보며, 이제 잡담은 그만하고 일이나 하라고 중얼거리는 것을 막지는 못했다. 나는 어쩔 수 없다는 듯 그 게으른 일꾼들로부터 눈길을 돌려 하늘을 올려다보았다. 맑고 파란 하늘이 너무도 넓은 면적을 차지하고 있는 것이 어쩐지 약간 과장되게 느껴졌다. 그 모습을 한참 동안 바라보고 있자 집에 돌아가고 싶었고, 그래서 곧장 집으로 갔다. 그 다음 입고 나갔던 외투 차림 그대로 침대에 누웠다. 눈을 감고 누워 있자 내가 입고 있는 외투가 그 끝자락이 어디에 있는지 알 수 없을 정도로 길게 펴져 있고, 펴져 가는 것만 같았다. 나는 일상의 평범한 것들과 마주치지 않기 위해서는, 그리고 그 것들을 도외시하기 위해서는 자락의 끝이 보이지 않는 그 긴 외투를 입은 채 침대에 가만히 누워 있어야만 했다. 어쩌면 외로움이, 또는 외로움과 비슷한 것이, 또는 비슷하기는 하지만 외로움은 아닌 어떤 것이라고도 할 수 있는 어떤 느낌이 다가왔지만 나는 약간의 노력 끝에 그것을 밀어 낼 수 있었다. 그러자 내가 이렇게 혼자 있는 가운데 느끼는 이 막막함은 누구의 이해도 필요치 않아 괜찮다는 생각이 들었고, 나는 그것을 혼잣말로 보다 분명하게 표현했다. 그런 다음 나는 소파 옆의 탁자에 놓여 있는 소형 라디오를 켠 다음 스피커에 뺨을 갖다 댔다. 라디오에서는 흘러간 노래가 흘러나왔다. 나는 소리가 만들어 내는 스피커의 울림을 얼굴의 살갗으로 느꼈다. 설명할 수 없는 이유에서라고밖에는 설명할 수 없는 어떤 이유로 차츰 기분이 좋아졌고, 어느새 그 기분은 누구와도 나누고 싶지 않은 기쁨으로 바뀌었다. 그래서 나는 그 순간 누군가가 옆에 있었더라면 그 기쁨은 반감되었을 거라고 생각할 수 있었다. 그리고 그날 밤에는 침대에 누워 있는데 문득 머리에 뭔가가 기어다니는 것 같아 화장실에 가 머리를 비춰 보니 머리칼 속에 좁쌀만 한 무수한 알들이 슬어져 있는, 그리고 그 알들이 부화한 벌레들이 머리칼 속을 기어다니는 꿈을 꿨다. 벌레들은 아무리 머리를 빗어도 감아도 떨어낼 수가 없었는데 그건 벌레들이 계속해서 내 머리 안쪽에서 기어 나오고 있었기 때문이다. 내 머릿속에는 그 벌레들의 커다란 집 또는 알주머니가 자리하고 있는 게 틀림없었다. 꿈의 장면을 다시 떠올리자 기분이 좋아졌다. 다음 날은 주로 침대에 앉아 창밖의 놀이터를 바라보며 시간을 보냈다. 물론 겨울이라 추워서이기도 하겠지만 이상할 정도로 사람을 찾아볼 수 없었다. 사람이 없기는 춥지 않은 다른 계절에도 마찬가지였다. 그리고 더욱 이상한 것은 놀이터에서 아이들의 모습을 거의 볼 수가 없다는 것이었다. 말이 놀이터지 놀이 시설이 워낙 변변치 않은 탓도 있겠지만, 그 놀이터에는 주로 아무도 없거나, 사람이 있을 때에도 아이보다는 나이 든 노인이거나, 노인들이거나, 노인이 데리고 나온, 그 노인과 함께 있는 아이였다. 그래서 그 놀이터는 아이들이 노는 곳이라기보다는 노인들이 멍하니 시간을 보내는 곳에 더 가까웠고, 실제로 그런 용도가 전혀 없는 건 아님을 보여 주듯 한쪽 구석에는 노인들이 앉거나, 앉아 있는 게 싫을 때에는 누울 수 있는 정자가 하나 있었고, 그들이 앉거나 누운 채로 멍하니 바라볼 수 있도록 작은 화

단이 하나 꾸며져 있었다. 하지만 그 화단은, 몇 년 전 내가
이 집으로 이사를 온 이후로 줄곧 보아 온 바에 의하면, 워
낙이 생명력이 강해 일부러 씨를 뿌리지 않아도 이듬해에
다시 또 피어나는, 잡초에 가까운 몇 가지 꽃 외에 제대로
된 꽃이라고 할 수 있는 꽃을 피우거나 하지는 않았다. 어
쨌든 그 여러 가지 이유로 나는 그 놀이터를 좋아했고, 그
곳을 내다보는 것을 좋아했다. 그래서 나는 시간이 날 때
마다 침대에 앉아 아무도 없거나, 어쩌다가 그곳을 찾은
노인이 정자에 앉아 그의 앞쪽에 있는 볼품없는 화단을,
마찬가지로 볼품없는 꽃들을 멍하니 쳐다보는 것을, 아니
면 어쩌다가 화단 위로 작은 움직임이 있다는 것을 느끼
고는 정신을 차려 그것이 뭔지 알아내고자 하는 표정으로
주위를 두리번거리다가, 꽃을 찾아왔다가 그 꽃에서는 별
로 얻을 게 없다는 것을 금방 알고는 딴 데로 날아가는 나
비나 벌을 아쉬운 듯이 두 눈으로 좇으면서 멍하니 놀이터
를 바라보곤 했다.

　　그날 T가, 밤늦게 나를 다시 찾아왔다. 아니, 그가 온 것
이 그날 밤이었는지 다른 날 밤이었는지는 잘 모르겠다.
어쨌든 그가 찾아온 것은 어느 날 밤늦게였다. 그런데 이
번에는 공식적인 볼일과는 무관하게 나를 찾아온 것이었
다. 그의 손에는 비닐봉지 하나가 쥐어져 있었다. 그는 그

것을 내게 내밀며 선물이라고 했다. 누군가로부터 선물이라는 것을 받아 본 기억이 희미한 나는 그것을 덥석 받아 들었다. 비닐봉지 안에는 포도주 한 병과 잉크병 하나가 들어 있었다. 파란색의 두꺼운 잉크병 속에는 놀랍게도 귀뚜라미 한 마리가 들어 있었다. 반투명의 병 속에 들어 있는 귀뚜라미는 금방이라도 뛰어오를 것처럼 다리를 굽힌 채로 서 있지는 않았고, 다만 등짝을 바닥에 댄 채로 나동그라져 있었다. 그것은 어떤 각도에서는 완전한 형태로 보였지만 다른 각도에서는 일그러져 보였고, 또 다른 각도에서는 부서져 보였고, 또 다른 각도에서는 그것이 뭔지 전혀 알 수 없었다. 어느 날 침대 아래에 죽어 있는 귀뚜라미를 발견하고는 그것을 병에 넣어 두었죠, 하고 그가 말했다. T가 별 이유 없이, 어쩌면 선의로 내게 준, 그 안에 뭔가를 넣어 두기 위해 특별히 만들어진 것도 아닌, 투박한 모양의 파란 잉크병은 아주 마음에 들었다. 그것은 아름답게 보이기까지 했다. 그 병이라면 그 안에 무엇을 넣어 두어도 멋질 것 같았다. 나는 그에게 고마움을 표했다. 내게는 집 안에서 발견한 죽은 곤충들을 빈 잉크병에 넣어 두는, 일종의 수집 취미라고 할 수 있는 것이 있죠, 그가 말했다. 내 수집품 중에는 딱정벌레와 풍뎅이뿐만 아니라 말벌도 있죠, 그가 미소를 지으며 덧붙였다. 그의 말에는 약간의 자부심이 실려 있었다. 나는 그런 거라면 자부심을 가져도 좋다고 생각했다. 그런 걸 수집하는 데 특별한 이유가 있는 건 아니에요, 그가 말했다. 그냥 그 자체가 작은 결정체가 된 그것들을 조용히 바라보고 있으면 기분이 좋아지죠. 나는 그의 말에 전적인 공감을 표시했다. 그리고 나는 가끔 우연히 알게 된 사람들에게 나의 그 수집품을 선물하곤 하죠, 그가 말했다. 그런데 어떤 사람들은 그런 것을 선물받는 것을 이해할 수 없다는 표정을 짓기도 하죠. 그런데 당신은 나의 선물을 좋아하는 것 같아 다행이에요. 나는 다시 한번 그것이 얼마나 내 마음에 드는지 얘기해야 했다. 기분이 좋아진 나는 잔과 함께 코르크 따개를 가져왔다. 그는 자신이 마개를 따겠다며 포도주 병을 움켜쥐고, 마치 우리가 친한 사이라도 되는 듯 내 소매를 잡으며 코르크 따개를 달라고 했다. 나는, 내가 듣기에도 약간 지나치다는 느낌이 들 정도로, 완강하게, 내가 따겠다고, 내가 따고 싶다고 했다. 그는 나의 태도에 약간 놀라며 마지못한 듯 포도주 병을 내게 건네주었다. 내게는 그 일을 하는 것을 누구에게도 맡길 수 없는, 반드시 나 자신이 해야만 하는 일들이 있었는데 포도주 병을 따는 일도 그중의 하나였다. 하지만 좋은 포도주를 가릴 줄 아는 안목이 그리 높지 않은 나로서도 그 포도주는 그다지 좋은 것이 아니라는 것을 단번에 알 수 있었다. 그리고 그것은 포도주를 한 모금 마셨을 때 곧 확인되었다. 역시 생각했던 대로 맛이 괜찮군요, 괜찮은 정도가 아니라 기가 막히군요, T가 말했다. 나는 포도주의 맛이 기가 막히다고 하는 그가 기가 막혔지만 내색은 하지 않았다. 나는 부엌에 가 냉동실에 있던 땅콩을 안주로 내왔다. 하지만 내가 내온 땅콩은 조금도 줄어들지 않았다. T는 땅콩에 손도 대지 않았다. 손을 대지 않기는 나도 마찬가지였는데 내가 땅콩을 먹지 않기 때문이었다. 나는 그에게 땅콩을 권했다. 나는 땅콩은 먹지 않거든요, 그가 말했다. 나는 나도 마찬가지라고 했다. 그래요? 그 사실을 알게 되어 반가운 듯 그가 말했다. 사실 땅콩은 내가 결코 먹지 않는 것이라기보다는 요즘 들어 먹지 않게 된 거죠, 내가 말했다. 어느 시기에 갑자기 더 이상 먹지 않게 되는 것들이 있어요. 한때는 삶은 당근과 말린 오징어를 먹지 않았죠. 나 또한 그런 게 있었죠, 그가 말했다. 한때 나는 콩으로 만든 음식은 입에 대지 않았죠. 그리고 또 한때는 삶은 무는 피했었죠. 그리고 나는 어느 시기에뿐만 아니라 결코 입에 대지 않는 것들도 있는데 바로 가지와 양배추죠. 그는 그것들 외에 또 다른, 그가 절대 먹지 않는 것을 생각해 내기 위해 생각에 잠기는 것 같았다. 그리고 나는 낙지와 만두도 먹지 않아요, 그가 말했다. 나는 결코 입에 대지 않는 것은 없다는 점을 강조했다. 그사이 그는 내가 그가 먹지 않는 것을 내놓은 것에 대해서는 아랑곳하지 않고, 그리고 조금 전 그가 입에 대지 않는다고 얘기했음에도 불구하고 천천히 땅콩을 하나 집어 들더니 마치 그것이 처치 곤란한 것이라도 되는 듯 쥐고 있다가 좋은 방법이 생각났다는 듯 입안에 넣고 씹기 시작했다. 우리는 공통점이 있는 것 같군요, 그가 말했다. 그 말은 내가 별로 듣고 싶어 했던 얘기가 아니었고, 그래서 나는 땅콩 맛이 괜찮은지 물었다. 아, 이런 내가 어느새 땅콩을 먹고 있었군요, 또다시 집어 들었던 땅콩을 내려놓으며 그가 말했다. 우리는 잠시 아무 말 없이 앉아 있었다. 나는, 더 이상 볼일이 없으면 그냥 가 주지, 하고 생각했다. 하지만 그는 가는 대신 다시 땅콩을 집어 먹기 시작했는데 그가 땅콩을 먹는 속도는 점점 더 빨라졌다. 그는 접시에 담긴 땅콩을 다 먹기 전에는 가지 않을 것처럼 보였다. 나는 땅콩을 너무 많이 내왔다는 후회를 했다. 그때 멀지 않은 곳에서 소방차 사이렌 소리가 갑자기 요란하게 들렸다. 어딘가 불이 난 모양이죠, 그가 말했다. 그런가 보죠, 내가 말했다. 그사이 사이렌 소리는 그것이 들리기 시작했을 때와 마찬가지로 갑작스럽게 사라졌다. 소방차 사이렌 소리는 항상 저렇게 갑작스럽게 커졌다가 갑작스럽게 작아진단 말이에요, 마치 대단한 발견을 한 것처럼 그가 말했다. 그만큼 빠른 속도로 질주한다는 얘기겠죠, 내가 말했다. 그는 잠시 생각에 잠기는 듯했다. 나를 이상하게 생각할 수도 있겠지만, 그리고 이런 말을 해도 좋을지 모르겠지만 때로 나는 귀에서 화재 경보기 소리가 들리곤 해요, T가 불쑥 말했다. 아마 어려서 앓았던 중이염 때문인지도 모르겠어요. 물론 그런 일이 자주 있는 건 아니에요. 주로 흥분한 순간에 그런 일이 일어나죠. 하지만 가끔은 멍하게 있을 때에도 그런 일이 일어나요. 그는 갑자기 호들갑을 떨기로 작정한 사람처럼 말이 많아졌다. 그런데 일단 그 소리가 나기 시작하면 아주 요란해요. 마치 실제 상황처럼. 그리고 때로는 온몸이 불에 닿은 것처럼 뜨거워지기도 해요. 그래서 그 소리가 나면 나도 모르게 집 밖으로 뛰쳐나가죠. 나는 그의 얘기에 갑자기 기분이 좋아지기 시작했다. 내가 그런 얘기를 들으면 얼마나 좋아하는지 그가 알고나 하는지 알 수 없었다. 내가 그의 귀에서 그 소리가 날 때 나도 한번 그것을 들어 보고 싶다고 말하자 그는 실제로 그의 귀에서 소리가 나는 건 아니기 때문에 내가 그것을 들을 수는 없을 거라고 했다. 그럼에도 나는 그 소리를 들을 수 없는 건 아쉽다고 말했다. T는 그 소리를 들려줄 수 없어 아쉽다며 빙그레 웃음을 지었다. 나는 T와 얘기를 나누는 것이 재미있어졌고, 그래서 무슨 얘긴가를 하고 싶었지만 무슨 얘기를 해야 좋을지 알 수가 없었다. 그건 그 역시 마찬가지인 것 같았다. 우리는 잠시 아무 말 없이 앉아 있었다. 가끔 머릿속에 말도 안 되는 생각들이 떠오르는데 그 생각들을 전할 수 있는 말이 없다는 사실에 미칠 것 같은 순간이 있어요, T가 말했다. 나는 그의 말을 너무도 잘 이해할 수 있다는 표정으로 그를 쳐다보며 그가 무슨 얘긴가 하기를 기다렸다. 하지만 그는 더 이상 아무 말도 하지 않았고, 더 이상 할 말도 없는 것처럼 보였다. 나는 아무런 맛이라곤 없는 포도주 한 잔을 천천히 비운 후 다시 한 잔을 따랐다. 포도주에서는 석회석 맛이 났다. 그런데 그때 갑자기 T가 한쪽 양말을 벗더니 발가락 사이를 긁기 시작했다. 나는 못마땅한 표정으로 그를 쳐다보았다. 무좀이 있어서요, 그가 말했다. 나는 그게 다른 것도 아닌 무좀 때문이라면 제발 그렇게 발을 드러내고 긁지는 말아 달라는, 아무리 가렵더라도 참아 달라는 말을 차마 하지 못했다. 대신 나는 발을 소금물과 식초에 담그는 것이 도움이 될 거라고 말했다. 그렇게 하는 것은 무좀에 좋지 않아요, 그가 말했다. 자칫 상처를 더 악화시킬 수도 있죠. 그는 그것이 좋은 방법이 아니라는 것을 알고 있었다. 그는 심하게 발을 긁은 후 이제 어느 정도 가려움증이 가라앉았는지 다시 양말을 신은 후 마치 아직 완전히 사라지지 않은 가려움증을 느끼며 그것을 참는 듯 아무 말 없이 양말을 신은 자신의 발을 가만히 바라보고 있었다. 그런 다음 그는 양말을 신지 않은 내 발로 시선을 옮기며 잠시 그것을 바라보더니, 내 발은 평발이에요, 하고 무슨 비밀을 털어놓듯 말했다. 그래서 잘 뛰질 못하죠. 조금만 걸어도 쉽게 지치고요. 당신 발도 평발

에 가까운 것 같군요. 나는 평발에 가깝기는 하지만 평발
은 아니오, 내가 말했다. 그는 우리 사이의 공통점을 한 가
지 더 찾아내지 못한 것이 약간 아쉬운 듯한 표정을 지었
다. 발바닥이 우묵하게 들어간 것이 발에 실리는 부담을
분산시켜 준다는 게 신기하지 않아요, 그가 말했다. 나는
가끔 우리의 인체만큼 인체 공학적으로 만들어진 것도 없
다는 생각을 하곤 해요. 입과 눈과 코와 귀와 팔과 다리와
발, 그 모든 것이 말입니다. 나는 아무 대답도 하지 않았다.
대신 나는 나의 한쪽 발을 들어 다른 쪽 다리에 올려놓은
채로 복사뼈를 만지며 그것이 거기에 있어야 하는 이유를
생각했지만 알 수 없었다. 한데 어느 순간 T는 내게로 고
개를 돌리며 무슨 할 말이 있는 듯한 표정을 지었다. 하지
만 그는 아무 말도 하지 않았고 잠시 후에는 다시 고개를
돌렸다. 고개를 돌린 그는 할 말 같은 것은 없었다는 듯 아
무렇지 않은 표정을 짓고 있었다. 하지만 그의 아무렇지도
않은 표정으로는 그가 무슨 할 말이 있었지만 그것이 누군
가에게 말하기에 적당치 않은 것이었는지, 아니면 그것을
내게 말하기에 적당치 않아 말하지 않았는지 알 수 없었
다. 그리고 그것은 그가 말하지 않는 한 어느 쪽인지 알 수
없는 것이었고, 그가 말하지 않는 한 그로 하여금 말하게
할 수 없는 것이었다. 하지만 나는 그것을 알 수 없어 아쉽
지는 않았다. 다시 우리는 잠시 아무 말 없이 앉아 있었다.

그는 딴생각에 깊이 빠져 있는 것 같았다. 나는 약간 초조했다. 나는 호주머니에서 수첩을 꺼내 빈 페이지에 뭔가를 적다 말았다. 아니, 실제로는 뭔가를 적다 만 것이 아니라 마치 뭔가를 적는 것처럼 했지만 아무것도 적지 않았다. 다만 나는 펼친 수첩 위에 적힌 어떤 말을 읽은 후 수첩을 다시 호주머니 속에 넣었던 것이다. 나는 조금 전 내가 수첩에서 읽은, 아늑한 궁지, 라는 말을 입속에서 되뇌었다. 그 말은 나를 궁지에 빠뜨리기보다는 아늑한 곳으로 데려가 주었다. 나는 친구가 별로 없어요, T가 말했다. 나는 그를 쳐다보았다. 정말로 그는 그렇게 보였다. 친구가 별로 없는 반면 몇 안 되는 친구들과는 아주 친한 사이인가 하면 그렇지도 않아요, 그가 말했다. 그 소수와도 별로 친하지 않죠. 그래서 사실상 친구가 없죠. 누군가에게 일단 마음을 열면 그 사람과 가까워져야 하는데 그게 잘 되지 않아요. 아니, 그 이전에 마음의 문을 열면 마음이 편치가 않아요. 나는, 그건 나 역시 마찬가지라는 말은 하지 않았다. 우리가 친구가 없다는 사실이 우리를 친구로 만들어 주지는 않을 거라고 생각했다. 우리는 잠시 아무 말 없이 앉아 있었다. 나는 다시 고개를 돌려 T를 보았다. 나는 문득 T가 초조해하고 있는 것처럼 느껴졌다. 그는 왼손을 모자에 넣은 채로 오른손으로 챙을 돌리고 있었다. 그것만으로 그가 초조해하고 있다고 볼 수는 없었지만 약간 초조해하는 그의 표정을 보면 그 행위는 초조감의 표현으로 읽힐 수도 있었다. 나는 펠트로 만들어진 그 모자를 가만히 바라보았다. 나는 그것을 어디 가면 살 수 있는지 묻지 않았다. 그것은 여전히 내 마음에 들었지만 똑같은 모자를 쓰고 싶지는 않았다. 그는 생각이 딴 데 가 있는 게 분명해 보였다. 마치 누군가에게 쫓기고 있는 사람처럼 보였다. 그는 아무 볼일 없이 온 것처럼 보이지 않았다. 무슨 일인가 있는 게 분명한데도 그것을 입 밖으로 꺼내지 못하는 것처럼 보였다. 나는 그가 어느 순간 마치 그의 귀에 화재 경보음이 울리기라도 한 것처럼 벌떡 일어나 뛰쳐나가는 것은 아닌가 하는 생각을 하며 그가 모자의 챙을 초조하게 돌리는 모습을 지켜보았다. 하지만 그는 내 생각과는 달리, 마치 내가 그것을 보여 달라고 하기라도 한 듯, 아주 끈기 있게, 일정한 속도로, 일정한 방향으로, 모자의 챙을 한참 더 돌린 후 천천히 자리에서 일어나 내게 작별을 고했다. 문을 닫으면서 마지막으로 본 그의 모습에서 인상적이었던 것은 그의 눈까풀이 바르르 떨리는 모습이었다. 그가 간 후 나는 남은 포도주를 모두 비웠다. 우리가 우리의 과제에 대해서는 아무 얘기도 하지 않았다는 사실을 문득 깨달았다. 갑작스럽게 취기가 올랐고, 나는 정말로 취한 사람처럼 알아들을 수 없는 몇 마디를 지껄였다. 그러고 나자 이상하게도 마찬가지로 갑작스럽게 취기가 가라앉았다. 그런데 어떻게 된 일인지 그 순간 나는 알 수 없는 행동을 했고, 그것을, 마치 내 앞에 있는 누군가가 하는 행동을 지켜보듯 구경했다. 나는 빈 포도주 병을 손에 거머쥔 채로 천천히 자리에서 일어나 그 포도주 병을 바라보며, 그리고 그것을 머릿속으로 생각하며 그것이 내게 가할 수 있는 가장 큰 충격을 또는 손상을 떠올리며 그와 동시에 내가 그것에게 가할 수 있는 알맞은 또는 지나친 정도의 충격을 또는 충격의 방식을, 충격의 여파를 생각했다. 하지만 나는 어떤 행동도 취하지 않았다. 대신 나는 포도주 병을 탁자 위에 내려놓은 후 어떤 각오의 힘을 잃게 하려는 듯 주먹을 쥐었다 폈다 했다. 어쩌면 나는 충격에 대한 생각이 행동으로 표현되지 않음으로써 그것이, 또는 충격의 형태가 내 머릿속에 온전히 남아 있기를 바랐는지도 모르겠다. 나는 연필과 종이를 꺼내 그 종이 위에 처음에는 점들을, 그 다음에는 선과 면들을 그리기 시작했다. 나는 평면 위에 출현할 수 있는 모든 형태의 면들을 그려 나갔는데 어느 순간 이후로는 마치 그 면들이 자기 증식을 하는 것만 같았다. 나는 그 평면적인 세계의 추상적인 질서 속으로 나 자신이 편입되고 있는 것 같았고, 내가 완전히 그 속으로 사라졌다고 생각된 순간 역으로, 평면의 전 단계인 선을 긋고, 그 다음에는 점을 찍었다. 그리고 그날 밤에는 이상한 꿈들을 연속적으로 꿨다. 나는 나 자신의 그림자가 계속 내게 달려들어 나를 쓰러뜨리려 하는 바람에 그 그림자와 사투를 벌이는 꿈을 꿨고, 치마를 입은, 한쪽 다리가 없는 한 소녀가 한 발로 줄넘기를 하는 것을 보며 이상한 느낌이 들어 가까이 다가가서 보자 줄넘기를 하는 것은 소녀가 아닌 인형이었고, 인형 또한 줄넘기를 하고 있었던 것이 아니라 목이 매달린 채로 공중에 떠 있는 —— 인형의 시선은 아무 데도 향해 있지 않았는데 자세히 보자 인형은 아무것도 보지 못하는, 눈이 먼 인형이었다 —— 꿈도 꿨다. 꿈에서 깬 나는 최근 들어 내가 상대하기 어려운 누군가를 상대하고 있는 것처럼 느껴졌다.

또다시 아무 일도 없이 며칠이 지나갔다. 하루는 커튼을 젖히자 창밖 놀이터의 모습이 한눈에 들어왔다. 늘 보던 것이었지만 그날은 모든 것이 이상하게 보였다. 나는 하나도 이상할 것이 없는 바깥의 모든 것들을 비상한 관심을 갖고 바라보았다. 나는 시소가 한쪽으로 기울어져 있는 것을 비상한 관심을 갖고 바라보았으며, 그네 하나가 줄이 끊어져 있는 것을 비상한 관심을 갖고 바라보았으며, 그 옆에 있는 성한 그네도 비상한 관심을 갖고 바라보았다. 하지만 그 어느 것도 비상한 관심을 갖고 바라볼 만한 것은 아니었다. 그럼에도 그 모든 것들은 나의 비상한 관심 속에서만 제자리를 지킬 수 있는 것만 같았고, 그래서 비상한 관심을 갖고 바라보았다. 그날 밤 한밤중에 나는 갑자기 자리에서 일어나 내가 사는 집의 옥상에 올라갔다. 가끔 나는 한밤중에 그렇게 옥상에 올라가 옆집의 지붕 위를 걸어다니는 비둘기를 구경하곤 했다. 그 옆집의 지붕에는 비둘기 집이 있었던 것이다. 밤의 지붕 위를 기어다니는 비둘기들은 그것들이 낮에 내는 소리와는 또 다른 야릇한 소리를 냈다. 하지만 그날 밤에는 비둘기들을 구경할 수가 없었다. 나는 한참 동안 아무런 움직임도 없는 지붕을 바라보다 비가 오기 시작했을 때 다시 내려왔다. 몸에 약간 열이 있는 것 같았고, 나는 거실 서랍 안에 있는, 아래쪽에 수은이 고여 있는 유리 막대 체온계를 입에 넣어 체온을 측정했다. 정상 체온보다 약간 높은 수치였다. 나는 차를 한 잔 끓였다. 하지만 찻잔을 테이블 위에 올려놓는 순간 차가 조금 엎질러졌다. 엎질러진 차는 테이블 아래로 흘러내리는 대신 그 위에 엷게 고여 있었다. 나는 그것을 닦지 않았는데 그건 나의 일상이 그 고여 있는 물기와 닮았기 때문이라는 생각을 그 순간 하게 되었기 때문은 아니었다. 거기에 이유 같은 것은 없었다. 나는 찻잔 속 찌꺼기를 들여다보았다. 나는 찻잔 속의 찌꺼기의 형태를 통해 그날 혹은 그 다음 날의 운세를 점치곤 했는데, 그 형태를 통해 뭔가를 알아내는 경우는 없었다. 마저 차를 마신 나는 창문을 열어놓은 채 침대에 누워 빗소리에 귀를 기울였다. 빗줄기는 갑자기 굵어졌다가 다시 가늘어지기를 반복했다. 그런데 그날 밤, 깜빡 잊고 창문을 열어 놓은 채로 잤고, 그 때문에 그 이튿날부터 감기를 앓기 시작했다. 열이 났고 목젖이 부어올라 말을 하기조차 어려웠다. 누군가 옆에 없는게 다행이었다. 나는 다시 체온을 측정했다. 그 상태가 지속될 경우 위험할 수도 있을 정도였다. 그래서 나는 그 상태를 좀 더 지속시키기로 마음 먹었다. 나는 이불을 둘러쓴 채 꼼짝도 않고 누워 있었다. 가슴이 답답했다. 이건 자연스러운 거야, 하고 나는 스스로에게 말했다. 오후가 되면서 상태는 조금 나아졌다. 그럼에도 나는 자리에서 일어나지 않았다. 그런데 저녁 무렵 전화가 왔다. 또다시 J였다. 그녀의 목소리는 약간 슬프게 들렸다. 그녀는 그날 오후에 병원에 갔었는데 유방암 진단을 받았으며, 따라서 한쪽 유방을 절제하는 수술을 해야 한다고 했다. 나는 그 아픔을 같이 하겠다고 했다. 그런 다음 나는 며칠 후 있게 될 유방절제술이 끝난 후 그 수술에 대해 자세하게 얘기해 달라고 했다. 그런 다음 한쪽을 떼어낸 가슴을 꼭 보여달라고 했다. 나의 말에 그녀는 웃음을 터뜨렸다. 그래서 나는 진심이라고 말했다. 전화를 끊은 후 나는 한쪽 유방이 없는 그녀의 가슴을 머릿속으로 떠올려 보려고 했지만 잘 되지 않았다. 나는 아직까지 그녀의 가슴을 한 번도 본 적이 없었다. 그리고 생각해 보니 그녀의 가슴은 눈에 띄게 작았던 것 같았다. 너무 작아, 옷을 입은 상태로는 가슴이 거의 눈에 띄지 않을 정도였던 것이다. 그리고 문득 그녀가 가슴을 도려낸다는 사실이 새삼 가슴 아프게 느껴졌고, 한쪽 가슴이 없는 그녀가 역시 새삼스럽게 소중한 친구로 여겨졌다. 이제 나는 한쪽 가슴이 없는 여자 친구가 생기게 되었구나, 하는 생각이 들었다. 그러면서 또한, 가슴 한쪽을 떼어낼 경우에는 다른 한쪽마저 떼어내는 게 낫지 않을까 하는 생각도 들었다. 양쪽 가슴의 무게의 불균형이 바른 자세를 유지하는 데 지장을 줄 수도 있을 거라는 생각이 들었던 것이다. 하지만 J는 본래 가슴이 워낙 작아 크게 문제가 될 것 같지는 않았다. 그 이튿날은 몸이 조금 나아진 것 같았고, 그래서 집 가까이 있는, 어디서 시작되는지는 알 수 있지만 어디서 끝나는지는 알 수 없는 교외선 철로를 따라 한참을 걸으며, 어쩌면 이 철로를 따라가는 것이 어디에서 끝나는지 알 수 없는 종착역에 이르는 가장 가까운 길일 수도 있다는 생각을 했다. 그러고는 어느 지점에서 몸을 돌려 마치 종착지를 알 수 없는 곳에서 돌아오기라도 하듯 갔던 길을 되돌아왔다. 하나뿐인 선로 위로는 열차가 드물게 지나갔다. 정유와 석탄을 실은 화물 열차가 지나가는 데에는 한참이 걸렸다. 선로 가까이 열차가 지나가면서 일으키는 바람을 맞는 일은, 그리고 빠른 속도로 그 바람이 이동하며 순간적으로 만들어 내는 무풍 상태에 자신을 내맡기는 일은 즐거운 일이었다. 그리고 열차 바퀴가 선로에 부딪치며 내는 소리 또한 만족스러웠다. 실제로 나는 여러 가지 기계들이 단조롭게, 그리고 꾸준하게, 고막에 일정한 자극을 주며 내는 소음들을 좋아했다. 그 소음들을 듣고 있으면 이상하게도 마음이 진정되었다. 어쩌면 그것이 비인간적인 느낌을 주기 때문인지도 몰랐다. 나는 목공소에서 나는 전기톱 소리를 좋아했고, 그래서 때로 집 근처 목공소를 지나치는 일이 있으면 걸음을 멈추고 그 소리를 듣다가 다시 길을 가기도 했다. 땅을 파는 공사장의 굴착기에서 나는 소리 또한 내가 좋아하는 것이었다. 그리고 내 집의 책상 서랍 속에는 못 쓰게 된 기계들에서 빼낸 소형 모터들이 여러 개 있었다. 나는 가끔 그것들을 꺼내 귀가까이 대고 초당 30회 또는 그 이상의 속도로 회전하는 소리를 듣곤 했는데, 그것을 듣고 있으면 나의 크지 않은 욕심을 채우고 있다는 생각이 들곤 했다. 나는 집에 돌아와 침대에 가만히 누워 있었다. 나는 눈을 감은 상태에서 완만하게 굽어 있는 철로를 생각하며 몸을 구부린 채로, 그 철로 위를 지나가는 열차의 희미한 마찰음을 내 몸속으로 흘려보내며 열차가 지나갈 수 있게 ― 그 순간 내 몸은 모든 것을 그 안으로 지나가게 할 수 있었다 ― 해 주었다. 그러고 나자 나는 내가 조금씩 미쳐 가고 있는지도 모른다는 생각을, 그리고 이런 생각들은 내가 미쳐 가고 있는 게 아니라면 할 수 없다는 생각을 차분하게, 그리고 기쁜 마음으로 해낼 수 있었다. 늘 조금씩 내가 미쳐 가고 있다고 생각해 왔지만 그 순간만큼 그것이 절실하게 생각된 적은 없었다. 그런 다음 나는 약간 흥분한 상태에서 실제로는 사용되지 않는, 발음이 불가능한 받침들로 이루어진 의미 없는, 사용할 수 없는 단어들을 떠올리며 그것들을 어떻게든 발음해 보려고 애썼으며, 나의 그 행동을 스스로 어떤 불능의 상태에 이르게 하고 싶어 하는 욕망의 표현으로 이해했다. 그러자 그것이 나의 어쩔 수 없는 상황으로 받아들여졌고 그 어쩔 수 없는 것이 지금의 나의 상황으로 여겨졌다. 문득 나는 나 자신이 말에 사로잡혀 있다는, 동시에 나를 사로잡고 있는 말들을 내가 놓아주지 않는다는 생각이 들었다.

그 며칠 후 T가 보낸 사람이 왔다. 왜 T가 직접 오지 않고 그가 대신 왔는지, 그는 설명하지 않았다. 그 역시 모자를 쓰고 있었다. 하지만 그의 모자는 별로 마음에 들지 않았다. 그리고 그의 모자가 마음에 들지 않는 것 이상으로 그가 마음에 들지 않았다. 그는 나를 경마장에 데려갔다. 그가 왜 하필이면 약속 장소를 경마장으로 정했는지 궁금했지만 나는 그 이유를 묻지 않았다. 하지만 그를 따라 경마장으로 가면서 생각해 보니 내 집 근처에서 누군가의 눈에 크게 띄지 않고 누군가를 만나기에는 경마장만 한 곳이 없다는 생각이 들었다. 그 사내는 별로 말이 없었다. 나 또한 할 말이 없었다. 나는 그를 알지 못했고, 그래서 그 모르는 정도로 그를 무시했다. 여전히 경마는 아직 시작되지 않고 있었다. 경마장에는 한 노신사가 우리를 기다리고 있었다. 넓은 경마장에서 그를 찾기란 어렵지 않았는데, 그도 그럴 것이 그 넓은 경마장에는 그밖에 없었기 때문이다. 그 노년의 신사 역시 모자를 쓰고 있었다. 나를 데려간 사내는 곧 가 버렸다. 노신사와 나는 경마장 스탠드에 자리를 잡고 앉았다. 그는 다리를 저는 것 같았다. 바닥은 차가웠다. 그는 감기에 걸린 듯 계속 호주머니에서 손수건을 꺼내 코를 푼 후 다시 넣기를 반복했다. 모자를 깊게 눌러 쓴 그는 앞쪽을 똑바로 쳐다보고 있었다. 그는 별로 말이 없었다. 나 또한 딱히 할 말이 없었다. 그냥 당신을 한번 만나 보고 싶었소, 다시 한번 코를 푼 후 그가 말했다. 나는 차가운 바닥은 내게, 나의 오래된 치질에 좋지 않으리라 생각하며 내 옆에 앉은 사람을 바라보았고, 그 순간 그의 목에 혹인지 종기인지 분명치 않은 어떤 것이 달려 있는 것을 발견했다. 그것은 목의 옆쪽에, 그리고 약간 뒤쪽에 달려 있어 그렇게 옆에서만 발견할 수 있는 것이었다. 종기라면 곧 사라질 것이고 혹이라면 계속 달려 있겠지, 나는 내나름의 추리를 했다. 한데 그것은 시간이 지나도 사라질 것처럼 보이지 않았고, 그래서 종기로 보이지 않았다. 그것은 시간이 지나면서 사라지는 대신, 오히려 좀 더 커질 것처럼 보였다. 그렇다면 그것은 혹이 분명할 터인데, 혹치고는 그다지 단단해 보이지 않았다. 그것은 종기와 혹의 중간쯤 되는 것으로, 아니면 지금은 종기지만 장차 혹으로 발전할 수도 있는 것으로 여겨지기도 했다. 나는 그 점이 몹시 궁금했지만 대놓고 물을 수는 없는 노릇이었다. 그는 한참 동안 아무 말이 없었다. 나 또한 아무 말도 하지 않았는데, 그것은 그에게 함부로 말을 건네기 힘든 위엄이 느껴져서도, 할 말이 아주 없어서도 아니었다. 다만 어떤 경우에도 먼저 말을 꺼내지 않는 나의 대화 습관 때문이었다. 나는 누군가 먼저 말을 걸기 전에는 말을 하지 않는 신통한 습관이 있었다. 물론, 누가 말을 붙여도 대꾸를 잘 하지 않기도 했다. 말이 달리는 모습을 볼 수 없어 아쉽군요, 그가 말했다. 기수가 되어 말을 타고 달리는 건 신나는 일이겠죠? 잠시나마 말 등 위에서 전율을 느끼겠죠? 나는 아무 대답도 하지 않았다. 나는 굳이 대답할 필요가 없는 경우에는 대답을 하지 않는 편이었다. 우리는 다시 아무 말 없이 앉아 있었다. 혹시 너구리가 개과 동물인지 고양이과 동물인지 아시오, 그가 물었다. 어쩌면 그는 내가 며칠 전 본, 너구리가 등장하는 텔레비전 프로그램을 본 것 같았다. 아니면 T가 그 이야기를 해 주었는지도 몰랐다. 나는 모른다고 대답했다. 너구리는 개과 동물이오, 그가 말했다. 개과 동물과 고양이과 동물을 구분하는 방법이 뭔 줄 아오? 나는 다시 모른다고 대답했다. 개과 동물은 평소에 발톱을 발가락 밖으로 드러내고 있지만 고양이과 동물은 발톱을 발가락 속에 숨기고 있다가 뭔가로부터 위협을 당하거나 뭔가를 위협하고자 할 때 드러내게 되지요. 그런데 너구리의 발톱은 평소에도 노출되어 있어요. 그러니까 너구리는 개과 동물이로군요, 내가 말했다. 나는 이미 알고 있는 사실을 마치 모르는 것처럼 이야기하는 것이 즐거웠다. 그렇죠, 그가 말했다. 그는 알 수 없는 미소를 지어 보였다. 다시 우리는 아무 말 없이 잠시 앉아 있었다. 그사이 그는 나도 모르게 뭔가를 호주머니에서 꺼내 먹고 있었다. 무슨 알갱이 같은, 해바라기 씨 같기도 하고 호박 씨 같기도 하고 초콜릿 같기도 한 그것을 일정한 간격으로 하나씩 꺼내 먹고 있었다. 씹는 소리로는 그것이 뭔지 알 수 없었다. 그는 그것을 내가 자세히 볼 수 없게, 내게는 잘 보이지 않게 호주머니 속에 넣은 손끝으로 꺼내 재빨리 입안에 털어 넣었다. 아마 호주머니 안에는 그것이 가득 담긴 봉투가 있는 모양이었다. 약 같아 보이기도 했지만 그가 그것을 맛있게 먹는 것으로 보아 약 같지는 않았다. 맛있는 것을 먹을 때면 옆에 사람이 있다는 사실을 잠시 잊을 수도 있겠지만 그 사실을 잊은 채 옆에 누가 있는데도 그것을 혼자서 먹는 것은 그 옆에 있는 사람에게는 쉽게 양해될 수 없는 것이라는 것을 그는 알지 못하는 것 같았다. 뭘 그렇게 드세요, 내가 말했다. 별거 아니오, 그가 말했다. 그에게는 그것을 내게 하나 권해 봐야겠다는 생각이 들지 않는 모양이었다. 정말로 권한다면 사양할 텐데, 나는 생각했다. 하지만 그는 그것을 달라고 하기 전에는 안 줄 것 같았다. 아니, 그가 하는 짓으로 보아서는 달라고 해도 안 줄 것 같았다. 그에게서 그것을 뺏기 전에는 먹어 볼 수 없을 것 같았다. 하지만 그에게서 그것을 뺏을 수는 없는 노릇이었고, 그래서 나는, 저게 뭔지는 모르지만 너무 많이 먹는 건 좋지 않을 거라고 생각했다. 그리고 저걸 저렇게 먹다가 목이 막힌다 해도 등을 두드려 주지는 말아야지, 하고 나는 생각했다. 그럼에도 나는 약간 섭섭한 생각이 드는 것을 어쩔 수 없었다. 그래서 나는 내 호주머니에 손을 넣었다. 다행히 포장지에 싸인 각설탕이 하나 남아 있었다. 나는 그것을 꺼내 포장지를 벗겨 낸 다음 각설탕을 입안에 넣었다. 그는 나를 이상한 눈으로 쳐다보았지만 내가 각설탕을 먹는 것에 대해서는 아무 말도 하지 않았다. 각설탕 하나를 먹은 나는 또 다른 각설탕이 없나 호주머니를 뒤졌지만 그것으로 다였다. 그가 자리에서 일어났다. 나 또한 자리에서 일어났다. 우리는 함께 몇 걸음을 옮겼다. 그는 다리를 절었다. 곧 연락이 갈 거요, 그가 말했다. 그러면서 그는 내게 사례비의 일부를 건네주었다. 얼마 되지 않는 돈이지만 받도록 하시오, 그가 말했다. 나는 먼저 가 보겠소. 나는 그 자리에 선 채로 그가 멀어져 가는 모습을 바라보았다. 봉투 안에는 그의 말대로 얼마 되지 않는, 아니 그가 얼마 되지 않는다고 말했을 때 풍긴 정도에도 훨씬 못 미치는 액수의 돈이 들어 있었다. 나는 실망스러운 표정을 지었다. 하지만 그렇다고 내가 실제로 실망한 것은 아니었다. 잠시 후 나는 마구간으로 갔다. 어쩐지 그날은 말들이 있을 것 같았다. 하지만 그날 또한 말똥 냄새는 맡을 수 있었지만 말들의 울음소리는 듣지 못했다. 왜 말들은 그것들이 있어야 하는 마구간에 없는 거지, 나는 소리쳤다. 나는 크게 실망했다. 문득 내게 모자가 있다면 그것이 위안이 될 수도 있다는 생각이 들었고 그래서 그 길로 모자를 사기 위해 시내로 갔다. 하지만 T라는 자가 썼던 모자와 똑같은 모자는 찾을 수가 없었고, 그래서 그것과 제일 비슷한 모자로 샀다. 하지만 모자 가게에서 쓰고 나온 그 모자는 어쩐지 내게 어울리지 않는 것 같았다. 그렇지만 나는 그것을 환불하거나 교환하는 대신 그것을 벗어 옆구리에 낀 채로 있다가 손에 들고 모자챙을 빙빙 돌리면서 마치 그 안에서 하얀 비둘기를, 또는 노란 병아리를, 또는 붉은 꽃을 꺼낼 것처럼 손을 넣었다 뺐다 하며 집으로 돌아왔다. 그리고 오는 길에 근처 시장에서 생선을 두 마리 사왔다. 나

는 생선을 검게 그을릴 정도로 바싹 구운 후 저녁을 먹었
다. 그런데 구운 생선을 식탁에 올려놓고 보자 눈알 하나
가 빠져 접시 위에 있는 것이 눈에 띄었다. 생선의 눈알은
기계에서 빠져나온 부품처럼 보였다. 그리고 자세히 보자
생선의 아랫배에는 가느다란 내장 한 가닥이 밖으로 흘러
나와 있었다. 그것은 마치 누군가가, 어떤 미술가가 공들여
만든 작품처럼 보였다. 나는 밖으로 흘러나온 그 내장을
손가락으로 잡아 길게 빼냈다. 그럴 이유가 있었던 것도 아
닌데 안구에서 빠져나온 하얗고 작은 눈알이 자꾸만 신경
이 쓰였고, 결국 나는 몇 숟갈을 뜨다가 수저를 놓아야 했
다. 나는 안구에서 이탈해 이탈한 자신을 바라보고 있는
것 같은 눈알을 안구에 다시 박은 다음 그 생선을 쓰레기
통에 버렸다. 그런데 어쩐 일인지 내가 한 그 상식적일 수
도 있는 일이 상식을 벗어난 일처럼 여겨졌고, 그래서 생선
을 쓰레기통에서 꺼내 냉동실에 넣었다. 하지만 냉동실 속
에서 그전에 넣어 둔 사과를 발견하고는 이빨로 베어낸 조
각을 떼낸 다음 생선의 눈을 빼내 그것으로 사과의 벌레
구멍을 막은 다음 사과 조각으로 덮은 후 생선과 사과를
함께 넣고 냉동실 문을 닫았다. 나는 체온을 측정해 보았
다. 여전히 정상 체온을 웃돌았다. 그날 밤에는 일찍이 침
대에 누웠지만 잠이 쉽게 오지 않았다. 나는 무심코 침대
밑의, 보이지 않는 어둠을 향해 손을 밀어 넣어 보았다. 그

볼 수 없는 어둠 속에서 어떤 손 하나가 나의 손을 잡아채는 듯한 느낌이 든 것은 아니었지만 나는 손을 황급히 다시 뺐다. 마침 좋은 생각이 머릿속에 떠올랐기 때문이었다. 나는 문득 침대가 삐걱이며 내는 소리가 듣고 싶어졌고, 그래서 그 소리를 듣기 위해 몸을 가볍게 흔들었다. 심하게 흔든 것도 아닌데 낡은 침대는 삐걱이기 시작하면서 침대가 삐걱이면서 내는 소리가 났다. 하지만 그것은 내가 기대한 소리는 아니었다. 나는 조금 전 침대를 흔든 것과는 조금 다르게, 그런 다음 그것과는 또 다르게, 또 다르게 흔들어 보았다. 하지만 어떻게 해도 침대는 내가 기대하는 소리를 내 주지 않았다. 그래서 나는 흔드는 힘에 점차 힘을 가했고 침대는 부서질 듯한 소리를 냈고, 나는 부숴 버릴 듯 세게 흔들었다. 그렇지만 침대는 부서질 듯하면서도 부서지지는 않았다. 결국 나는 힘이 빠졌고, 잠시 후에는 잠이 들 수 있었다. 그러고는 꿈을 꿨다. 열차가 탈선해 내 집을 향해 돌진하는 꿈이었다. 하지만 선로를 이탈한 열차는 점차 작아져 마침내는 장난감 기차가 되어 어느새 내 방에 놓이게 된 타원형의 플라스틱 무한궤도를 돌고 있는 꿈이었다. 잠에서 깬 나는, 완전히 잠이 달아나지 않은 상태에서, 내가 하늘을 향해 높이 서 있는 커다란 나무에서 내려오자 그 나무가 아주 작아져 그것을 내 손 위에 올려놓는, 그리고 그 다음 순간에는 누군가가 갑자기 작아진 나를 번

쩍 들어 그 나무 위에 올려놓는 상상이라기보다는 착각에
빠졌다. 나는 나의 손에 올려놓은, 동시에 내가 올라가 있
는 나무에서 들려오는 새들의 울음소리를 들을 수 있었다.
나는 그런 문장을 떠올릴 때면 나의 삶이 그 한 문장으로
요약되는 것만 같은 문장을 떠올리고 싶었고, 그래서 잠시
생각에 잠겼지만 아무런 문장도 떠오르지 않았다. 대신 전
혀 아무런 상관도 없이 말 울음소리가 귓전에 들리는 듯했
고, 나는 그것을 따라 말 울음소리를 흉내 내려고 했다. 하
지만 내 입 안에서 계속 새어 나오는 소리는 말 울음소리
가 아니라 고양이의, 또는 고양이 울음소리와 구별이 가지
않는 닭의 울음소리였다. 그 순간 나는 마치 내 스스로가
목적한 바를 이루지 못하도록 하는 것 같았다.

　이튿날 오전에는 잠에서 깨고도 금방 일어나지 못했다.
이상하게도 집 밖의 놀이터에서 다리가 하나 없는 소녀
가 줄넘기를 하고 있는, 환영에 가까운 것이 아니라, 환영
일 뿐인, 환영일 수밖에 없는, 환영 그 자체인 영상이 자꾸
만 눈앞에 어른거렸다. 그 광경을 실제로 본다 하더라도 놀
라는 일은 없으리라 생각하며, 그럼에도 약간의 두려움을
느끼며, 그리고 그 두려움이 커지는 것을 느끼며 나는 커
튼을 젖혔다. 창밖의 놀이터는 그대로 있었고, 그 위에 있
는 것들 또한 그대로였다. 하지만 나는 안심할 수가 없었

다. 나는 집을 뛰쳐나갔고, 곧 놀이터에 서 있는 나를 발견했다. 나는 조심스럽게 시소로 가서 그 위에 앉았다. 문득 내가 언제나 혼자였다는 생각이 들었지만 그 때문에 슬퍼지지는 않았다. 그러다가 어느 순간 눈길을 돌려 내 집을 바라보았다. 누군가 창문의 커튼 너머에서 바깥의 나를 쳐다보고 있는 것 같았다. 그 느낌을 돕기 위해 손바닥을 눈에 대었다가 뗄 필요는 없었다. 나는 바깥의 나를 바라보고 있는 집 안의 나를 향해, 불현듯 생각이 난 것처럼, 닭장 속에는 암탉이, 라는 노래와 함께, 야옹, 이라는 소리를 내며 고양이처럼 손가락을 구부렸다. 집 안의 누군가 커튼 너머로 사라지는 것만 같았다. 그런데 내가 사는 이층 창가 옆의 외벽에 길게 세로로 그어진 금이 눈에 띄었다. 너무나 갑작스럽게 그것이 눈에 띄어 마치 내가 보고 있던 그 순간 그것이 만들어진 것처럼 여겨질 정도였다. 하지만 안전에 심각한 위협을 줄 정도는 아닌 것처럼 보였다. 하지만 그것을 골똘히 바라보자 알 수 없는, 그와는 상관없이, 어쩌면 슬픔이랄 수도 있는 감정이 갑자기 솟구치며 나를 움켜쥐었고, 나는 그것에 움켜쥔 채로 가만히, 되도록 가만히 앉아 있었다. 나는 그 슬픔을 향해, 그쯤 해 두라고 명했지만 슬픔은 조금씩 더 커져 갔는데 조금씩 커져 가는 그 슬픔은 근거가 전혀 없는 것은 아니었던 것이, 그 순간 어딘가에서 슬픈 음색의 피아노 소리가 점점 크게 들렸다. 실제로 피아노 연주를 하는 것이라기보다는 오디오에서 나는 소리 같았다. 나는 웅장하게, 하지만 슬프게 울려 퍼지는 스피커의 음향 속으로 스며들며, 졸음을 느끼며, 엄청나게 큰, 백합을 닮은 꽃 속에서, 겹겹이 포개진, 눈부시게 하얀 꽃잎의 겹 속에서 벌레처럼 잠을 자는 상상을 했다. 피아노 소리는 계속 이어졌다. 그리고 이번에는 그 피아노 소리 사이로 개가 짖는 소리가 들렸고, 그 사이로 무슨 소리인지 알 수 없는 소리가 희미하게 들려왔다. 그런데 그 모든 소리들이 이상할 정도로, 그리고 고통스러울 정도로 낯설게 들렸고, 그 이상하면서도 낯선, 고통스러운 느낌을 지우기 위해서는 내가 어떤 낯선 짓을 해야 했고 그래서 나는 황급히 집 안으로 뛰어들어와 사과를 껍질째 소리 내어 베어 먹었다 ― 사과를 소리 나게 베어 먹는 것은 내가 슬픔을 달래거나 화를 가라앉히는 데 효과가 있었다. 이번에 먹은 사과 속에 벌레는 없었다. 하지만 베어 먹은 부위로 붉은 자국이 묻어 있었다. 성하지 않은 잇몸에서 나온 피였다. 사과의 선명한 속살에 선명한 붉은 피가 묻어 있었다. 피가 묻어 있는, 이빨 자국이 그대로 남아 있는 사과는 잇몸처럼 보였다. 나는 남은 사과를 냉동실에 넣었다. 그런 다음 냉동실에 있던 사과를 꺼내 그 사과 속에 있는, 그 속을 들여다보는 나의 마음속의, 사과의 벌레 구멍 속의 벌레를, 다시 말해 나의 마음속의, 그 속에 들어 있는 벌레를 사과 구멍 속의 벌레를 통해 들여다보았다. 그러자 나 자신이 그 사과의 속의 벌레처럼 느껴졌다. 나는 내가 느낀 그 느낌을 들릴락말락하게 말했고, 그러자 그 느낌이 사라졌다. 나는 침실로 가 침대에 누웠다. 하지만 몸이 편치가 않았다. 이리저리 몸을 뒤척였지만, 어떻게 해도 나의 몸이 수평으로 누워 있다는 느낌을 가질 수가 없었다. 몸의 어딘가가 기울어져 있는 것처럼 느껴졌다. 결국 나는 다시 일어났다. 나는 침대에 앉은 채로 창 쪽으로 고개를 돌렸다. 바깥 벽의 금은 방 안에 같은 모양의 금을 만들어 놓지는 못했다. 아니면 벽지 아래로 커다란 금이 가 있는지도 몰랐다. 벽지 아래로 내가 볼 수 없는 금이 나 있을 거라는 상상을 하자 기분이 좋았다. 나는 다시 침대에 누웠다. 이번에는 나의 느낌 속에서뿐만 아니라 실제로도 침대가 기울어져 있는 것이 분명하게 느껴졌다. 침대의 한쪽 다리가 비스듬히 어긋나 있었다. 어쩌면 내가 그것을 뒤흔들어 그렇게 된 것 같았다. 어쨌든 침대는 낡은 것이었다. 나는 머리를 침대의 기울어진 쪽에 둔 채로 비스듬히 누워 있었다. 피가 머리 쪽으로 한꺼번에 몰려드는 느낌이 좋았다. 하지만 오후가 되면서 감기 때문에 다시 몸이 좋지 않았고, 그래서 나는 병원에 갔다. 의사는 여자였다. 그녀는 자신의 앞에 있는 의자에 나를 앉혔다. 나는 증상을 얘기하며 윗옷을 걷어올린 채 가슴을 내밀었다. 하지만 나의 생각과는 달리 그녀는 나를 돌아앉힌 다음 가슴이 아닌 등의 이곳저곳에 청진기를 댔다. 그러면서 심호흡을 하게 했다. 나는 그녀가 하라는 대로 했다. 그런 다음 입을 벌려 보라고 했다. 나는 입을 벌렸고, 혀를 내밀었다. 그녀는 컬러 콘택트렌즈를 한 듯 눈이 초록색에 가까웠다. 나는 순간적으로 그녀의 눈알을 핥고 싶은 충동을 느꼈다. 하지만 그것은 정욕과는 전혀 상관없는 것이었다. 그리고 나는 레몬 생각이 떠올랐다. 입안 가득 고이는 레몬의 시큼한 맛은 내가 아주 기분이 좋을 때, 또는 쾌감을 느낄 때 떠오르는 것이었다. 갑작스럽게 떠오른 레몬 맛은 내가 그만큼 기분이 좋다는 것을, 쾌감을 느끼고 있다는 것을 말해 주고 있었다. 그리고 때로 나는 레몬 맛을 떠올리면 기분이 아주 좋아지기도, 쾌감이 느껴지기도 했다. 하지만 그녀는 혀는 내밀지 않아도 된다면서 목구멍 안을 들여다보았다. 나는 입을 크게 벌려 내 목구멍을 남김없이 보여 주었다. 기분이 더욱 좋아졌다. 빨대나 병이나 파이프나 하수관 같은 구멍 — 구멍의 종류는 무척이나 다양하다. 그 끝을 들여다볼 수 없는 구멍이 있는가 하면 구멍이 있을 뿐인 구멍도 있고 그 구멍 속에는 구멍의 끝이 면해 있는 나머지 부분과 따로 떼어 놓고 생각할 수 있는 독특한 형태와 장면이 있는 구멍이 있고 바닥이 있는 구멍도 있으며, 카메라의 뷰파인더처럼 내부로 끌어들여진 외부를 볼 수 있는 구멍도 있으며, 열쇠 구멍처럼 또 다른 공간으로 열려 있는 구멍도 있고, 또 다른 세계로 통하는 통로라고 생각되는 구멍이 있으며, 변기 구멍처럼 그 안에 떨어진 뭔가를 삼켜 버리는 구멍도 있다 ── 의 속을 넋을 잃고 들여다보곤 하는 나였지만 ── 나는 그 구멍들 속에 이 세계의 전모가 있기라도 한 듯 유심히 바라보곤 했는데, 잠시 후 그 구멍에서 눈을 떼면 마치 그것을 통해 세계의 전모를 보아 버린 것 같은 느낌을 가질 수 있었다. 물론 그것이 터무니없는 느낌이라는 것을 알 수 있었지만 나는 그 느낌을 쉽게 떨쳐 버릴 수가 없었다 ── 나의 몸에 있는 어떤 구멍을 누군가에게 보여 주는 것이 그렇게 기분 좋은 일이라는 것은 그때 처음 알았다. 나는 내가 좋아하는 구멍의 목록에 목구멍을 첨가했다. 나는 행복감을 느꼈고, 그래서 의사가 이제 되었다고 말한 후에도 쉽게 입을 다물지 못했다. 나는 순간의 행복과 행복에는 미치지 못하는, 그럼에도 지속적인 만족 가운데 어떤 것을 택하겠냐는 질문을 받게 되면 망설임 없이 순간의 행복을 택하겠다고 생각했다. 그렇게 심한 것 같지는 않군요, 그녀가 말했다. 폐렴 증상이 있는 것 같지도 않고. 주사는 안 맞아도 되겠어요. 그냥 약을 처방해 줄게요. 그리고 매시간 물을 마시도록 해요. 그녀는 나의 감기를 너무 가볍게 생각하는 것 같았다. 그리고 주사를 안 놓아 주는 것도 약간 서운하게 느껴졌다. 그리고 마지막으로 그녀는 담배를 피우지 말라고 얘기했다. 내가 담배를 피운다는 것을 그녀가 어떻게 알아냈을까? 하지만 비흡연자에게는 흡연자의 몸과 옷에서 나는 담배 냄새를 맡는 것이 어렵지 않겠지, 나는 생각했다. 하지만 나는 그녀의 충고에도 불구하고 담배를 피우지 말아야겠다는 결심 같은 것은 하지 않았다. 나는 내 경우에 어떤 결심도 소용이 없다는 것을 잘 알고 있었다. 내 경우 결심이란 그것을 하는 순간부터 흔들리기 시작했고, 그리고 뭔가를 결심한 후 그 결심대로 하는 건 뻔뻔스럽게 여겨졌다. 그래서 나는 평소에 아무런 결심도 하지 않았다. 그리고 내게 금연은 그것을 통해 나 자신과의 싸움을 가장 적나라하게 목격할 수 있는 것인 동시에 나의 완벽한 패배를 어렵지 않게 인정할 수 있는 것이었다. 약을 지어 온 나는 저녁 식사를 한 후 그날 지어 온 약에서 하루치에 해당하는 양을 한꺼번에 먹었다. 곧 졸음이 몰려왔다. 그날 밤에는 나는 얼어붙은 사과 속의 얼어붙은 벌레처럼 잠을 잤다.

며칠 후 다시 전화가 왔다. 하지만 목소리의 주인공은 T도, 노신사도, 그에게 나를 데려간 자도 아니었다. 누군지 알 수 없는 그자는 내가 맡은 사건이 종결되었음을 알렸다. 시작조차 하지 않은 사건이 종결되었다는 것은, 그리고 그 일로 사례비를 받은 것은 아무래도 미심쩍은 구석이 있었다. 하지만 사건이 그렇게 종결된 것을 달가워하지 않을 이유는 없었다. 나는 이미 끝난 그 일은 덮어 두기로 했다. 그것이 어제의 일이었다. 그리고 어젯밤에는 어떤 구멍에 스프링을 밀어 넣은 다음 나사로 조여야 하는 고정 장치가 있는, 용도를 알 수 없는 복잡한 기계 장치를 조립하려고 애썼지만 ── 스프링이 자꾸만 밖으로 밀려나왔다 ── 끝내 실패하고 마는 ── 사용 설명서를 아무리 보아도 소용이 없었다 ── 무척 답답한 꿈을 꿨다. 꿈속에서 나는 결국 화가 치밀어 그 기계를 집어던졌고, 그러자 그것은 이상한 소리를 내며 바닥에 부딪힌 후 계속 그 이상한 소리를 내는 것이었다. 그에 따라 그날 하루는 머릿속에서 스프링과 나사에 대한 생각이 떠나질 않았다. 그처럼 종종 나는 꿈속에서 보았거나, 아니면 머릿속에서 떠오른, 주로 어떤 기계들의 부속품으로 쓰이는 스프링이나 베어링이나 너트와 볼트 같은 것들이 그날 하루 머릿속을 떠나지 않고 맴도는 경우가 있었다. 그리고 그 부속품들은 머릿속에서 다양한 모양과 크기로 출현했다. 분명 나사나 스프링에 대한 생각에 사로잡혀 하루를 보내는 것은 이상한 일일 수도 있었다. 하지만 일상적으로 우리의 눈에 띄는 거의 모든 것에 나사들이 박혀 있고, 그것들이 눈에 쉽게 띄지 않는 나사들의 힘으로 버티고 있다는 생각을 해 보면, 나사에 대한 생각으로 많은 시간을 보내는 것이 반드시 지나친 일만은 아니었다. 또한 한편으로는, 현대의 거의 모든 기계 장치들에 안간힘을 다해 서로 조이고 조여지는 볼트와 너트가 쓰이고 있다는 생각을 하면, 그리고 그것들의 중요성을 새삼 다시 생각해 본다면 그것이 숭배의 대상이 되지 않는 것이 — 어느 나라에서는 양말이 숭배의 대상이라는 얘기를 생각하면 더더욱 — 이상할 정도였다. 그리고 오늘 오전에 일어났을 때에는 안개가 짙게 껴 있었다. 창밖의 풍경은 안개 속에서 전혀 분간이 가지 않았다. 나는 창가에 서서 멀리 보이지 않는 바다에서 헤엄치는 상어를, 그리고 그보다는 좀 더 가까운 곳에 있는 들판에서 풀을 뜯고 있는 염소를, 그리고 그보다 좀 더 가까운 곳에 있는 어느 공원의 벤치에 앉아 있는 나이든 사내를, 그리고 그 사내의 위쪽 나무에 앉아 있는, 추위로 인해 활발하지 못한 새들의 날갯짓을, 그리고 가까운 곳에 있는 놀이터의 시소와 그네와 미끄럼틀을 떠올리며 그 모든 것들을 향해, 어떤 열망처럼, 하지만 열망의 표현은 아닌 채로, 활짝 펼쳐진 채로, 투명한 차가운 유리창에 대어져 있는 나의 손바닥을 바라보았다. 그러고는 천천히 창문을 열어 그동안 유리창 너머에서 머뭇거리던 안개를 방 안으로 들어오게 했다. 안개는 기다렸다는 듯 재빠르게 방 안으로 밀려들어 왔고, 이내 나의 모습 또한 사라지게 만들었다. 안개 속에서 나는 나의 몸이 헝클어진 것처럼, 아니 그보다도 나의 몸이 부풀려진 것처럼 느껴졌고, 그래서 그 부풀려진 느낌 속에 서 있었다. 그런 다음에는 나를 지워 버린 안개 속에서 잠시 어쩔 줄 몰라하며 서성였다. 그러자 정말로 몸둘 바를 모를 것처럼 되어 버렸고, 결국에는 방의 한쪽 구석에 주저 앉고 말았다. 안개는 거의 정오가 다 되어서야 완전히 걷혔다. 그리고 나는 보았다, 안개가 걷힌 후 출현한 거추장스러운 느낌 속에 있는 이 세계를. 나는 그 세계 속으로 나섰다, 머뭇거리는 걸음으로. 그 길로 나는 다시 경마장에 갔다. 수위의 모습은 보이지 않았다. 그날 역시 경마가 없는 날이었다. 나는 경마장의 스탠드에 서서 텅 빈 경주로를 바라보며, 이번에 내가 맡은 사건에는 어쩐지 이상한 구석이 있다고 생각했다. 그것이 무엇인지는 정확히 알 수 없었지만 지금껏 내가 맡아 왔던 사건과는 분명히 다른 데가 있었다. 그 노신사가 자꾸만 마음에 걸렸다. 나는 그의 모습을 떠올리려 했지만 그의 얼굴은 떠오르지 않고 종기인지 혹인지 알 수 없었던 뭔가가 달려 있던 그의 목덜미만 떠올랐다. 나는 그 목덜미가 그를 떠올리는 데 결정적인 단서라도 되는 듯, 그것으로 그의 모습을 떠올리려 했지만 소용이 없었다. 그래서 나는 하는 수 없다는 듯이 경마장의 한가운데에 있는, 불이 꺼진 대형 전광판을 쳐다보며, 되는 대로 숫자들을 떠올리며 그 숫자들을 더하거나 빼거나 곱하거나 나누는 방식으로 셈을 하기 시작했다. 한데 별 생각 없이 시작한 그 셈은 어느새 아주 복잡한 것이 되었고, 어느 순간 이후로는 나와 상관없이 그 숫자들이 서로를 더하고 빼고 곱하고 나누는 식이 되어 버렸다. 나는 그 숫자들의 놀이에 제삼자처럼 참가했다. 결국 나는 자릿수를 알 수조차 없는 엄청난 숫자에 이른 후에야 그것을 그만둘 수 있었다. 그러고 나자 모든 것은 처리하는 방식의 문제일 뿐이라는 생각이 들었다. 나는 나의 생각이 만족스러웠고 그래서 오랜만에 바깥에서 식사를 했다. 혼자 한 식사도 만족스러웠다. 식사 후 나는 오랫동안 거리를 쏘다니다 늦게 집에 돌아왔다. 추운 거리를 쏘다닌 탓인지, 집 근처에 이르렀을 때에는 기침이 심하게 났고 몸에 열이 나는 것 같았다. 하지만 나는 그렇게 거리를 쏘다닌 것을 후회하지는 않았다. 밤이 되면서 다시 고열이 났다. 체온계의 수치는 위험한 상태임을 알려 주고 있었다. 나는 체온계의 눈금을 들여다보며, 내게는 체온 변화 이상의 의미를 갖는 것은 없다고 생각했다. 그리고 헛것들이 보이기 시작했다. 내 눈앞에서 구조화되지 않는 영상들이 흩어졌다가 모여들기를 반복했다. 숨을 쉴 때마다 목구멍에서 기관지를 지나 허파에 이르는 관에서 라디에이터의 수증기 새는 소리와 비슷한 소리가 났다. 그리고 나의 몸이 아주 긴 실타래가 둘둘 말린 뭉치처럼 느껴졌다. 그 몸은 그 실 끝을 잡아당기면 끝없이 풀릴 것이었다. 그리고 그 또 다른 실 끝에 이르면 남는 것은 아무것도 없을 것이었다. 나는 다량의 감기약을 먹은 후에야 잠이 들 수 있었다. 한데 밤중에 내가 잠시 잠에서 깼을 때에는 이상한 느낌이 들었다. 누군가가 집 안에 있는 것 같았다. 나는 거실로 나갔다. 아니나 다를까 거실의 의자에는 누군가가 쓰러져 있었다. 그것은 다름 아닌 T였다. 그는 마치 죽은 듯이 꼼짝 않고 있었다. 누군가에 의해 목이 졸려 죽은 것처럼 보였다. 하지만 다른 침입의 흔적은 없었다. T가 나를 찾아온 것, 내가 노신사를 경마장에서 만난 것, 그리고 그 사이의 모든 것들이 하나의 완벽한 계략이었던 것이다. 나는 이 사건에 결정적으로 관여한 게 틀림없는 그 노신사를 떠올리려고 애썼다. 하지만 그를 떠올리려고 하면 할수록 얼굴 대신 그의 목에 달려 있던, 혹인지 종기인지 분명치 않은 그 살점만이 크게 확대되어 떠오를 뿐이었다. 그리고 어느 순간에는 그 살점이 너무도 커진 나머지 그의 얼굴 전체가 그 살점으로 뒤덮여 보였다. 그때서야 나는 내가 얼마나 깊은 함정에 빠졌는지 깨달았다. 그럼에도 불구하고, 어떻게 된 일인지, 나는 마음이 차분하게 가라앉는 것을 느꼈다. 하지만 자꾸만 머릿속에 무슨 벌레인가가 알을 슬어 놓은 듯 머리가 이상하게 느껴졌다. 나는 머리가 어지러웠고 소파에 누웠다. 내가 T를 집에 오도록 한 다음 그를 죽인 것은 아닐까? 나는 그 노신사의 부탁을 받고 T를 내 집으로 오게 해 그를 죽였는지도 모른다. 지난 몇 주에 걸쳐 내게 일어났던 일과 일어나지 않은 일이 구분이 가지 않았다. 아니면 그는 정말로 잠을 자고 있는지도, 죽은 듯이 잠이 들어 있는지도 모른다. 하지만 나는 그 이상은 알고 싶지 않았다. 나는 그대로 누운 채 미동도 없이 앉아 있는 T를, 그리고 방 안의 다른 사물들을 훑어보며 그 모든 것들의 고충을 이해하려고 애썼다. 그때 멀리서 개가 짖는 소리가 희미하게 들려왔다. 하지만 나는 그것을 개가 짖는 소리로 들을 수 없었다. 그것은 개가 짖는 소리로뿐만 아니라 그 어떤 소리로도 들렸다. 바깥은 아직 어두웠다. 나는 갑자기 산책이 하고 싶어졌다. 하지만 나는 외투를 입고 밖으로 나가 산책을 하는 대신 내가 지금 산책을 하고 있다고 생각하며 그대로 누워 있었다. T의 모습이 다시 눈에 들어왔다. 의자에 앉아 있는 그는 공원을 산책하던 중 만난 사람 같았다. 나는 눈을 감은 채로 도대체 내게 무슨 일이 있었던 걸까, 하고 생각했다. 뭔가 윙윙거리는 소리가 들리는 듯했다. 아주 작은 모터를 장착한 나비들이 떼를 지어 날고 있는 듯했다. 하지만 공중에는 아무것도 없었다. 나는 몸을 일으켜 소파 아래로 내려가 무릎을 꿇고 소파 위에 팔꿈치를 올려놓고 두 손을 모은 채로, 마치 기도를 드릴 것처럼 — 종종 나는 기도하는 자세를 통해 나의 목전의 어려움이나 곤란함을 더욱 증폭시켜 좀 더 분명한 것으로 만들곤 했다 —, 하지만 기도를 드리지는 않고 또 다른 헛것이 보이기를 기다렸다. 하지만 이번에는 헛것이 보이는 대신 졸음이 찾아왔고 곧 나는 잠이 들었다. 하지만 새벽 무렵 다시 깨어났을 때에는 모든 것이 내가 잠이 들기 전 그대로였다, 단 한 가지를 빼고는. 거실의 의자 위에도, 집 안의 다른 어디에서도 T의 모습이 보이지 않았다. 나는 아무것도 이해할 수가 없었고, 아무것도 이해할 수 없는 그 한가운데 내가 있다는 느낌에서 벗어나기 위해 거실을 이리저리 맴돌았다. 그때 탁자 위에 놓여 있는, T가 내게 선물한 병 속의 귀뚜라미가 내 눈에 들어왔고, 나는 어떤 실마리를 구하듯 그것에서 눈을 떼지 않았다. 귀뚜라미는 아무 일도 없었다는 듯 그대로 죽어 있었다. 귀뚜라미는 그사이 거기 그대로 있었다는 것 외에는 아무것도 말해 줄 수 없다는 듯 그대로 있었다. 하지만 나는 내가 그 순간 보고 있는 것이 귀뚜라미가 맞는지 자신할 수가 없었다. 마치 그 귀뚜라미는 그것이 담겨 있는 병이 아니라 나의 생각 속에 혹은 내가 생각하는 병 속에 담겨 있는 것만 같았고, 그래서 나는 그것이 담긴 병을 아주 세게 흔들었다. 그런 다음 병 속의, 부서진 귀뚜라미를 보았다. 나는 병을 내려놓은 후 귀뚜라미가 담긴 병 옆에 놓인 저울의 접시에 손가락을 올렸다 내렸다 하며 이 모든 일이 내가 상상한 것이라고 생각했다. 그렇게 나는 저울을 만지작거리며 이 모든 것을 상상하고 있었다.

그리고 나는 저울의 한쪽 접시를 지그시 누르면서 나의 그 느낌에 좀 더 치우칠 수 있었다. 하지만 나의 상상이 어디에서부터 시작되었고, 어디에서 끝나는지는 끝내 알 수 없었다. 그런데 그 순간 내 귓속에서 어떤 소리가, 화재 경보음이 요란하게 울리기 시작했다.

궁지

내가 방에 들어섰을 때 어머니는 누군가를 기다리고 있
었던 것처럼 침대에 누운 채 문 쪽을 바라보고 있었지만
아들을 금방 알아보지 못했다. 그녀는 눈이 침침해서 바로
앞에 있는 사람도 잘 보지 못했고, 그래서 나는 내가 누구
인지 말해 주어야 했다. 내 목소리를 들은 그녀는 놀란 표
정을 지어 보였다. 네가 어쩌다가 나를 찾아오기까지 했구
나, 그런데 어쩐지 네 목소리가 조금 달라진 것 같구나, 어
머니가 말했다. 나는 아무 대답도 없이 그녀를 가만히 쳐
다보았고, 그러자 그녀 역시 잠시 나를 가만히 바라보았다.
조금 후 그녀는 몸을 일으키려 했지만 쉽지 않아 보였다.
나는 그녀가 몸을 일으키는 데 애를 먹는 모습을 보면서도
그녀를 돕는 대신 그녀가 힘들어하는 모습을 가만히 지켜

보기만 했다. 겨우 자세를 바로 한 어머니는 간호사를 찾았지만 간호사는 보이지 않았다. 어찌된 노릇인지 이곳의 간호사들은 꼭 필요해서 찾을 때면 보이지 않는단 말이야, 어머니는 그것이 내 잘못이기라도 한 듯 나를 쳐다보며 화를 냈다. 그런 다음 그녀는 오랜만에 찾아온 아들에게 마땅히 해야 할 말을 하는 대신, 아들이 계속 옆에 있었던 듯 자신의 몸의 여기저기가 불편하다며 불평을 늘어놓았다. 그 모두가 나더러 들으라고 하는 말이었다. 그러면서 그녀는 어깨가 쑤신다며 자신의 어깨를 주물렀는데 그 또한 내가 어깨를 주물러 주기를 바라며 하는 짓이었다. 나는 어머니가 어깨를 주물러 주기를 기대하며 자신의 어깨를 주무르는 것을 그냥 바라보기만 했다. 내가 주물러 주지 않자 결국 그녀는 어깨를 주무르기를 그만두고 내가 알아들을 수 없는 무슨 말인가를 하기 시작했는데 그것은 말이라기보다는 그냥 소리에 가까운 것이었다. 나는 그녀의 말을 들으며, 어머니의 말을 듣고 있으면 곰팡이 냄새가 나는 것 같아, 하고 생각했는데 실제로 그녀의 몸에서는 곰팡이 냄새가 나는 것 같기도 했고, 그래서 나는 어머니의 죽은 모습을 상상하려 했지만, 살아 있는 어머니 앞에서 그것은 쉽지 않은 일이었다. 나의 생각을 읽기라도 한 듯 그녀는 나를 노려보았다. 너는 내가 하는 말은 듣지도 않고 딴생각을 하고 있는 것 같구나, 어머니가 말했다. 그래 보이나요, 하지만 그렇지는 않아요, 사실 나는 어머니 말을 빼놓지 않고 들으며 그것이 무슨 말일까 생각하고 있었거든요, 하고 말했다. 그녀는 내 말에는 아랑곳하지 않고 자기 얘기를 계속했다. 며칠 전 꿈속에서 누군가 매를 들고 자신을 때려죽이려 했는데, 누군지는 알 수 없었지만 그 사람 손에는 죽고 싶지 않았고, 더 나아가 매를 맞아 죽고 싶은 마음은 추호도 없었지만, 지금도 죽고 싶은 마음뿐이라 얘기했다. 그리고 그 말을 하면서 꿈속에서 자신을 때려죽이려한 게 혹시 너는 아니겠지, 하는 표정으로 나를 쳐다보았다. 나는 선의를 갖고, 혹은 최소한 선의가 담긴 연민을 갖고 그녀를 대하는 것이 어렵다는 사실을 그녀를 만난 지채 10분이 지나지 않아서 다시 한번 확인할 수 있었다. 그녀는 내게서 눈을 떼지 않았다. 나는 두 눈을 똑바로 뜨고내 앞에 있는 사람이 누군지 잘 기억이 나지 않을 때처럼 그녀를 골똘히 바라보았다. 하지만 그녀를 향해 겨눈 눈을 올바르게 가누지 못하고 곧 거두어들였다. 나는 시선을 내렸고, 그 순간 그녀의 침대 머리맡에 놓여 있는 잡지 한 권을 발견했다. 양로원의 도서실에 비치된 것을 빌려온 것 같았고, 농업과 관련된 잡지였는데, 아무리 생각해도 그런 것이 양로원에 있다는 것을 쉽게 이해할 수 없었다. 그것은 잡지라기보다는, 인근 관청에서 무료로 배포하는 기관지처럼 보였다. 나는 딴청을 부리듯 그 책을 들춰 보았다. 병

충해를 예방하는 방법에 관한 기사와, 어느 농약 회사에서 취급하는 각종 농약 광고, 그리고 콤바인과 트랙터 같은 농기계 광고, 가뭄 피해를 줄이는 방법에 관한 기사와 채소의 씨앗과 종묘를 선전하는 광고, 정부의 잘못된 농업 정책을 비판하는 기사가 나왔다. 나는 관심 있는 사람처럼 열심히 보며 책을 넘겼다. 그사이에도 어머니는 계속 얘기하고 있었다. 그녀의 입을 바라보는 것도 이번이 마지막이라고 생각하며 나는 오른손을 이마에 얹어 머리가 아픈 시늉을 했는데, 그렇게 하자 거짓말처럼 머리가 깨질 듯이 아프기 시작했다. 실제로 이마에는 어디서 어떻게 생겼는지 알 수 없는 이미 아문 상처가 만져졌다. 나는 이런 상태로는 책을 보기 어렵다는 듯 그것을 덮었다. 잠시 후 어머니는 얘기를 멈추고 창밖을 내다보며 바깥에 나가고 싶다고 했다. 나 또한 그래야만 할 것 같았다. 나는 그녀가 침대에서 내려오는 것을 도왔고, 그녀가 힘겹게 방을 나와 복도를 지나 계단을 내려가는 모습을 한 발자국 뒤에서 지루하게 바라보며 함께 밖으로 나왔다. 우리는 양로원에 딸린 작은 정원의 벤치에 자리 잡고 앉았다. 어머니는 또다시 불평을 늘어놓기 시작했다. 그녀는 자신의 인생이 실패처럼 여겨지는 것은 주위 사람들 탓이라고 얘기하고 있었다. 하지만 그녀가 그렇게 된 것은 전적으로 그녀의 책임일 뿐이었다. 이제 할 줄 아는 것이라곤 불평밖에 없는 그녀를 참을 수 없었다. 나는 나도 모르게 무슨 말인가를 했고, 그 말이 그녀의 심기를 건드린 게 틀림없었다. 무슨 말을 하는 거냐, 그녀가 말했다. 나는 내 말이 적절치 못했다는 생각이 들었지만 그 말을 철회하지도, 그 말을 후회하지도 않았는데, 그건 방금 한 말의 내용이 생각나지 않았기 때문이다.

정원에는 여러 가지 꽃들이 피어 있었다. 하지만 그 무엇도 조금도 아름답다거나 우아하게 느껴지지 않았고, 그래서 나는 아름다움과 우아함을 조금이나마 느끼기 위해 손톱을 아프도록 깨물었지만 효과가 없었다. 나는 내 앞의, 즐겁다는 듯 살랑거리는 나뭇잎을 바라보며 흠칫 놀란 표정을 지어 보였는데, 그러자 나의 표정이 가짜처럼 느껴졌고, 동시에 그 살랑거리는 나뭇잎의 즐거운 듯한 모습 또한 가짜처럼 느낄 수 있었다. 그사이에도 어머니는 무슨 말인가를 하고 있었다. 나는 내 옆에 자리하고 있는 사람이 문득 생각난 듯 그녀를, 그리고 그녀의 작고 교활하게 생긴, 옆으로 찢어진 눈을 뚫어지게 바라보았다. 내가 언제나 마주하기를 피해 온, 결코 보고 싶지 않았던 눈이었다. 나는 불쑥 얼마 전에 아버지의 묘지에 가 봤다고 말했는데, 그것은 내가 생각지 못했던, 그녀의 지루한 이야기들로 말미암은 말이었다. 하지만 그것은 순전히 거짓말이었다. 나는 최근에 아버지의 무덤에 가 본 적이 없었다. 그럼에도 거기에 더해 나는 무덤 위로 무성하게 자란 잡초를 모두 깨끗이 정리했다는 거짓말까지 했다. 어머니는 내가 착한 일을 했다고 했다. 나는 그럴 생각이 없으면서도 묘지의 비석을 좀 더 나은 것으로 바꿀까 하는 생각도 하고 있다고 말했다. 어쩐 일인지 그런 거짓말이 아무렇지 않았을 뿐만 아니라 계속 거짓말로만 일관하고 싶어졌고, 그래서 시간이 나는 대로 어머니의 묘도 알아보겠다고 덧붙였다. 그러고 나자 이제 어머니 앞에서는 그 어떤 거짓말도 할 수 있을 뿐만 아니라 거짓말하지 않고서는 단 한마디도 할 수 없을 것만 같았다. 어머니는 또다시 무슨 말인가를 했지만 아쉽게도, 용케도 그녀는 내가 귀를 기울일 만한 말은 한마디도 하지 않았다. 그래서 나는, 어머니는, 나와 마찬가지로, 내게 아무런 할 말이 없는 게로구나, 하고 생각했다. 다시 나는 시선을 떨어뜨렸고, 땅바닥에 떨어진, 벌레가 갉아 먹어 구멍이 나 있는, 누렇게 변한 나뭇잎을 발견했고, 그래서 마치 그것이 구경거리라도 되는 듯이 유심히 바라보았다. 하지만 벌레는 보이지 않았다. 그사이 어머니는 화제를 바꿔 다른 이야기를 하고 있었다. 나는 고개를 들어 그녀를 쳐다보았다. 하얀 벌레 한 마리가 그녀의 머리 위에 떨어져 있는 것이 보였지만 나는 아무 말도 해 주지 않았다. 아무 말도 해 주지 않는 편이 도리인 듯이 여겨졌다. 벌레는 계속 그녀의 머리칼 사이에서 꼼지락거리고 있었다. 그것은 그녀의 하얗게 센 머리칼과 잘 어울렸다. 나는 조금씩 분별력을 잃어 가는 것 같았지만 분별력을 잃어서는 안 된다고 생각할 수 있을 정도의 분별력은 유지했다. 나는 어머니 너머로 허공 속을 날고 있는 날벌레와, 그 너머로 가만히 떠 있는 구름을 가만히 바라보았다. 나는, 얼마든지 어머니에게 심한 말을 하고, 좀 더 심하게 대할 수도 있다고 생각했지만 그러고 싶은 의욕이 나지 않았고, 그래서 가만히 떠 있는 구름만 바라보았다. 구름은 너무도 가만히 있었다. 마치 내가 그것을 그토록 가만히 바라보고 있어서 그렇게 가만히 떠 있는 것이 아닐까 싶을 정도였다. 하지만 조금 후 바람이 조금씩 일며 구름은 천천히 움직이기 시작했고, 그때서야 나는 구름으로부터 눈을 뗄 수 있었다. 나는 다시 고개를 떨어뜨렸다. 땅바닥 위로 나뭇잎 그림자들에 의해 무수히 많은 검은 조각들이 만들어져 있었다. 바람이 불면서 그것들은 일제히 한 방향으로 몰려다녔다. 나는 그 광경에 충격을 받은 사람처럼 벌떡 일어났고, 그 길로 어머니를 뒤로한 채 양로원을 나와 버렸다. 뒤에서 어머니가 부르는 소리가 들렸지만 그 소리는 어렵지 않게 무시할 수 있었다.

양로원을 나오자 갑자기 무덥게 느껴졌고, 걸음을 옮기는 것이 쉽지 않았다. 걷는 것 자체가 무모해 보였다. 그래도 나는 꾸준하게 걸음을 옮겼다. 조금 더 가자 나무 한 그

루가 길을 가로질러 쓰러져 있었고, 나는 장애물을 만난 사람처럼 뒤로 물러선 후 달려가 그 나무를 훌쩍 뛰어넘었는데, 뛰어넘고 보니 괜한 짓을 했나 싶었는데, 그도 그럴 것이 나무는 땅바닥 가까이 쓰러져 있어서 얼마든지 그냥 걸어서 넘을 수도 있었던 것이다. 얼마 가지 않아 냇가가 나왔는데, 워낙 냇물이 메말라 있어 냇물이라기보다는 개울물에, 개울물이라기보다는 도랑물에 더 가까워 보였다. 멀리서 보아도 더럽다는 것을 알 수 있는 물이 거의 유속을 느낄 수 없이 느리게 흐르고 있었다. 나는 아주 느린 걸음으로 냇가를 따라 내려갔다. 강은 부르튼 살갗처럼 갈라진 바닥을 드러내고 있었고 필요한 수분을 찾지 못한 강가의 초목들도 누렇게 메말라 가고 있었다. 조금 더 내려가자 갑자기 넓어지는 곳에서 아이들이 바짝 말라붙은 냇물의, 그나마 물이 조금 고여 있는 물웅덩이에서 물장난을 치고 있었다. 저런 물웅덩이에서는 익사 사고가 자주 발생하지, 하는 생각을 하며 나는 그들을 구경했다. 아이들 중 하나가 깊은 물에 빠져 허우적거린다 해도 구하러 뛰어드는 대신 구경만 하겠지, 하고 생각했다. 하지만 물웅덩이는 워낙 얕아 그곳에서 빠져 죽기란 사실상 불가능해 보였다. 가뭄으로 물이 더러워져 물웅덩이는 꼭 시궁창처럼 보였고, 아이들이 물놀이를 하며 놀기에는 적당하지 않은 곳이었지만 내게는 그 적당하지 않은 곳이 무척이나 적당한 곳처럼 여겨졌다. 냇가로 내려간 나는 아이들이 놀고 있는 물웅덩이로 흘러드는 가느다란 물줄기를 바라보며, 저렇게 기를 쓰고 줄기차게 흐르는 게 어색해 보이지 않아, 하고 나 자신에게 물었다. 나는 대답을 피하며 쓰레기가 넘쳐 나는 메마른 강변을 보았고, 이번에는 쓰레기 사이에서 죽은 물고기 한 마리를 발견했다. 썩어 가는 물고기 시체 위로 파리 떼가 들끓고 있었다. 나는 까마귀나, 죽은 물고기를 먹어 치우는 다른 새들이 나타나기를 기다렸지만 끝내 보이지 않았다. 다시 물웅덩이에서 놀고 있는 아이들에게로 눈길을 돌려 그들을 바라보며, 뭔가를 내려치기 위해 망치를 높이 든 사람처럼 손을 들고 있다가 힘없이 떨어뜨렸다. 그런 다음 나는 다시 아주 가느다란 물줄기가 기운이라곤 없이 물웅덩이로 흘러들고, 마찬가지로 기운이라곤 없이 물웅덩이 아래쪽으로 가느다란 물줄기가 흘러내려 가는 것을 바라보았다. 한참을 그러고 있으니 문득 어렸을 때 배운, 퐁당퐁당 돌을 던지자, 누나 몰래 돌을 던지자, 로 시작해, 건너편에 앉아서 나물을 씻는 우리 누나 손등을 간질어 주어라, 로 끝나는, 나로서는 언제나 그 노래를 떠올릴 때면 이상한 근친상간의 분위기가 느껴지는 노래가 문득 떠올랐고, 그래서 입속으로 그것을 웅얼거렸다. 그렇게, 그 노래는 평소에도 뜬금없이, 내가 처한 상황과는 아무 관계 없이 머릿속에 떠올라 웅얼거려진 후 사라지곤 했다. 자리

에 앉아 고개를 비스듬히 기울인 채 바람이 멎기를 기다렸
다가 바람이 멎으면 다시 불 때까지 기다리기를 반복했다.
바람은 나의 뜻대로 불거나 멎었는데, 그건 내가 바람이
불라 치면 불기를 명했고, 멎을라 치면 멎기를 명했기 때문
이다. 바람이 내 뜻대로 불거나 멎는 것에 기분이 우쭐해
졌고, 그 우쭐한 기분으로 자리에서 일어났다.

　나는 잠시 성큼성큼 걸음을 옮겼지만 곧 조금씩 발걸음
을 좁혔고, 그러자 마치 나 자신이 아주 좁은 곳에 갇힌 느
낌이 들었고, 그래서 가만히 그대로 서 있었다. 그때 갑자
기 어디선가 여자아이 같은 옷차림에 사내아이처럼 머리
를 짧게 자른 한 소녀와 긴 머리를 묶었지만 사내아이처럼
옷을 입은 한 소녀가 달려와 내 주위를 돌며 한 아이는 상
대를 잡으려고, 다른 아이는 잡히지 않으려고 애를 쓰고
있었다. 나는 그 두 아이를 보며 어느 쪽이 더 사내아이 같
은지 말하기 어렵다고 생각했다. 그들은 돌림노래를, 아니
면 어떤 노래의 후렴구를 반복해 부르며 태연하게 내 주위
를 맴돌았고, 나는 그들을 태연히 지켜보며 걸음을 옮겼
다. 그러자 그들 역시 걸음을 옮기며 계속 내 주위를 맴돌
았고, 내가 조금 후 걸음을 멈추자 그들 역시 멈춘 채로 내
주위를 계속 돌았다. 평소 같았으면 그들이 귀찮다거나 괘
씸하다고 생각했을 테지만, 오히려 그 순간에는 그것이 즐
겁게 여겨졌고, 그래서 나는 잠시, 그들이 더 악착같이 내

주위를 돌기를 바라며 그 자리에 그대로 서 있었다. 그러자 한 명의 소녀가 앞쪽으로 달려갔고, 다른 소녀도 그 소녀를 쫓아 달려갔다. 그래서 나 또한 그들을 뒤쫓아 달려갔고, 그들을 앞지른 후에도, 마치 그들을 영원히 따돌릴 것처럼 전속력으로 질주했다. 하지만 곧 숨이 찼고, 그래서 나는 입을 크게 벌린 채 큰 소리로 웃었다. 하지만 숨을 고른 후 뒤를 돌아보았을 때에는 소녀들이 보이지 않았다. 나는 다시 앞을 보았고, 어느새 역에 도착했음을 깨달았다. 매표소로 간 나는 반원형 구멍이 나 있는 유리를 통해 그 너머에 있는 직원을 향해 필요 이상으로 행선지를 크게 말했다. 그러자 내가 갈 곳이 분명해진 것 같았다. 나는 열차표를 산 후 시계를 보았다. 열차가 도착하려면 아직 시간이 많이 남아 있었다. 나는, 아, 이제 그 소녀들은 완전히 가 버렸구나, 하는 생각을, 동시에, 어쩌면 내가 이런 생각을 하는 순간 그들이 불쑥 다시 나타날지도 모른다고 생각하면서 주위를 둘러보았지만 다시는 나타나지 않았고, 그래서 나는 조금 전 그들이 부르던 돌림노래를, 아니면 어떤 노래의 후렴구를 따라 부르며 역사 안에 있는 기둥을 한 바퀴 돈 후 다시 밖으로 나왔다.

역사 밖 광장에는 작은 분수대가 있었다. 나는 조금 전 그것을 본 기억이 없어서 어떻게 조금 전에는 그것을 못 보았지, 하고 생각했다. 분수대는 꺼져 있었다. 가뭄이 얼마나 심각하면 분수대가 한창 물을 뿜어내고 있어야 할 때 이렇게 꺼져 있을까, 하고 생각했다. 그런 다음 나는 눈을 감은 채로 마치 내가 볼 수 없는 곳에 숨어 있는 뭔가를 불러내기라도 하듯이, 분수대가 물줄기를 뿜어내기를 바라며, 하지만 그것과는 아무 상관 없이 아무 내용 없는 노래를 아무 박자도 없이 불러 대기 시작했다. 그런 다음에는 눈을 번쩍 뜨고 언제 그랬냐는 듯이 아무 내용도 박자도 없는 노래를 불러 대기 시작했지만 곧 시시해졌고, 그래서 그만두었는데, 그때 광장 모퉁이에 서 있는 빈 공중전화 박스로 들어갔다. 수화기를 들었지만 마땅히 전화할 사람이 없다는 사실을 깨닫고는 다시 내려놓았다. 하지만 곧 다시 수화기를 들고 동전을 넣은 다음 아무 번호나 눌렀다. 여보세요, 하는, 한 여자의 목소리가 들렸지만 나는 아무 말도 않고서 수화기를 그대로 귀에 대고 있었다. 상대편 여자는 욕설을 퍼부은 후 전화를 끊어 버렸다. 나는 여자에게서 들은 욕설을 혼자서 다시 한번 되뇌어 보았는데, 어쩐지 내가 그런 욕을 들어 마땅한 것처럼 느껴졌다. 나는 기분이 상한 사람처럼 얼굴을 찌푸리며 시계를 다시 보았지만 아직 시간이 많이 남아 있었고, 그래서 대로를 따라 걷기 시작했다.

곧 시장 하나가 나왔다. 커다란 지붕 밑에 작은 가게들이 비좁게 모여 있었다. 나는 생선 가게 앞에서 걸음을 멈추고 좌판의 상자들에 쌓인 얼음 속에 누워 있는 생선들을 구경했다. 주인 여자가 다가와 찾는 게 있냐고 물었다. 나는 모르겠다고 대답했다. 그러자 그녀는 고등어를 가리키며 고등어가 신선하니 사라고 했다. 나는 그럴 생각이 없다고 말했다. 그러자 그녀는 가자미를 가리키며 살이 통통한 게 먹을 게 많다며 사라고 했다. 나는 대답 대신 수족관 속의, 아직 살아 꿈틀거리고 있는 낙지들을 쳐다보았다. 그러자 주인 여자는 낙지를 싸게 주겠다고 했다. 나는 그녀의 말을 못 들은 척 아무 말도 하지 않고 계속 낙지들을 쳐다보기만 했다. 그때서야 여자는 내가 아무것도 살 생각이 없다는 것을 알았는지 약간 화난 표정으로 가게 안으로 들어가 버렸다.

나는 계속해서, 마치 그럴 이유가 있기라도 한 것처럼 낙지들을 유심히 쳐다보며, 내가 이렇게 낙지들을 유심히 쳐다보는 데에는 이유가 있는 것은 아니라고 생각했다. 그때한 젊은 여자가 와서 고등어를 샀다. 주인 여자는 능숙한 솜씨로 고등어의 배를 갈라 내장을 꺼낸 후 토막을 내 싸주었다. 이미 죽은 상태인데 고등어의 붉은 피가 도마 위로 흘러내렸다. 여자가 가고 나자 주인 여자는 내 쪽을 보았고, 아직도 그곳에 있는 나를 발견하고는 못마땅하다는 듯 흘낏 쏘아보았다. 나는 다시 눈길을 돌려 계속 낙지를 바라보았다. 살아 있는 낙지를 먹은 기억을 떠올린 것도 아닌데 뭔가 입천장을 빠는 듯한 느낌이 들었다. 곧 또 다른 여자가 왔는데 그녀 역시 고등어를 샀다. 나는 또다시 고등어의 배가 갈라지고 내장이 꺼내어진 후 토막이 나 비닐봉지에 싸여 여자의 손에 들려 가는 모습을 바라보았다. 주인 여자가 다시 그 자리에 그대로 있는 나를 발견하고 인상을 찌푸렸다. 하지만 그곳에서 나를 쫓을 권리가 그녀에게 없다는 사실은 나도 그녀도 알고 있었다. 내가 원하지 않는 한 그곳을 떠나지 않을 수 있었을 뿐만 아니라 내가 그곳을 떠나기를 원하더라도 나의 의지와는 달리 그곳을 떠나지 않을 수 있었고, 그래서 마치 그 사실에 크게 고무받은 듯 꼼짝 않고 있었다. 그녀는 다시 고개를 돌려 도마 위에 쌓여 있는 내장을 치웠다. 내장은 검은 비닐봉지 속으로 들어갔고, 쓰레기가 되었다. 나는 다시 눈길을 돌려 계속 낙지를 보았는데, 이번에는 수족관의 유리벽에 찰싹 달라붙어 있는 흡반을 좀 더 자세히 바라보았다. 나는 그 흡반이 나의 살갗에 달라붙는 느낌을 가져 보려 했지만, 의외로 어렵게도, 그렇게는 되지 않았다. 대신 흐물거리는 낙지의 움직임을 일으키는 단순한 의지만을 미흡하게나마 느낄 수 있었다. 조금 있자 또 한 여자가 왔고, 조금 전과 똑같은 일이 벌어졌다. 이곳 사람들은 정말이지 고등어를 즐겨 먹는구나, 하고 나는 생각했다. 고등어의 배가 갈라지고 내장이 꺼내어진 후 토막이 나는 것을 보면서 나는 슬프지도, 구역질이 나지도 않았고, 그렇다고 즐겁지도 않았다. 그냥 아무렇지도 않았다. 다만 그렇게 바라보던 어느 순간 열차를 타야 한다는 생각이 문득 떠올랐고, 그래서 시계를 보았고, 실제로 열차 도착 시각이 거의 다 되었음을 깨닫고는, 고등어의 배가 갈라지고 내장이 꺼내어진 후 토막이 나는 것을 구경하다 보니 벌써 열차 도착 시각이 다 되었군, 하고 생각하며 그 자리를 떠났다.

다시 역사 안으로 들어온 나는 열차 시간에 늦은 사람처럼 플랫폼으로 뛰어 나갔다. 하지만 아직도 약간의 시간이 남아 있었다. 열차를 기다리는 승객은 많지 않았다. 그곳은 교외선의 작은 간이역이었다. 나는 초조한 사람처럼 발을 굴렀다. 마치 나의 그 동작에 호응한 것처럼 열차가 플랫폼 안으로 들어오는 모습이 보였다. 열차는, 내 생각에는, 필요 이상으로 여러 번 기적을 울린 후 휘어진 선로 위로 속도를 줄이며 들어왔고 나는 그것을 풀이 죽은 표정으로 바라보며 그날 오후 어디선가 나타나 내 주위를 맴돌던 소녀들을 떠올리며 마치 그들이 계속 내 주위를 맴돌고 있기라도 한 것처럼 잠시 가만히 서 있었다. 그들의 노랫소리가 갑자기 커졌다가 점점 작아지며 마침내는 알아들을 수 없어졌고, 나는 괜히 서글퍼졌다. 그때 어디선가 나타난 역무원이, 역시 내 생각에는, 필요 이상으로 시끄럽게 호루라기를 불어대며 나의 서글픔을 몰아내 주었다. 필요 이상으로 시끄럽게 호루라기를 불어대는 역무원의 얼굴을 보려고 했지만 모자를 깊게 눌러쓰고 있어서 제대로 볼 수가 없었다. 그는 내가 서 있는 곳으로 다가왔고, 나는 그를 피하듯 재빨리 열차에 뛰어올랐다.

열차 안에도 사람은 많지 않았다. 나는 열차에 탄 사람들의 얼굴들 하나하나를 눈여겨보며 머릿속에 새긴 후 눈을 감고 그 얼굴들을 떠올려 보았고, 다시 눈을 뜬 다음 내 앞에 보이는 그들을 하나하나 지워 나간 후, 다시는 그 얼굴들이 내 머릿속에 떠오르지 못하도록 눈을 비볐다. 동시에 나는 그날 오후 메마른 강가의 물웅덩이에서 놀던 아이들을 떠올렸고, 계속 그들이 그곳에서 놀고 있게 내버려 두었다. 열차는 곧 출발했다. 출발한 열차가 조금씩 힘을 더해 점점 빨라지면서 플랫폼에 서 있는 사람들의, 처음에는 모습도 분명한 얼굴들이 점차 그 모습을 잃으면서 결국에는 불확실한 인상만 남게 되는, 열차가 출발하는 순간을 나는 별 이유 없이 좋아했다. 하지만 그 작은 역의 플랫폼에는, 열차가 서 있던 사람들 모두를 싣고 가, 호루라기를 필요 이상으로 시끄럽게 불어 대던 역무원 말고는 아무도 없었다. 그 때문에 나는 약간 실망한 기색을 지어 보여야 했다.

열차가 이제 본격적으로 속도를 내기 시작하자 나는 눈을 감은 채로 창문을 열고 손을 내밀어 열차 바퀴에서 내

몸으로 전해지는 어렴풋한 진동을 느끼며 그것이 손끝에서 흩어지게 만들었다. 끈질기게 이어지는 열차 바퀴의 진동은 이상하게도 무척이나 정적으로 느껴졌는데, 어쩌면 내가 괜히 이빨을 필요 이상으로 세차게, 딱딱 소리가 나도록 부딪쳤기 때문인지도 모르겠다. 그 후로는 조용히 차창 밖을 지켜보았다. 차창 밖으로 펼쳐지는, 가뭄으로 타들어 가는 포도밭들을 바라보고 있자 농부들의 한숨 소리가 절로 들리는 듯했다. 그 한숨 소리가 단지 들리는 것처럼 느껴질 뿐 들리는 것도 아닌데 나는 걱정스러운 얼굴을 지어 보이며, 내가 할 수 있는 것이 하나도 없다고, 그러니 그런 소리는 더 이상 들리지 않았으면 좋겠다고 마음속으로 힘주어 속삭였다. 다행히 포도밭이 끝나면서 시골의 풍경이 사라지며 도시의 콘크리트 건물들이 눈에 들어오기 시작했다. 나는 기찻길 옆에 있는 한 아파트마다 국기가 게양돼 있는 것을 발견했다. 그날이 무슨 국경일 같았지만 아무리 생각해도 무엇을 기리는 날인지는 생각나지 않았다. 다행히도 그날따라 평소 국기를 보면 치미는 굴욕감과 두려움과 서글픔은 느껴지지 않았다. 아니, 전혀 느껴지지 않는 것은 아니었지만 평소만큼은 아니었다. 어쨌든 나는 그날이 무슨 날인지 굳이 알고 싶지 않았다. 그러고는 내가 차창 밖으로 스쳐 지나가는 것들에서 눈을 떼지 못하는 사이 어느새 열차는 종착역에 들어서고 있었다. 나는 열차가 플랫폼을 떠나는 순간뿐만 아니라 도착하는 순간도, 물론 그 이유는 다르지만, 좋아했다. 그 순간에는 그냥 스쳐가는 환영들처럼 여겨지던 인물들이 열차가 속도를 줄임에 따라 점차 분명한 모습을 갖추며, 현실 속의 인간들로 출현하는 것이었다. 그럴 때면 마치, 플랫폼 위에 서 있는 모든 사람들이 내가 아는 사람들로, 열차에서 내리면 그들과 일일이 인사를 나눠야 할 것 같았다. 하지만 열차에서 내린 순간 그들은 그 어떤 인사도 나눌 필요가 없는 모르는 사람들이 되어 버렸다.

나는 잠시 정지한 열차 안에서 바깥을 내다보며 바깥 풍경이 계속 바뀌기를 바랐지만 바깥 풍경은 그대로 정지해 있었다. 결국 열차에서 내릴 수밖에 없었던 나는 역의 물품 보관함에서 가방을 찾았다. 가방은 의외로 무거웠고, 도대체 이 안에 뭐가 들어 있기에 이렇게 무겁지, 하는 생각을 했지만 가방을 열어 보지는 않았다. 나는 가방을 든 채로, 그것이 무겁게 느껴지는 이유가 그 내용물의 무게 때문만은 아니라고 생각하며 계단을 내려가 지하철로 갈아탔다. 지하철에도 사람들은 많지 않았고, 나는 자리를 잡고 앉을 수 있었다. 모두들 조용히 앉아 신문을 보거나 졸고 있거나 무표정한 얼굴이었다. 나는 문득 사람들로부터 망신을 당할 만한 일을 저지르고 싶은 충동을 느꼈고, 그래서 큰 소리로 무슨 말인가를 했다. 하지만 누구도 나를 쳐다보지 않았는데, 그건 내가 입 모양을 만들기까지는 했지만 소리를 입 밖으로 내지는 않았기 때문이다. 나는 모르는 누군가처럼 슬그머니 오른손을 내 왼쪽 어깨에 올려놓았고, 그로 인해 무시를 당한 사람처럼 왼손으로 그 오른손을 잡아 내던지다시피 하며 뿌리쳤다. 그런 다음에는 가만히 앉아 열차가 역에 설 때마다 문이 일정한 간격으로 열렸다 닫히는 것을 믿을 수 없다는 듯 바라보았고, 그러던 중 아무도 내리지 않는 어느 역에서, 마지막 순간에 어떤 위험으로부터 극적으로 벗어나듯, 뛰어내렸다.

지하철역을 나오자 그 입구에서, 다른 무엇보다도, 거지 한 명이 눈에 띄었다. 나로서는 그 순간 거지를 만난 것이, 그럴 이유가 있는 것도 아닌데 무엇보다도 기뻤다. 하지만 그는 아주 오만한 자세로 비스듬히 누워 있었다. 자세가 극히 불량하군, 나는 생각했다. 내 생각에 거지라면 그런 자세로 있어서는 안 되었다. 자비를, 적선을 구하는, 동정심을 유발하는, 누가 보아도 애처로운 마음이 드는, 좀더 공손한 자세를 취하고 있어야 했다. 나와는 아무런 상관도 없는 일이었지만 그 일로 마음이 상했다. 그리고 나와는 상관없는 일로 마음이 상했다는 사실과 더불어 나는 이중으로 마음이 상했다. 그에게 쓴맛을 보여 주고 싶었고, 그가 허락을 하든 하지 않든 그의 머리를 한 대 때려 주고, 그것으로 부족하다는 생각이 들면 목이라도 조르고 싶었고, 그래서 그 마음을 부추겼지만 아무 짓도 할 수 없었다. 한데 자세히 보니 그는 두 다리가 퇴화한 것처럼, 또는 처음부터 발육이 제대로 되지 않았던 것처럼 아주 가늘어서 다리로는 더 이상 쓸모가 없는 것처럼 보였다. 그는 아예 드러누워 있지 않는 한, 그렇게 비스듬히 있을 수밖에 없었다. 그럼에도 거지라면 저런 자세로 있어서는 안 되지, 하고 나는 다시 한번 생각했다. 나는 그에게 그 말을 해 줄까 하다가, 어쩐지 성가신 일 같았고, 또 그가 나의 말을 오해 없이 알아들을 것 같지도 않아, 단념했다. 불쾌한 안색을 드러내며 쳐다보았지만 그는 잠이 든 듯 눈을 감고 있었다.

　나는 걸음을 옮기고도 눈에 거슬리는 자세로 앉아 있는 거지의 모습이 계속 떠올랐고, 다시 돌아가 그 말을 해 줄까 생각하면서도 계속 앞으로 나아가고 있었다. 그럼에도 그 거지에 대한 생각이 끊이지 않았고, 그래서 그에 대한 생각이 나지 않도록 다른 생각을 해야 했고, 그래서 내가 어렸을 때 어머니가 참 쥐를 잘 잡았다는 생각을 떠올렸는데, 그것은 사실이었다. 그녀는 쥐가 다니는 곳을 잘 알고 있었고, 쥐가 나타나는 때를 잘 알고 있었으며, 쥐를 궁지로 몰아 준비해 둔 몽둥이로 정확하게 내리치는 법을 잘 알고 있었다. 워낙 세게 내리친 몽둥이에 맞은 쥐는 배나 머리가 터지는 중상을 입어 커다란 고통을 충분히 맛볼 사이도 없이 몇 번의 가벼운 발작 끝에 죽어 버렸다. 죽은 쥐들을 치우는 일은 내 몫이었는데 끔찍한 일이었지만 즐겁기도 했다. 하지만 어머니에 대한 생각은 거기까지였고 다시 거지에 대한 생각이 났다. 나는 다시 돌아가 거지를 몽둥이로 내리치고 싶은 충동을 간신히 눌러야 했는데 그때 마침 버스가 왔고, 버스를 타느라 거지에 대한 생각은 그만둘 수 있었다.

하지만 버스에서 내리자 다시 그 거지에 대한 생각이 떠올랐다. 나는 그 거지의 무엇이 나의 기분을 그토록 상하게 만들었는지 생각했다. 어쩌면 그의 모습에서 나의 모습을 볼 수 있어서였다기보다는 나의 어떤 모습이 그의 모습 속에서 지나치게 과장되어 표현되어서였다는 생각이 들었다. 어쨌든 그 거지에 대한 생각은 거기서 끝낼 수 있었다. 이제 저녁이 다가오고 있는 길을 조금 더 가자 한 남자가 내게 다가와 길을 물었다. 나는 그가 묻는 길을 알고 있었지만 모른다고 대답했다. 다른 사람에게 한번 물어보시오, 내가 말했다. 주위에 다른 사람은 보이지 않았다. 그는 내게 고맙다고 하고 다시 걸어갔다. 그는 가고자 하는 방향과는 반대 방향으로 가고 있었다. 나는 왜 내가 길을 알면서도 모른다고 했는지 알 수 없었고, 그래서 마치 그 이유를 알아내고자 하는 것처럼 그에게 달려갔지만 내 입에서는 전혀 엉뚱한 말이 튀어나왔다. 나는, 이제야 생각이 났는데, 당신이 가는 곳으로 계속 가면 당신이 찾는 곳이 나온다고 말한 것이다. 그는 다시 한번 고맙다고 말했다. 나는 잠시 그 자리에 서서 그가 엉뚱한 방향으로 잘 가고 있는 모습을 지켜보았다. 뒷모습을 통해 보이는 그의 머리는 어쩐지 푸석해 보였고, 그 순간 나 역시 며칠 동안 머리를 감지 않았다는 사실이 떠올랐고, 어디든 가서 머리를 감아야겠다는 생각이 들었다.

그때 마침 여관 간판 하나가 눈에 들어왔고, 나는 그 여관으로 들어갔다. 여관 입구의 작은 여닫이 창 너머에서 졸고 있던 여관 주인은 하품을 하며 내게 며칠을 묵을 건지 물었다. 나는 잠시 생각 끝에 하루나 이틀 혹은 사흘이 될 수도 있을 거라고 말했다. 그러자 그녀는 그게 정확히 며칠인지 다시 물었다. 나는 다시 사흘을 넘기는 일은 없을 거라고 대답했다. 그러자 그녀는 하루는 이틀과 다르며 이틀은 사흘과 다르니 며칠을 묵을 건지 분명하게 얘기하라고 했다. 나는 다시 한번 하루에서 이틀 혹은 사흘 또는 그 이상이 될 수도 있다고 말했다. 그러자 그녀는 약간 짜증을 내며 하루 묵을 때와 이틀 이상 묵을 때는 가격이 다르다고 말했다. 나는 하루치 가격을 물었고 그녀가 말하는 하루치 숙박비를 계산했다. 그러자 여관 주인은 야릇한 미소를 지으며 내게 더 필요한 건 없는지 물었다. 나는 그녀의 말이 동침할 여자를 원하는지 묻는 것임을 알았고, 그래서 잠시 내게 그런 여자가 필요한지 생각해 본 후 필요한 건 없다고 대답했다.

여관방은 생각보다도 더 허름했다. 가만히 있으면 퀴퀴한 냄새가 코를 찌를 정도는 아니었지만, 코를 킁킁거리자 코끝에서 와 닿았다. 나무로 만든 화장실 문은 오랫동안 물기에 젖은 듯 썩어 있었다. 나는 구두를 신은 채 화장실로 들어가 수도꼭지를 틀어 욕조에 물을 받으며, 물이 차오르는 모습을 가만히 지켜보았다. 수도꼭지의 물은 각혈을 하는 사람처럼 이상한 소리를 내며 욕조 속으로 흘러내렸다. 나는 팔의 힘을 빼고 손바닥을 펴 조금씩 수위가 높아지는 욕조의 물 위에 댄 채로 수면이 높아지는 만큼 조금씩 손바닥이 떠오르는 것을 바라보며, 잠시, 표면적인 것, 또는 표면적인 차원에서 이루어지는 것만이 나를 견디게 한다고 별 뜻 없는 생각을 하면서 수면 위에 무의미한 글씨를 써 보았는데 그러고 나자 그것은 수정 불가능한 것처럼 여겨졌다. 물이 욕조 가득 찼을 때 나는 옷을 벗고 들어가야겠다고 생각했지만 그렇게 하는 대신 구두를 벗어 물 위에 띄웠는데, 나로서도 생각지 못한 뜻밖의 일이었다. 물이 계속 욕조 밖으로 넘쳤고, 구두는 욕조의 가장자리로 밀려났지만 밖으로 떨어지지는 않았다. 나는 그 구두가 보트 같다고 생각했다. 구두는 암초에 걸린 보트처럼 욕조 난간에 붙들려 있었다. 내게 예정된 일의 결과를 그다지 진지하지 않게 생각하면서 구두를 살며시 손가락으로 눌러 물속에 빠뜨렸다. 물로 가득 찬 구두는 바닥으로 맥없이 가라앉아 버렸다. 나는 바닥에 가라앉은 구두를 바라보며, 내게는 실제로 일어난 사건이 아니라 마음속으로 일으키는, 하지만 일부는 실제로 일어나기도 하지만 대부분은 훨씬 덜 심각하며, 나머지 대부분은 끝내 일어나는 법이 없는 사건들이 중요하다는, 그 예로, 어머니가 실제로 요통으로 고생하고 있다는 사실보다는 언제든 심장마비로 쓰러질 수도 있다는 사실이, 또는 내게 머지않아 일어나게 될 실제적인 일보다는 그 일을 떠올리며 지금 이 순간 내가 느끼는 바가 더 중요하다는 생각과 함께, 그날 내게 일어났던 다른 일들을 생각하려고 애를 써 보았지만 다른 것은 생각나지 않고, 교외선 열차를 타고 오면서 내가 기억했던 사람들의 얼굴이 하나하나 떠올랐다. 그런데 그들의 얼굴이 너무도 선명하게, 마치 내 얼굴에 부딪힐 것처럼 떠올랐고, 그래서 나는 조용히, 물러가라고, 소리쳤다. 그러자 그들은 사라져 버렸다. 나는 욕조의 물속에 손을 집어넣어 구두를 쥔 채로, 믿을 수 없군, 이렇게 물에 빠져 있으면서도 아무렇지 않은 모양이군, 하고 말했다. 그런 다음 나는 화장실 변기 위에 앉았다. 내 앞에 걸려 있는 거울이 보였고, 나는 슬픈 얼굴로 거울 속의 내 모습을 바라보았다. 하지만 그 슬픈 얼굴은 차마 오랫동안 바라보기 힘든 것이었고, 그래서 곧 눈길을 돌렸다. 그 순간 조금 전 어디든 가서 머리를 감아야겠다고 생각했던 기억이 떠올랐고 그래서 머리를 감았는데 샴푸는 없고 비누만 있어서 비누로만 머리를 감아야 했다. 머리를 감은 후 나는 머리칼이 젖은 것도 잊은 채 세면대의 수도꼭지를 틀어 그 아래에 두 손을 모아 흐르는 물이 내 두 손에서 흘러넘치게 했다. 그러자 그날 하루 동안에 내게 일어났던 일들이, 다시 한번 그 열차 안에서의 사람들의 얼굴들과 함께 또렷이 기억났다. 나는 그날 내게 일어났던 일들에는 더 이상 관심이 없다는 표정으로 거울을 보며 수도꼭지를 잠근 후 입을 벌려 이를 드러낸 채 비굴하게 웃어 보았다. 그러자 나 자신이 파렴치한 사람 같았고, 그 점이 만족스러웠다. 나는 계속 내 앞에 앉아 있는 누군가를 볼 때처럼 거울 속에 비친 나를 바라보았고 셔츠의 깃에 진 얼룩을 발견했다. 그 얼룩이 어디서 생겼는지 생각하려고 했지만 생각나지 않았다. 어느 날 갑자기 이 옷에 저절로 얼룩이 생겨난 것이 아니라면 그것이 생겨난 계기가 틀림없이 있었겠지, 하고 나는 생각했다. 하지만 그 생각은 얼룩이 어디에서 어떻게 생겼는지 기억하는 데에는 전혀 도움이 되지 않았다. 어떻게든 기억을 떠올리고 싶었지만 나는 그 생각에서 더 나아가지 못했다. 결국 나는 어렵게 잠이 든 사람이 자고 있는 방을 나올 때처럼 문 닫히는 소리가 나지 않게 살며시 문을 닫고 화장실을 나왔다.

침대에 눕자 졸음이 찾아왔고, 나는 잠시 잠이 들었다. 하지만 낡은 침대의 스프링이 나의 어깨를 밀어 올리는 듯한 느낌에, 또는 자동차의 바퀴 같은 것이 내 위로 지나가는 느낌에 곧 잠에서 깼다. 실제로 바깥에서는 멀어져 가는 자동차의 희미한 바퀴 소리가 들려왔다. 나는 잠시 내가 누워 있는 곳이 여관의 침대 위인지 길 위인지 헷갈렸다. 나는 정신을 차리기 위해 창가로 가 창문을 열었다. 바람이 불고 있었고, 나는 바깥으로 손을 내밀어 그 바람의 일부를 움켜쥐었는데 바람이 내 손아귀에서 어떻게든 빠져나가려고 버둥거리는 것 같았고, 그래서 그것을 살며시 놓아주었다.

잠시 후 나는 여관방 한쪽 구석의 서랍장 위에 있는 텔레비전을 켰다. 뉴스 시간이었다. 가뭄이 심각한 상태에 이르렀으며, 그에 대한 해결책의 하나로 인공 강우를 실험 중이라는 얘기가 나왔다. 인공적으로 비를 내리게 하는 데 필요한 몇 가지 화학 약품을 비행기에 실어 구름 위로 날아가 약품을 살포하면 비를 내리게 할 수도 있다고 했다. 인공 강우에 대한 얘기가 끝난 후 이어진 소식들은 나의 흥미를 끌지 못했다. 나는 물을 뿌린 후 인공 강우에 필요한 약품들을 섞어 살포하면 이 방 안에서도 비를 내리게 할 수도 있으리라는 상상을 하면서 계속 채널을 돌렸고, 마침내 프로레슬링을 방영하는 채널을 발견했다. 나는 두 선수가 상대를 밀쳤다가 곧 서로 뒤엉켜 링을 구르다가 어느새 서로를 떠밀며 일어나 다시 엉겨 붙는 장면을 멍하니 바라보았다. 서로의 몸을 파고들듯 밀착해 있는 두 사람은 거의 한 몸을 이루고 있는 것처럼 보였다. 나는 그 둘을 전혀 구분할 수 없었다. 그들은 단지 입고 있는 옷의 색상을 통해서만 구별될 뿐이었다. 두 선수의 시합은 계속되었고, 한 명의 승리가 다른 한 명에게는 패배를 가져다주는 것이 아니라, 둘 모두 승리도 패배도 없는 상태에서 영원히 머물 수밖에 없다는 느낌이 들었다. 그사이 한 명이 점차 기력이 빠지고 있었고, 마침내는 더 이상 남은 기운이 없다는 듯 링 위에 사지를 벌린 채 드러누워 버렸다. 무엇보다도 레슬링이 끝나기를 기다렸던 나는 시합에서 이긴 선수가 트로피를 높이 치켜들며 자신의 승리를 맛보는 모습을 보며, 이 선수가 질 거라고 생각했는데, 내 추측이 빗나갔군, 하고 생각하며 텔레비전을 껐다. 나는 조금 전 시합을 한 레슬링 선수들이 나이가 들어 보였다는 사실을 떠올리며, 레슬링은 나이가 들어서도 할 수 있는 스포츠인가 보군, 하고, 마치 내가 레슬링을 보면서 느낀 바는 그것이 전부라는 듯, 생각했다. 그리고 문득 죽은 내 아버지가 죽기 얼마 전 한동안 하루 종일 텔레비전의 프로레슬링 중계를 시청하던 기억이 떠올랐지만 그가 다른 프로그램도 아닌, 프로레슬링을 그토록 집요하게 시청한 이유가 생각난 것은 아니었다.

조금 후 나는 레슬링을 보느라 지친 사람처럼 침대에 편하게 누워 천장 한쪽 구석의 모서리를 유심히 바라보며 모서리에서는 세 개의 변이 만나는 동시에 세 개의 면도 만나고 있군, 하고 생각했다. 당연한 것이었지만 나는 그 사실에 감탄했다는 듯이, 모서리에서는 세 개의 변이 만나는 동시에 세 개의 면도 만나는 거야, 하고 소리쳤다. 하지만 누구도 그 외침에 동조하지 않았고, 그래서 나는 다시 한 번 소리쳐야 했다. 그런데 가만히 모서리를 바라보고 있자 그 모서리가 자꾸만 앞쪽으로 튀어나오려는 것 같았고, 그래서 그것이 튀어나오지 못하게 하기 위해 눈의 초점을 흐리게 한 후 입술을 지그시 깨물어야 했는데, 그 순간 나는 내게서 어떤 다짐을 받아 내려는 것만 같았다. 나는 눈길을 돌렸고, 방 한쪽 구석에 있는 서랍장을 발견했다. 나는 침대에서 굴러 떨어지듯이 내려가서 서랍장으로 기어가 건성으로 빈 서랍을 연 후 아주 조심스럽게 닫기를 반복했다. 나의 행동은 그 일에서 어떤 즐거움을 찾거나 즐거움을 발견한 사람이 보이는 행동처럼 보일 수도 있었지만 전혀 그렇지 않았다. 어쨌든 그러한 행위의 반복을 통해 나는 그 순간 무엇을 하고 있는지 잠시나마 잊을 수 있었다. 어쩌면 나는 그 행위 속에서 어떤 궁지를 빠져나갈 방법을 궁리한 것은 아닐까? 그것은 알 수 없다.

그때 전화가 울렸다. 여기 내가 있는 걸 아는 사람은 아무도 없을 텐데, 누구지, 하고 생각하며 나는 수화기를 들었다. 어떤 남자가 다짜고짜, 내가 누구가 맞냐고 말했고, 내가 맞다고 말하자, 왜 약속 장소에 나오지 않은 거지, 잊어버린 거야, 하고 말하며 화를 내고 전화를 거칠게 끊어 버렸다. 그런데 가만히 생각해 보자 나는 그런 약속을 한 적이 없으며, 그는 내가 모르는 사람이었을 뿐만 아니라 나역시 그가 누구가 맞냐며 말한 사람이 아니었다. 별 싱거운 일도 다 있군, 하고 생각했다. 다시 창가로 갔고, 쉽게 결말이 나지 않는 일을 하는 사람처럼 다시 창문 여닫기를 반복하다가 이건 조금 전에도 한 일이라는 생각이 들었고 그래서 그 일을 그만두었다.

그때 문득 갈증이 느껴졌고, 나는 전화로 맥주를 시켰다. 조금 있자 살이 찐 여자 하나가 잠이 덜 깬 얼굴로 맥주를 들고 나타났다. 그녀는 무료한 표정으로 하품을 하며 금액을 말했다. 나는 그 액수에 맞는 돈을 지불했고, 그녀는 돈을 세어 본 후 아무 말 없이, 다시 한번 하품을 하며 사라졌다. 나는 맥주를 마시는 대신 가만히 병을 바라보고 있다가 문득 어떤 생각이 미친 듯, 다시 전화기를 들어 여자를 보내 줄 수 없는지 물었다. 조금 있다가 여자가 나타났는데, 맥주를 가지고 왔던 여자와 비슷하게 살이 찐, 또 다른 여자가 아니라 바로 그 여자였다. 자세히 보니 그녀는 살이 쪘을 뿐만 아니라 나이도 들어 보였다. 그녀가 살이 찌고 나이가 들어 내게 더 나았던 건 아니었지만 나는 그녀의 외양에 대해서는 조금도 구애받지 않을 수 있었다. 그녀는 방에 들어서자마자 액수를 얘기했고, 그녀가 제시한 가격의 두 배에 가까운 액수를 지불하자 그 돈을 챙기기가 무섭게 침대로 가 옷을 훌훌 벗어던지기 시작했는데, 입고 있던 옷이 별로 되지 않아 눈 깜짝할 사이에 알몸이 되었다. 침대로 올라간 그녀는 나를 불렀다. 하지만 나는 그녀 곁으로 가는 대신 그대로 있었다. 그녀는 여전히 잠이 완전히 달아나지 않은 듯 다시 하품을 했다. 누군가 내 앞에서 알몸으로 하품하는 모습이 재미있게 느껴졌다. 하지만 그녀의 알몸은 무척이나, 거의 기이할 정도로 단조로운 느낌을 주었다. 그 느낌이 어디에서 기인하는지 생각해 보았지만 알 수가 없었다. 어쨌든 그녀의 알몸은 밀랍이나 석고와도 같은, 단순한 물질 이상으로는 느껴지지 않았다. 나는 그녀에게 내가 마음에 드는지 물었다. 그러자 그녀는 그건 자신이 내게 물어야 하는 것이 아니냐고 말했다. 나는 다시 질문을 했다. 그러자 그녀는 내가 마음에 든다고 말했다. 그녀가 건성으로 그 말을 하고 있다는 것을 알 수 있었지만 나는 그 말에 기분이 좋아졌고, 그래서 그녀가 마음에 든다고 말했다. 나는 침대로 가 그녀의 옆에 앉았지만 아무 짓도 하지 않고 그녀의 상반신과 하반신을 차례로 바라보았다. 그녀는 나를 재촉하며 손목을 잡아끌었지만 나는 그 손을 뿌리쳤다. 그녀는 약간 당황한 표정이었다.

나는 그녀의 허리 부위의 살갗을 손가락으로 꾹꾹 눌러 보았고, 그 살갗이 탄력을 잃은 지 오래임을 알 수 있었다. 자신도 어떻게 해야 좋을지 모르겠다는 듯 그녀는 내가 하는 짓을 가만히 쳐다보고 있었다. 나는 그녀에게 다리를 벌려 보라고 했다. 그녀는 약간 망설이면서도 다리를 벌려 보였다. 나는 그녀의 벌린 다리 사이로 드러난 무성한 음모와 그 사이의 주름과 굴곡을, 마치 그것들을 처음이자 마지막으로 보는 것처럼 바라보았다. 나는 억제할 수 없는 욕망이 찾아오기를 기다렸지만 아무 변화도 없었다. 대신 나는 그녀의 음부를 뒤덮고 있는 털의 무성함에 무척 놀랐고, 그래서 혼자서 놀란 척을 할 수 있었다. 하지만 그녀의 음모 사이의 음부는 메말라 있었다. 내가 그것을 유심히 보자 그녀는 싫은 듯 짜증을 냈지만 나는 그것을 계속 바라보았다. 그녀는 나를 이해할 수 없다는 듯 쳐다보았다. 나는 그녀가 나를 이해하지 못한다는 사실이 만족스러웠다. 그리고 그 안에 성기를 집어넣는 것은 허용하면서도 그것을 쳐다보는 것은 용납할 수 없다는 그녀의 태도가 우습게 느껴졌고, 그래서 나는 웃음을 지었다. 그녀의 음부는 이국적인 풍경 속의 이상한 지형이나 협곡, 또는 그 밖의, 그것이 흔히 연상시키는 것으로 여겨지는 무언가를 연상시키기보다는 그냥 단순히, 두 다리를 벌린 채 세우고 있는 한 여자의 음부를 떠올리게 했고, 그 때문에 나는 어렵지 않게 거기서 눈을 뗄 수 있었다. 그녀는 나의 태도에 약간 화가 난 듯 보였다. 하지만 내가 조금 전 제시한 가격의 두 배에 이르는 돈을 지불한 사실을 상기한 듯, 내게도 그 사실을 상기시키고는 원하는 게 더 있으면 말해 보라고 했다. 나는 잠시 생각 끝에 다른 것은 없다며, 하지만 이제는 다리를 오므려도 된다고 말했다. 하지만 이미 그녀는 다리를 오므린 채로, 여전히 다리를 세운 채 있었다. 그녀는 나를 한번 쳐다보더니 약간 어색한 듯, 또는 지금까지 한 것으로는 자신이 할 바를 다했다고 생각할 수 없었는지 내가 어떻게 해 볼 사이도 주지 않고 나를 쓰러뜨린 다음 내 위로 올라와 걸터앉았다. 나는 그녀를 빤히 쳐다보며, 이건 좋지 않은 것 같다고 말해 주었다. 그러자 그녀는 민망한 표정을 지며 내 위에서 내려왔고, 잠시 내 옆에 앉아 아무 말 없이 누워 있었다.

나는 그녀와 무슨 말인가를 하고 싶었고, 그래서 오늘 하루 그녀에게 무슨 일이 있었는지 상세하게 말해 보라고 했다. 네 명의 남자와 관계를 가졌죠, 마치 그것이 그날 하루 그녀에게 일어난 일의 전부인 듯 그녀가 말했다. 그녀는 그녀가 관계를 가진 네 명의 남자에 대해, 주로 그들의 성

적 취향에 대해 제법 상세하게 얘기했다. 나는 그녀의 이
야기를 별 관심 없이 들었다. 어제는 여섯 명의 남자와 관
계를 가졌죠. 그녀는 내가 묻지도 않은 말까지 했다. 많을
때는 열 명까지 상대한 적도 있죠. 나는 그녀에게 장하다
고 말해 주었다. 그녀는 잠시 얼빠진 사람처럼 웃었다. 그
러고는 자신이 웃고 있다는 사실에 머쓱해졌는지 내 쪽으
로 몸을 돌려 나를 껴안으려 했지만 나는 정색을 하며 그
녀를 돌아눕게 했다. 그녀는 자신의 등을 내 등에 밀착시
키려 했고 나는 몸을 움직여 내 등을 그녀의 등에서 떼어
놓았다. 우리는 잠시 그대로 있었다. 나는 우리가 등을 돌
리고 있다는 사실이 만족스러웠다. 그녀가 이상하리만치
친밀하게 느껴졌다. 지금껏 내가 알았던 누구도 그처럼 친
밀하게 느껴진 적이 없었던 것 같았다. 나는 이대로라면 얼
마든지 있을 수도 있다고 생각했다.

　하지만 그녀는 다시 한번 내가 그녀가 제시한 가격의 두
배에 이르는 액수를 지불한 사실을 상기한 듯 내게 원하
는 것이 있으면 뭐든 말해 보라고 했다. 나는 그녀를 위해
서라면 무엇이든 해야 할 것 같았고, 그래서 그녀에게 내가
하는 짓을 가만히 지켜보기만 하면 된다고 말한 후 그녀
가 보는 앞에서 바지와 속옷을 내리고 성기를 꺼내 자위를
시작했지만 생각만큼 쉽지가 않았다. 아니, 생각만큼 어려
웠다. 나는 그것이 가능하지 않음을 미리 알고 있었다. 그

때 그녀가 나를 도와주겠다고 했다. 그러고는 자신의 입이 도움이 될 수도 있다고 했다. 나는 어떻게든 내 힘으로 해보겠다고 했다. 하지만 역시 내 힘으로는 불가능한 일이었다. 나의 성기는 시침을 떼듯, 내가 기울이는 모든 노력을 외면하며 발기하려는 노력을 보이지 않았다. 나는 다시 옷을 입었다. 그녀는 나를 동정 어린 시선으로 바라보았는데 썩 기분이 좋지만은 않았다. 나는 그녀에게 이제 가 달라고 부탁했다. 그녀는 기다렸다는 듯 얼마 되지 않는 옷들을, 이번에도 눈 깜짝할 사이에 챙겨 입은 후 방을 나갔다. 나는 맥주를 반 병 정도 마신 다음 침대에 누워서 조금 전 나간 여자의 얼굴을 떠올리기 위해 살이 찌고 나이가 든 여자를, 마치 그것이 그녀를 떠올리는 데 있어 결정적인 단서가 되기라도 하는 것처럼 떠올렸지만, 그녀의 얼굴 대신 어머니의 모습이 떠올랐고, 그래서 못 볼 것을 보기라도 한 것처럼 재빨리 지워 버렸다. 조금 후 나는 화장실에 가서 다시 변기 뚜껑 위에 앉아 욕조 속에 가라앉아 있는 구두를 바라보았고, 내게 어떤 파국이 임박했다는 느낌이 내 안의 깊은 곳에서 치밀어 올랐다. 나는 어떤 결심을 모으듯 무릎에서 구부러진 두 다리를 가지런히 한 채로 앉아 거울에 비친 나의 모습을 바라보았고, 잠시 후에는 마침내 결심이 선 듯 두 다리에 힘을 모으며 자리에서 일어나 화장실을 나왔다.

나는 창가로 가 창문 앞에 서서 유리창에 비친 내 모습을 바라보았다. 나는 화가 난 사람처럼 얼굴을 찌푸린 채로, 네가 그렇게까지 화가 난 줄은 몰랐어, 하고 말했고, 그런 다음, 화를 좀 풀지, 하고 말했다. 나는 실제로 화가 난 것은 아니었기에 쉽게 화를 풀 수 있었다. 나는 창문을 열었다가 다시 닫기를 몇 번 반복한 후 열어 놓았다. 나는 다시 침대로 돌아와 그 위에 누웠다. 그때 옆방에서인 듯 물이 내려가는 소리가 났고, 나는 그것을 들으며, 물이 내려가는 소리치고는 차분하군, 하고 생각했다. 하지만 곧 물소리는 멈췄고, 나 또한 그것에 대한 생각을 멈추었다. 나는 또 다른 소리가 들리기를 기다리는 사람처럼 조용히 누워 있었다. 그때 방에 있던 가방이 눈에 띄었고, 나는 불쑥 어떤 생각이 든 사람처럼 자리에서 벌떡 일어나 가방 쪽으로 갔다. 가방을 열려고 했지만 지퍼가 고장났는지 쉽게 열리지 않았고, 그래서 억지로 열어야만 했는데, 그 과정에서 지퍼가 완전히 고장이 나 버렸다. 나는 그런 건 아무래도 좋다고 생각하며 가방에 손을 넣었다. 가방 안에는 여러 가지 자질구레한 물건들이 들어 있었고, 나는 그 가운데서 그믐달 모양의 연녹색 야광 플라스틱 조각을 찾아냈다. 그것이 어떻게 그 가방에 들어 있게 되었는지는 생각나지 않았다. 그것을 생각하려고 하면 할수록 더 알 수가 없었다. 갑자기 머릿속이 걷잡을 수 없이 복잡해졌다. 나는 자리에서 일어나 방 한가운데에 서서 추태를 부리는 사람처럼 옷을 쥐어뜯는 시늉을 했다. 그런 행동이 마음을 진정시키는 효과가 있었는지 조금 후 나는 아무렇지도 않게 침대에 누울 수 있었다.

나는 가만히 누워 천장을 바라보았고, 조금 전 뉴스에서 본 인공 강우에 대한 얘기가 떠올랐다. 나는 방 안에다 물을 뿌린 후 인공 강우에 필요한 화학 약품들을 살포하면 이 방 안에서도 비를 내릴 수도 있을 거라고 생각했다. 어쨌든 그것은 이론적으로는 가능한 일 같았고, 그러자 그 순간까지 내게 불가능하게 여겨졌던 일이 더 이상 불가능하지 않게 느껴졌다. 나는 오른손을 들어 손목시계를 바라보았다. 아직 12시를 넘기지는 않았지만 가까워졌다는 사실에 약간 초조해지기 시작했다. 나는 초침이 분침을 따라잡으며 초침과 분침이 순간적으로 겹친 후 초침이 분침을 따돌리며 나가는 모습을 호기심 어린 눈으로 바라보았다. 그러면서 나는 내 생각에, 내가 낼 수 있는 한 가장 이상한 소리들을 내며 그 소리들에 귀를 기울였다. 마치 닭과 고양이와 개구리의 울음소리를 섞어 놓은 것처럼, 또는 개가 사자의 울음소리를 흉내 내는 것만 같았다. 나는 계속 또 다른 이상한 소리들을 내며 가방을 열어 그 안에서 그동안 모아 놓은 수면제를 꺼냈다. 나는 잠시 수면제의 상자에 적힌, 자메로라는 상표명과 독시라민 석시네이트라는 원료명을 암기하듯 여러 번 읽은 후 —— 원료명은 광물을 채굴하는 데 사용되는 폭약, 또는 어떤 독말풀의 식물학적인 분류상의 명칭처럼, 또는 어떤 접착제의 성분처럼 여겨졌다 —— 그것과는 별도로 빈 비타민 병에 든 작은 알약들을 모두 침대 위에 쏟은 다음 하나씩 집었다가 그 옆에 다시 놓으면서 그 숫자를 세어 보았다. 그것은 다시는 깨어날 수 없는 잠이 들게 하기에 충분한 양이었다. 나는 이제 파국을 피하기 어렵다고 생각하며, 이마를 어루만지면서 수면제의 개수를 세며 입에 넣었다. 하지만 열하나에서 그 숫자를 놓쳤는데, 그건 수면제를 삼키기 위해 맥주를 마셔야 했기 때문이다. 그래서 나는 처음부터 다시 숫자를 세기 시작했지만 다시 열두 개를 센 후 숫자를 놓쳤고, 그러기를 몇 차례 반복했다. 그런 다음 마지막으로 열세 개째의 수면제를 삼켰다. 많은 수면제를 한꺼번에 먹는 건 분명 번거로운 일이었지만 나는 큰 불평 없이 그 일을 끝낼 수 있었다. 그리고 소화제와 근육 이완제를 한 움큼 입에 털어 넣었다. 수면제를 먹고 죽는 데에는 소화제 복용이 필수인데도, 많은 사람들이 그 사실을 모르고 수면제만 먹었다가 결국에는 수면제를 다 토해 내고 다시 살아난다. 미수로 끝난 자살 기도로 스스로 무안해지거나 면목이 없어지는 것은 안타깝다면 안타까운 일이었다. 아니, 그 이전에, 내 생각에 따르면, 수면제를 먹고 죽는 것은 실패할 확률

이 너무 높아 죽고자 하는 마음이 그다지 간절하지 않은 사람들이 하는 짓이었다. 정말로 죽을 생각이 있다면 보다 확실한 다른 방법을 택해야 할 것이다. 물론, 이 또한 내 생각이긴 하지만, 거기에는 예외적인 경우가 있을 수도 있는데 내 경우가 그랬다. 나는 실패하는 일이 없도록 수면제의 효과를 촉진할 다른 약품들까지 준비했다. 그러니까 나는 이 모든 것을 꽤나 치밀하게 준비한 모양이었다. 불현듯 나 자신이 대견스럽게 느껴지기까지 했다.

이제 더 이상 남아 있는 수면제도 없었고, 수면제가 더 이상 남아 있지 않다는 사실에서 내가 수면제를 과다 복용했다는 사실을 깨달았다. 나는 이쯤에서 후회를 해 볼까 생각해 보았지만 별로 좋은 생각이 아니라는 결론을 내렸다. 어쨌든 수면제를 모두 털어 넣고 나자 다행히도 조금 후 내게 일어날 일에 대해서는 아무것도 생각하지 않을 수 있었다. 나는 앉아 있는 것도 누워 있는 것도 아닌 불분명한, 비스듬한 자세로 침대에 기대 있었다. 그날 오후 내가 본 거지의 자세와도 비슷한 그 자세는 분명 불편한 자세였지만 내게는 어쩐지 안정을 되찾은 것 같은 느낌을 주었다. 하지만 그사이에도 나의 몸은 조금씩 기울어지고 있었다. 결국 나는 침대 위에 엎드렸다. 갑작스럽게 졸음이 몰려오지는 않았고, 거의 알아차릴 수 없게, 천천히 졸음이 몰려오지도 않았다. 오히려 정신이 좀 더 또렷해진 것 같았다.

나는 수면제가 내 안에서 효과를 발휘하기를, 그래서 졸음이 찾아오기를 기대하며 독시라민 석시네이트라는 이름을 주문처럼 외웠지만 별 소용이 없었다. 그래서 나는 퐁당퐁당 돌을 던지자, 로 시작되는 노래를 되풀이해서 불러보았다. 그러자 그 노래는 조금씩 그것이 가진 근친상간적인 분위기의 힘을 상실하면서 그냥 평범한 동요처럼 느껴지기 시작했다. 그 노래를 계속 부르면서 나는 침대에 엎드려 침대 아래로 왼팔과 고개를 떨어뜨린 채 그 밑을 바라보았다. 방바닥에 닿게 하려고 손을 뻗었지만 바닥에 닿지는 않았다. 나는 그 사실을 인정할 수 없다는 듯 손가락을 펴고 바라보았는데, 자꾸만 겹쳐 보여 제대로 바라보기가 어려웠고, 그래서 그 어려움을 극복하기 위해 오른손으로 턱을 만져 보았다. 며칠 동안 깎지 않은 수염이 꽤 많이 자라 있었고, 그 점이 약간 신경이 쓰였고, 그런 건 이제 중요하지 않은 일이라고 생각하는 데 약간 애를 먹어야 했다.

그사이 조금씩 의식에 가려 보이지 않던 것들이, 환영들이, 환영처럼 보이는 것들이, 환영으로밖에는 보이지 않는 것들이 보이기 시작했고 점차 머릿속의 문장들이 자꾸만 끊어지고, 반복되고, 지워지면서 이상한 의미를 띠고 있었고, 아무 뜻도 없는 활자와 영상들이 내 주위를 맴돌기 시작했고, 그래서 나는 다소 못마땅한 표정을 지어 보이며 손목을 간신히 구부려 시계를 바라보았다. 시계의 침들이 모두 정지한 것처럼 느껴졌다. 그럼에도 초침이 움직이며 째깍째깍하는 소리가 희미하게 들렸다. 눈을 감자 또다시 서로 겹쳐 동일한 출발선에 선 듯 포개져 있는 초침과 분침의 모습이, 그리고 초침이 곧 분침을 따돌리며 나가는 모습이 떠올랐고, 그래서 나는 그것들을 꼼짝 못하게 하기 위해 숨을 멈춘 채 바라보아야 했다. 내가 숨을 멈추자 그것들은 저절로 없어지기 시작했다. 나는 다시 눈을 떴다. 그러자 조금씩, 그러고는 갑작스럽게 거대한 날짐승의 날개 그림자처럼 나를 덮치며 졸음이 몰려오기 시작했다. 나자신이 어떤 투명한 그물을 빠져나가며 의식도 감각도 없는 실체로 텅 빈 공간을 떠돌고 있는 것만 같았고, 그 만져지지 않는 느낌을 제대로 느끼기 위해서는 헤엄치는 시늉이라도 해야 할 것만 같았다.

나는 이제부터 시작이라고 생각하며 몸을 돌려 똑바로 누웠다. 약간 몸이 거북하게 느껴졌고, 몸을 뒤척이자 그 느낌이 커졌다. 그래서 나는 꼼짝 않고서 천장을 바라보며 숫자를 세기 시작했다. 천장에는 내가 어느새 붙여 놓은 야광 플라스틱 조각이 그믐달 모양의 빛을 발하고 있었다. 나는 그것을 향해 손을 뻗으려 했지만 아무리 해도 손에 쥘 수는 없었다. 나는 눈을 감았다가 다시 떴다. 그믐달 모양의 잔상이 여러 개로 불어나 방 안의 사물들 위로 어른거리기 시작했다. 아니, 그보다는 그 잔상들 아래로 사물들이 흔들리는 것 같았다. 그사이에도 계속 숫자를 세고 있었는데, 내가 먹은 수면제의 개수를 세려는 것처럼 보였다. 하지만 나는 스물둘, 혹은 서른셋에서 숫자를 놓쳤고, 그래서 계속 처음부터 숫자를 세야만 했다. 그사이 나는 잠에 들면서, 마지막으로 손목시계를 보았을 때, 그것이 자정 너머를 가리키고 있었다. 문득 나는 그날 오후 내가 시장에서 수족관 속의 낙지들을 정신을 뺏긴 사람처럼 유심히 봤었다는 사실을 떠올렸지만 이유는 여전히 알 수 없었고, 그 낙지들의 흡반이 나의 살갗에 달라붙으며 살갗 속으로 파고드는 느낌이 들었고, 그와 함께 그날 오후 내가 만난 그 소녀들이 무슨 노랜가를 부르며 내 주위를 맴돌고 있던 모습이 아른거렸다.

죽은 사람의 의복

그는 어느 주택가의 한적하면서도 좁은 골목길에 서서 앞쪽에 있는, 독신자들이 사는 집을 바라보고 있었다. 2층의 한 방에서 열린 창문 너머로 커튼이 펄럭이는 모습이 보였고, 그는 그 방이 자기가 찾는 방이 틀림없다고 생각했다. 고개를 치켜든 그는 조금씩 흐려지고 있는 하늘을 보았다. 금방이라도 비가 쏟아질 것만 같았다.

그는 집 안으로 들어갔고 2층으로 난 계단을 올라가 왼쪽에 있는 방의 초인종을 눌렀다. 잠시 후 문이 열리자 한 여자가 나타났다. 여자는 조용히 그를 안으로 들어오게 했다. 여자는 왠지 우울한 모습이었다. 그는 방 안을 한번 둘러보았고, 그 방 안의 사물들에서도 그녀와 같은 인상을 느낄 수 있었다. 어쩐지 그 방 자체가 어떤 우울에 젖어 있는 것처럼 느껴졌다. 그는 자신이 이곳으로 이사를 오면 그 분위기를 고스란히 물려받게 될 수도 있다는 생각을 하며 창가로 가 커튼을 젖힌 후 바깥 골목길의, 자신이 조금 전서 있던 곳을 내려다보았다. 고양이 한 마리가 그곳에서 그를, 마치 서로 아는 사이라도 되는 것처럼 잠시 올려다본 후 천천히 어딘가로 사라졌다. 고양이가 사라진 골목은 무척이나 조용했다. 그 골목은 언제나 그렇게 조용한 것처럼 보였다. 그가 견딜 수 없는, 골목길에서 나는 여러 가지 소음들, 아이들이 떠드는 소리, 특히 허용 기준치를 넘어선, 트럭 행상들의 확성기 소리들은 들리지 않았다. 그가 지금 살고 있는 집에서는 거의 무방비로 노출되어 있는 그 소음들을 생각하자 그는 목청을 다해 소리를 내지르고 싶었다. 그는 골목이 조용하다는 이유만으로도 그곳으로 꼭 이사를 와야 할 것만 같았다.

"방이 마음에 드는군요." 그가 말했다.

"방을 제대로 보지도 않았잖아요." 여자가 말했다.

그 말에 그는 방을 다시 한번 둘러보았지만 그다지 신경을 쓰지는 않았다. 대신 그는 그 방이 우울하게 느껴지는 건 어쩌면 흐린 날씨 때문일 수도 있을 거라고 생각했다. 여자는 부엌과 화장실을 보여 주었고, 그는 건성으로 둘러보았다. 잠시 후 두 사람은 이사 일정을 얘기했다. 계약은 며칠 후 여자가 주인에게 연락해 날짜를 정한 후에 하기로 했다. 그는 방을 나섰다. 여자는 방문을 연 채로 계단을 내려가는 그의 모습을 잠시 지켜보았다. 그는 자신의 뒤로 문이 살며시 닫히는 소리를 들었다.

그가 밖으로 나왔을 때에는 비가 내리기 시작했고, 그에게는 우산이 없었다. 그는 건물의 처마 밑에 서서 앞으로 떨어지는 빗줄기가 지표에 부딪히며 튀어 오른 물방울에 구두가 젖는 것을 바라보았다. 오랜만에 비에 젖어 보는 것도 괜찮겠지, 하는 생각을 하며 이제 막 발걸음을 옮기려는 순간 조금 전의 여자가 그의 뒤로 모습을 나타냈다.

"이렇게 비가 오는데 당신이 우산을 갖고 있지 않은 것 같아서요." 여자가 말했다. "괜찮다면 잠시 제 방에 들어와 있다가 비가 그치면 가도록 해요. 지나가는 소나기 같으니까요."

"그래도 될지……." 그가 말했다.

"얼마든지요." 여자가 말했다.

"고마워요." 계단을 오르며 다시 그가 말했다.

"사실은 누가 오기로 했었는데, 올 수 없다는 전화가 막 왔거든요." 여자가 말했다.

"제가 방해가 되는 건 아닌가요? 그럴 생각은 추호도 없거든요."

"그런 걱정은 하지 말아요."

다시 방에 들어선 그는 며칠 후 자신의 방이 될 그곳을 찬찬히 둘러보았다. 그는 많지 않은 자신의 가구들에 비해 그 방이 너무 큰 것처럼 느꼈고, 그래서 그 방이 너무 비어 있다는 느낌이 들지 않게 가구들을 배치할 수 있는 몇 가지 방법들을 생각했다. 그리고 자신의 가구들 중에 무엇을 버리고 오고 무엇을 새로 들여놓을지 생각했다. 하지만 그보다는 가구를 모두 완벽하게 버리고 모두 새롭게 들여놓는 것이 나을 수도 있다는 생각이 들었다.

잠시 두 사람은 소파에 앉아 비가 내리는 창밖을 내다보았다. 잠시 두 사람은 약간 어색한 상태로 앉아 있었다. 여자가 자리에서 일어나 한쪽 구석에, 오디오가 있는 곳으로 갔다. 그녀는 플레이어에 음반을 하나 올려놓았지만 불분명한 소음만 났고, 곧 그 소리마저 들리지 않았다.

"또 오디오가 말썽이군요." 여자가 말했다.

"전선의 연결에 문제가 있는 것 같아요."

그녀는 몸을 기울여 오디오 뒤쪽의 복잡하게 뒤엉켜 있는 전선들을 들고 연결 부위를 살펴보았다. 그녀가 이리저리 애를 써 보았지만 소용이 없었다. 그녀가 하는 모양을 지켜보던 그는 그녀의 옆으로 갔다. 하지만 그 역시 도움이 되지 못했다.

"뒤엉켜 있는 전선들을 보면 내 신경들이 노출된 것 같은 느낌이 들 때가 있어요." 오디오를 고치는 일을 포기하며 여자가 말했다. 그는 잠시 온몸에 전선을 걸치고 있는 그녀의 모습을 상상한 후 창밖을 내다보았다. 빗줄기는 갈수록 굵어지고 있었다. 아까 그냥 가는 건데, 하고 그는 후회했다.

"마침 저녁 식사를 준비하고 있었는데, 함께 들고 가도록 해요, 시간이 있다면 말이지만." 여자가 말했다.

그는 건성으로 시계를 보았고, 그날 저녁 달리 할 일이 없다는 사실을 떠올렸다.

"폐가 되지 않는다면." 그가 말했다.

그녀는 부엌으로 갔다. 그는 그녀가 냉장고에서 음식 재료들을 꺼내는 것을 보았다. 그녀의 말과는 달리 식사 준비는 전혀 안 되어 있었다. 그래도 식사는 곧 차려졌다. 그녀가 그를 식탁으로 불렀다. 저녁 식사로는 스테이크와 으깬 감자가 나왔는데 스테이크는 겉이 시커멓게 타 있었고, 감자는 제대로 으깨지도 않은 상태였다. 그녀는 포도주를 한 병 꺼냈다.

"스테이크가 다 타 버렸어요. 프라이팬 때문인 것 같아요." 여자가 말했다.

"음식이 눌어붙지 않는 프라이팬들이 많이 나와 있는데요."

"왜 나는 그걸 몰랐죠."

"삼중 바닥 처리가 된 냄비를 쓰면 괜찮아요."

"어떻게 그런 것까지 알죠?" 여자가 물었다.

"한때 요리가 취미인 적이 있었죠." 그가 말했다. "하지만 요리에 대한 흥미는 요리를 하기 시작한 지 얼마 되지 않아 사라져 버렸죠."

두 사람은 식사를 시작했다. 그는 자신이 어떤 이유로 올 수 없게 된, 그가 알지 못하는 그녀의 남자를 대신하고 있다는 사실에 기분이 상하기는커녕 오히려 흥미롭게 느껴졌다.

"사실은 한때 주방 기구를 파는 외판원 일을 한 적이 있거든요." 남자가 말했다.

"주방 기구들을 팔았다고요?" 여자가 말했다.

"하지만 아주 잠시 동안만이었어요." 그가 말했다. "그 덕분에 아주 싼값이거나 공짜로 주방 기구들을 들여놓을 수 있었죠. 부엌에 가득 쌓인 주방 기구들을 보고 있으면 그걸 가지고 뭔가 해야 할 것만 같았고, 그래서 요리를 배우기 시작했죠. 대부분의 사람들은 그 반대로 요리를 배우게 되면서 주방 기구들을 장만하는데 말이에요. 하지만 아까도 말했지만 요리에 대한 흥미는 오래가지 않았어요."

두 사람은 잠시 아무 말 없이 식사를 했다.

"우리가 알고 지내던 사람들 같지 않아요?" 여자가 말했다.

"전혀 그런 생각은 안 드는데요." 그가 말했다.

"아니에요, 농담이에요. 사실은 나도 그런 느낌이 들었어요.”

여자가 그를 똑바로 쳐다보았다.

“그래, 지금은 무슨 일을 하고 있죠?” 여자가 말했다.

그는 잠시 아무 말도 하지 않았다.

“무슨 일을 하기에 쉽게 말을 하지 못하는 거예요?” 여자가 말했다.

“사실은 연극을 하고 있죠. 정확히 말하자면 배우예요.” 미소를 지으며 그가 말했다.

“어떤 작품에 출연했죠?”

“얘기해도 모를 거예요.”

그럼에도 그는 자신이 출연한 작품들의 제목을 얘기했다.

“제목들은 생소하지만, 그래도 당신이 그 작품들을 공연하는 무대에 섰다니까 친숙하게 느껴지네요.” 여자가 말했다.

“그런데 배우라는 직업은 어쩐지 직업처럼 여겨지지 않아요. 때로는 너무나 아무 일도 아닌 것처럼 여겨지기도 하고, 또 다른 때는 내가 하는 일이 나 자신의 전부가 아닌데도 전부처럼 느껴져서 그 자체가 나를 완전히 차지해 버려, 나 자신은 없는 것처럼 느껴지기도 하죠.”

하지만 그는 그가 서는 무대 위에서 어떤 열정도 느끼지 못하고 있다는 말은 하지 않았다.

“당신이 연극배우라는 사실에 왜 이렇게 내 기분이 좋

아지죠?" 여자가 웃음을 지으며 말했다.

그때 전화벨이 울렸다. 여자는 벨이 여러 번 울릴 때까지 마치 집어서는 안 되기라도 하는 듯 수화기를 들지 않고 바라보기만 하다가 마지막 순간에 집어 들었다.

"여보세요?" 여자가 말했다.

"네, 네, 스테이크를 만들어서 혼자 먹고 있는 중이에요. 그래요……."

여자의 통화가 계속해서 이어졌다. 그는 여자의 통화 내용을 건성으로 들으며 남은 스테이크를 먹으면서, 비가 그치기 전까지는 여기 있어도 되겠지, 하는 생각을 했다. 하지만 비가 좀체 그칠 것처럼 보이지 않았다.

"오늘은 곤란하겠어요, 그럼 다음에 또 연락해요." 여자가 말했다.

여자는 수화기를 다소 거칠게 내려놓았다.

"오기로 했던 사람인데 역시 오기 힘들겠다는군요. 누군가를 기다리고 있는 순간에는 자신을 기다리게 만든 그 사람에게 꼼짝없이 묶여 있는 것만 같아요." 여자가 말했다.

이제 먹다 남긴 스테이크는 어떻게든 먹을 수는 있겠지만 먹는 게 꺼려질 만큼 굳어 있었다. 그때 마침 여자도 채반도 먹지 않은 채로 포크를 내려놓았고, 기회를 노리고 있었다는 듯이 그 역시 포크를 내려놓았다.

"많이 남겼네요. 이렇게 형편없는 식사를 대접해서 미안해요." 여자가 말했다.

"그냥 식욕이 없어서요." 그가 말했다.

"나도 사실은 식욕이 없었어요."

식사를 마친 그들은 남은 술과 술잔을 들고 거실로 옮겨가 소파에 앉았다.

"이 소파는 모양은 별로죠. 하지만 기능적인 소파예요. 무척 편하죠. 내가 집에 있을 때면 거의 대부분의 시간을 이 소파에서 보낼 수 있는 것도 편해서일 거예요. 이상하게도 일단 이 소파에 올라오면 아래로 내려가기가 힘들어져요. 하지만 이번에 이사하면 이 소파는 버리고, 기능은 상관없이 모양이 좀 더 그럴듯한 소파를 장만할 작정이에요. 그리고 어떻게든 소파에서 보내는 시간을 줄이고 싶어요."

그는 그 소파의 편안함이 본래 가진 탄력을 잃은 데서 기인하는 것인지도 모른다고 생각했다. 여자는 아무 말 없이 창밖을 바라보고 있었다.

"당신에 관해서는 아무 얘기도 하지 않은 것 같군요." 그가 말했다.

하지만 여자는 아무 말도 하지 않았다. 바람이 일며 창문 사이로 들어오는 바람에 커튼이 살며시 부풀어 올라 일렁거렸다. 두 사람은 커튼이 움직이는 모습을 잠시 바라보았다.

"때로 혼자서 저렇게 커튼이 움직이는 것을 보고 있으면 꼭 그 뒤에서 누군가 움직이고 있는 것 같아요. 그래서 커튼의 아래쪽으로 드러난 발목을 상상하게 되죠. 하지만 발 같은 건 보이지 않아요. 그런데 이상하게도 그 점이 무섭게 느껴지기도 해요. 누군가가 저기 있는 게 분명한데 발이 없다는 사실요……. 그리고 때로는 가만히 눈을 감고 있으면 바람이 불지 않는데도, 그리고 그 위에 누가 타고 있는 것이 아닌데도 천천히 움직이는 그네가 눈앞에 어른거려요." 여자가 말했다.

그는 여자를 바라보았고, 그녀의 멍한 표정에서 자신과 비슷한 구석을 발견했다.

"이사 갈 곳은 정했나요?" 그가 물었다.

"아직요. 하지만 곧 구할 거예요. 아주 높은 곳에 있는 방으로 가고 싶어요. 나는 높은 곳이 좋아요. 깎아지른 절벽에서 아래를 내려다볼 적의 현기증을 느끼고 싶을 때가 있어요. 이번에 이사 가는 곳은 아주 높아서 공기가 희박해 숨을 쉬기도 어려운 곳이었으면 좋겠어요." 여자가 말했다.

그는 술을 한 잔 따랐고, 자신이 빠른 속도로 술을 마시고 있다는 것을 깨달았지만, 속도를 늦추고 싶지 않았고, 그래서 단숨에 잔을 비웠다. 하지만 그녀는 아직 술이 가득한 잔을 두 손으로 만지작거리고 있을 뿐 입에 대지도 않았다. 여자는 그를 보며 미소를 지었다. 그는 그 미소가 무엇을 의미하는지 알 수 없었다.

"우리가 이렇게 함께 있는 게 전혀 어색하지 않게 느껴져요." 여자가 말했다.

그는 자신도 그렇게 생각하는지 생각해 보았지만 알 수가 없었다. 여자가 자리에서 일어나 텔레비전을 켜고 비디오에 테이프를 하나 넣었다.

"당신에게 보여 주고 싶은 게 있는데 흥미가 있을지 모르겠어요." 그녀가 말했다.

여자가 리모컨을 누르자 화면 위로 바다의 풍경이 떠오르며 한 남자가 물안경만 걸친 채 물속으로 들어가는 장면이 나타났다.

"프리 다이빙을 하고 있는 거예요. 숨을 멈춘 채로 얼마나 깊이 잠수할 수 있는지 시험하는 거예요." 여자가 말했다.

그는 허리에 추를 매단 남자가 빠른 속도로 물속 깊이 내려가는 모습을 바라보았다.

"저걸 보고 있으면 나도 숨을 멈추게 돼요. 저 선수가 하는 일이 나와는 아무 상관도 없는데도 저 선수의 몸의 상태에 나의 몸의 상태를 일치시키게 돼요. 저 선수가 느끼는 수압과 호흡 곤란을 같이 느끼는 거예요. 사실 나는 수영을 하지도 못하는데…… 혼자 있을 때면 가끔 이 비디오를 보곤 해요."

그는 수심 125미터 지점에 다다른 순간 남자의 일그러진 표정을 보았고, 불편한 감정을 느꼈다. 그는 고개를 돌렸고, 텔레비전 화면을 뚫어지게 바라보고 있는 여자의 얼굴이 냉담하게 변해 있는 것을 보았다. 여자는 텔레비전 화면 속의 뭔가를 쏘아보고 있는 것처럼 보였다. 그는 여자가 왜 그러는지 이해할 수 없었다.

잠시 후 화면 속의 선수가 수면 위로 올라오자 여자는 자리에서 일어나 텔레비전과 비디오를 껐는데, 어떻게 해야 좋을지 모르는 사람처럼 잠시 그대로 서 있었다. 그는 이제 자리에서 일어나야겠다고 생각했고, 자리에서 일어나면 여자에게 어떤 작별 인사를 할지 생각했다. 하지만 동시에 그는 자신의 생각과는 다르게, 또는 정반대로 행동하고 싶은 충동을 느꼈고, 그래서 자리에서 일어나는 대신 그대로, 좀 더 붙박인 자세를 취했다.

"사실 아까 받은 전화는 잘못 걸려 온 전화였어요." 그때까지 거의 입에 대지 않았으면서도 계속 쥐고 있던 술잔을 단숨에 비우며 여자가 말했다.

"사실 나는 누구도 기다리지 않았어요. 내게 올 사람은 없었으니까요. 그러니까 나는 거짓말을 한 거예요."

"왜 그랬죠?" 그가 물었다.

여자는 잠시 말이 없었다.

"그렇게 거짓말을 한 이유에 대해 잠시 생각해 보았어요." 여자가 말했다.

"그랬더니요?" 그가 말했다.

"거기에 이유 같은 것은 없었던 것 같아요." 그녀가 말했다.

그는 자신이 약간 무시당하고 있다는 느낌이 들었고, 과연 그렇게 느끼는 것이 올바른지 생각해 보았지만 잘 알 수가 없었다.

여자는 한참 동안 말이 없었다.

"아니, 나는 누군가를 기다리고 있었어요, 그 사람이 올 수 없다는 걸 알면서도. 그래요. 그는 올 수가 없어요. 이미 죽었으니까요." 여자가 말했다.

그는 여자를 쳐다보았다.

"얼마 전 일이에요. 아니, 내 생각 속에서만 얼마 전의 일일 뿐 오래전 일이에요. 내가 사귀던 남자가 자살을 한 거예요. 그가 자살을 했다는 사실도 이해하기 어려웠지만 더욱 이해할 수 없었던 건 그가 독약이 든 병을 들고 오래전에 죽은 그의 아버지의 무덤에 가서 그것을 마시고 죽었다는 거예요. 그날은 무척 더웠고, 그의 아버지의 무덤은 산속 깊은 곳에 있어서 그는 한참을 걸어가야 했어요. 지금도 나는 그가 죽음의 장소로 택한 그 무덤까지 걸어가는 모습을 상상해 보곤 해요."

여자가 갑자기 헛구역질을 하기 시작했다. 하지만 술을

마셨기 때문이 아니라 다른 어떤 이유 때문인 것처럼, 또는 약간은 꾸며 낸 것처럼 보였다.

"프리 다이빙에 대한 얘기를 해 주고, 그 비디오를 보여 준 것도 그 남자였죠. 실제로 그는 직접 그것을 하기도 했어요. 비록 그가 말하는 그의 기록은 좋지 않았지만요. 한데 나는 그가 프리 다이빙을 했다는 사실에 놀랐을 뿐 아니라 열정을 갖고 그것을 했다는 사실에 더 놀랐어요. 그는 전혀 활동적인 사람이 아니었고, 그 무엇에도 의욕이나 열정을 보이지 않았거든요. 프리 다이빙은 그의 의욕과 열정을 자극한 거의 유일한 것이었죠. 아니, 지금 생각해 보니 그 의욕과 열정 역시 약간 이상한 거였어요."

그는 자신이 그곳에서 무엇을 하고 있는지 알 수 없었다. 만난 지 몇 시간도 되지 않는 여자로부터 그녀의 죽은 남자에 대한 이야기를 듣고 있는 것이 자연스러운 일인지 자문해 보았고, 그렇다고 부자연스러울 것도 없다는 결론을 내렸다. 그리고 그대로 그 방에 있는 것과 그 방을 나서는 것이 아무런 차이도 없는 것처럼 느껴졌다. 문득 그는 자신이 이런 하루를 보내고 싶어 했다는, 아니, 그날 하루는 어디에 있든 그렇게 막연하게 보낼 수밖에 없다는 것을 알고 있었다고 생각했다.

"만약 내가 살아 있는 그 사람과 다른 어떤 이유로 헤어지게 되었다면, 처음에는 그 사실을 받아들이는 게 쉽지 않더라도 시간이 지나면서 점차 아무렇지도 않게 되었을 게 틀림없어요. 그가 나와는 아무 상관 없이 죽었다는 사실과 그가 그렇게 죽게 된 데 나의 역할이 전혀 없었다는 사실을 쉽게 받아들일 수가 없었어요. 무엇보다도 괘씸하게 느껴졌죠. 그래서 처음 한동안은 그를 추모하는 한 방법으로 그를 저주하기도 했어요. 하지만 곧 그만두었죠. 저주는 훨씬 가혹한 형태로 내게 되돌아올 뿐이었으니까요."

그는 여자를 보았고, 그의 예상과는 달리 너무도 태연한 그녀의 표정에 조금 놀랐다.

"그런데 자기 아버지의 무덤을 향해 쉽게 떼어지지 않는 발걸음을 옮기고 있는 그 사람의 모습이 내게서 떠나지를 않아요. 마치 내가 그를 영원히 그 무덤을 향해 나 있는 길을 걷게 만들어 버리기라도 한 것처럼요."

그는 다시 술을 한 잔 따라 마셨다. 빠르게 취기가 오르는 것 같았다.

"그에게는 다른 가족이 없었고, 그의 수첩에 이름이 적혀 있던 나는 결국 경찰과 함께 그곳에 가서, 죽은 지 며칠이 지나 심하게 부패된 시신을 보고 그의 신원을 확인해야 했죠. 하지만 내가 확인할 수 있었던 건 그의 객관적인 신원이었을 뿐 내가 알고 있던 그 사람의 존재는 아니었어요."

그녀는 잠시 말을 멈추고 바깥을 내다보았다. 빗줄기는 조금도 약해지지 않았다. 빗소리 외에는 주위가 온통 조용했다. 마치 그 집은 그녀의 방 외에는 모두 비어 있는 것 같았다. 그는 어쩌면 사람들이 모두 휴가를 가 버린 탓인지도 모른다고 생각했다. 휴가를 떠나는 일은 남의 일처럼 느껴질 뿐이었지만, 그는 자기도 휴가 계획을 세워야겠다고 생각했다.

"그전에 한번 그가 나를 그 무덤에 데려간 적이 있었어요. 그는 가끔 완전하게 혼자가 되고 싶을 때면 그곳을 찾곤 한다고 했어요. 하지만 그가 어릴 적에 죽은 아버지에 대해 특별한 기억을 갖고 있었던 것도 아니에요. 그가 어렸을 때부터 부재했던 아버지라는 존재는 그 부재를 통해 오히려 그림자처럼 그의 곁에 있었던 것 같기도 해요. 그래도 그 무덤은 그에게 각별한 장소였던 것 같아요. 언젠가 우연히 그곳에 간 후로 그곳의 정적과, 그곳에서 느꼈던 어떤 알 수 없는 기운에 이끌린 것처럼 종종 그곳을 찾았던 거예요. 그런데 그가 죽은 뒤에 나 혼자서 그 무덤을 다시 찾아 험한 산길을 걸었던 게 나로서는 잘못이었던 것 같아요. 그때 나는 그가 스스로 목숨을 끊기 위해 그 길을 걷던 순간의 힘겨웠을 발걸음을 내 발걸음에 새겨 버린 거예요. 그 후로 그와 함께, 또는 나 자신이 그가 되어 그 길을 걷고 있는 내 모습을 지울 수 없게 되었으니까요. 하지만 정작 무덤에서는 그의 알 수 없는 고통을 내 것으로 만들지는 못했어요. 빗물에 씻겨 나가 무덤의 모습을 거의 잃은, 그가 죽어 간, 그리고 그의 아버지가 묻혀 있는 무덤에서 나는 짜증만 났으니까요. 고통이나 슬픔보다는 짜증이 더 컸어요."

빗소리에 실린 그녀의 목소리가 그를 혼란스럽게 만들었고, 그는 그 혼란 속으로 좀 더 깊이 빠져들었다.

"사실 우리는 아무런 사이도 아니었던 것 같아요. 나는 그가 원하는 게 뭔지 알 수 없었어요. 그건 그 사람도 마찬가지였을 거예요, 아니, 그보다도 그는 내가 원하는 것에 대해서는 아무 관심도 없었어요. 우리는 서로 무관한 사이였죠. 우리가 어떤 관계, 그것이 좋은 것이든 나쁜 것이든, 관계가 있는 사이였다면 노력해서 어려움을 극복할 수도, 아니면 그 관계를 없던 것으로 만들 수도 있었겠죠. 하지만 우리는 그럴 수가 없었던 거예요. 처음부터 아무것도 아닌 관계였으니까요. 그런데 역설적이게도 그의 죽음으로 인해 우리는 뗄 수 없는 사이가 되어 버린 거예요."

그는 자꾸만 빗소리에 파묻히는 여자의 말을 놓치지 않기 위해 그녀 쪽으로 몸을 기울여야 했고, 그래서 그녀 쪽으로 약간 몸을 기울였다. 그러자 그녀의 몸에 너무 가까워진 것 같았고, 그래서 다시 원래의 자리로 멀어졌다.

"그런데 그날 무덤에서 돌아오던 길에 인상적인 일이 있었죠. 밤이었고 운전을 하는데 비가 억수같이 퍼부었어요. 한 치 앞을 내다보기가 힘들었죠. 나는 국도를 달리고 있었어요. 그런데 빗줄기로 흐려진 도로 위로 뭔가 움직이는 게 희미하게 보였는데 그건 다름 아닌 개구리였어요. 숫자를 헤아릴 수 없을 정도로 많은 개구리들이 비가 내리는 도로 위를 뛰어다니는 거였어요. 이미 다른 차에 짓밟혀 죽은 것들도 많았어요. 도로 전체가 이미 죽었거나 아직 살아 있는 개구리들로 뒤덮인 것처럼 보였어요. 도로 위에서 참변이 벌어지고 있었던 거예요. 그런데 참변을 당한 건 개구리들도, 죽은 그도 아닌 나 자신인 것만 같았어요. 나는 더 이상 운전을 할 수 없었고, 결국 개구리들이 뛰어다니는, 비가 내리는 도로에 차를 멈춘 채 꼼짝도 하지 못하고, 운전대에 팔을 올려놓고 눈을 감았죠. 그런데 갑자기 걷잡을 수 없는 울음이 터져 나왔어요. 그 괴상한 개구리 떼가 불러일으킨 무서움 때문인지 혹은 무덤까지 찾아가고도 그를 느낄 수 없었던 나의 무감각 때문인지 혹은 그 사람과의 관계가 내가 생각했던 것 이상이 아니었다는 갑작스러운 자각 때문이었는지는 모르겠어요. 어쨌든 나는 말할 수 없는 두려움과 분노로 몸을 떨며 차 안에서 밤을 새울 수밖에 없었어요."

그는 이제 그 방을 나서고 싶은 마음이 간절했지만 자신을 포함해 방 안에 있는 모든 것들이 어떤 화가의 손에 의해 화폭 위에 옮겨져 고정되어 버린 것처럼, 그래서 그가 몸을 움직이거나 자리에서 일어나면 완성된 구도를 망가

뜨리기라도 할 것처럼 느껴졌다.

"그런데 그의 죽음으로 그와 헤어지게 되면서 나의 모든 게 달라져 버렸어요. 어떻게 된 일인지 나는 그가 죽은 후로 아무것도 할 수 없게 되었어요. 내가 하던 일은커녕 가장 단순한 일과조차도. 그런데도 내가 아무것도 하지 못한 그 사이에 내 안에서 엄청난, 내가 감당할 수 없는 어떤 일이 일어났어요. 그냥, 어느 순간 내게 무슨 일인가 일어난 것 같아요, 무슨 일인지 알 수 없는 어떤 일이. 내가 알아차릴 수 없는 어떤 일이 나도 모르게 일어난 거예요. 눈앞에서 흔들거리는 뭔가를, 이를테면 숨죽이고 추를 바라보는 사이 그것이 이미 멈춰 있는 것을 보게 된 거예요, 나로서는 그것이 여전히 흔들리고 있다고 생각하는데도. 만약 내가 오래전 일이 되어 버린 그의 죽음을 어떤 식으로든 나의 현재 속으로 끌어들이고 있다면 그것은 분명 잘못된 일이고 어리석은 처사겠죠. 하지만 그 때문은 아니에요. 내가 이렇게 된 건 그의 죽음과 직접적인 관련이 있는 것 같지는 않아요. 내가 그를 그토록 사랑했던 것 같지도 않고, 그를 잊지 못하는 것도 아니에요. 그가 죽었다는 사실에 크게 상심했던 것 같지도 않아요. 실제로 나는 그를 만나면서도 그와 헤어지는 일을 수없이 상상했고, 그 상상에는 그가 죽어 없어지는 경우까지 포함되어 있었으니까요. 모르겠어요, 어쩌면 그를 죽음에 이르게 한 것과 똑같은, 내 안에 잠복되어 있던 어떤 요소가 그의 죽음을 계기로 내 안에 독을 퍼뜨려 나를 마비시켜 버린 것 같아요. 그리고 그런 마비 상태는 나의 일상이 되어 버린 거예요. 이 모든 게 마치 나의 의지로는 어떻게 할 수도 없고, 어떤 이상한 사건에 연루되어 곤란한 입장에 빠지기라도 한 것만 같아요."

그는 그녀가 하는 말을 충분히 이해할 수 있었지만 마땅히 대꾸할 말이 떠오르지 않았다. 다만 그는 정색을 하고 자신도 마찬가지라고 말해야 할 것 같았지만 그렇게 하는 대신 비 오는 밤, 도로 위에 있었을 개구리들의 끔찍한 모습을 떠올렸고, 동시에 그 남자를 죽음에 이르게 한 것이 어느 순간 그녀를, 심지어는 자신도 죽음에 이르게 할 수 있을 거라고 생각했고, 그런 생각에 다다르자 자신을 포함한 세 사람이 서로 연결되어 있는 것처럼 느껴졌다.

"너무도 많은 일들이 오랫동안 아무렇지 않게, 또는 너무도 아무렇지 않은 일들이 오랫동안 일어났던 것 같아요. 그리고 나 자신을 가다듬기 위해 노력해 온 그 세월 동안 나는 천천히 부서져 내렸던 것 같아요. 어쩌다 여기까지 왔는지 모르겠지만 아무튼 여기까지 오게 되었어요. 한데 그렇게 해서 오게 된 여기가 어딘지 모르겠어요. 쓰러지지 않기 위해 완강하게 버티고 있는 게 아니라 이미 쓰러진 채로 그 상태를 다만 유지하고 있는 것 같아요. 그런 생각이 지금 나의 상태를 유지하고 있고, 나의 그 상태가 지금의 나를 지켜 주고 있는 것 같아요."

그는 여자를 보고 있지 않았고, 그녀의 목소리는 벽에 걸린 스피커에서 흘러나오는 소리처럼, 그곳에 있지도 않은 사람의 음성처럼 들렸다. 그는 조금 전의 혼란스러운 느낌과는 달리 짜증이 났고, 그녀를 향해, 혹시라도 당신이 나를 짜증스럽게 만들고 있다고 생각하지 않나요, 하고 중얼거렸다. 그는, 당신에게서 이런 말을 듣다니 이제는 우리가 정말로 헤어져야 할 때가 된 것 같군요, 라는 너무도 쉬운 말을 여전히 입 밖에 내지 못했다.

"그런데 나는 지금도 혼자 이 방에 있을 때면 불안한 심정으로 문을 바라보곤 해요. 죽은 그가 올 수도, 또는 오지 않을 수도 있다는 생각에, 그리고 막상 그가 오면 어떻게 해야 할까 하는 생각으로. 그리고 후자의 생각이 더 불안하게 만들죠."

그는 그녀가 문 쪽을 뚫어지게 바라보는 것을 보았다. 순간 그는 문 쪽으로 고개를 돌리면 꼭 그 앞에 그녀의 죽은 남자가 서 있을 것만 같아서, 되도록 그 충격을 줄이기라도 하려는 듯이 천천히 문 쪽으로 고개를 돌렸다. 하지만 그곳에는 아무도 없었다. 잠시 후 그녀가 그에게로 시선을 돌렸고, 그는 그 시선에서 마치 유령을 본 사람의 것과도 같은 표정을 보았다. 그리고 그는 그 표정을 통해 자신이 그녀가 기다리면서도 기다리지 않는, 그녀의 죽은 남자인 양 느껴졌고, 그 섬뜩한 느낌을 떨쳐 버리기 위해 약간 과장되게 고개를 흔들었다.

"그런데 한 가지 이해할 수 없었던 건 그 무덤을 찾아간 그가 계절에 어울리지 않는 두꺼운 옷을 입고 있었다는 거예요."

그는 자신도 모르게 땀을 흘리고 있는 것을 깨달았지만 그것을 닦지는 않았다.

"어느 시장에 가면 죽은 사람의 옷만 파는 곳이 있어요." 그는 자신이 가까스로 입을 열었다는 느낌이 들었다. "그 가게는 시장의 제일 안쪽 구석에 있어서 사람들의 걸음이 뜸한 곳이죠. 상호는 잊어버렸어요. 몇 번 간 적이 있지만 오래전 일이니까요. 거기서는 정말로 죽은 사람들이 죽을 당시에 입고 있던, 유가족들이 태우거나 버리지 않고 처분한 옷들만 팔았어요. 다양하게 죽어간 사람들만큼이나 다양한 옷들을 팔았죠. 자연히 수명이 다해 죽은 사람들에서부터 사고로 비참하게 죽어 간, 그래서 그 흔적이 옷에 남아 있기도 한 사람들의 옷까지요."

그는 얘기를 할수록, 자신이 어쩌다가 꺼낸 이야기를 다만 중간에 그만둘 수 없어 계속하고 있다는 느낌을 지울 수가 없었다.

"물론 그 옷들은 수선도 하고 세탁도 해서 그 옷을 입었던 죽은 사람을 고스란히 느낄 수는 없어요. 그래도 그 옷들에서는 본래의 주인들이 남긴 어떤 느낌이나 인상이 남아 있고, 그래서 옷을 입으면 그 옷의 임자를 어렴풋하게나마 느낄 수 있는 거예요."

"그곳에 꼭 한번 가 보고 싶군요. 그 얘기를 들으니 기분이 나아진 것 같기도 해요."

순간 그녀의 몸이 자신에게로 기울어지는 것을 느꼈다. 하지만 그들 사이에 누군가가 끼어 있는 듯한 느낌이 들었고, 그래서 몸을 옆으로 옮겨 그녀에게서 떨어져 앉았다.

"그런데 그 가게와 관련해 또 한 가지 인상적인 것은 주인 여자였어요. 나이가 꽤 많은 여자였죠. 그런데 항상 구석진 가게의, 옷들이 어지럽게 걸려 있는 한구석에 꼼짝도 않고 앉아 있는 거였어요. 손님이 와도 전혀 거들떠보지도 않았어요. 손님이 옷을 골라서 옷에 붙어 있는 가격대로 돈을 놓고 갈 때도 마찬가지였어요. 거스름돈을 내줘야 할 때만 잠시 몸을 움직였지만 거의 무표정한 채로 계산한 후에는 다시 똑같은 자세로 돌아갔어요. 거동이 불편해서만은 아닌 것 같아요. 마치 혼이 나간 사람 같았어요. 의자위에 잠자코 앉아 있는 그녀는 죽은 사람처럼 여겨질 정도였죠. 그녀의 표정뿐만 아니라 그녀의 자세도 더 이상 아무것도 담지 못하는 공백 같았죠."

그 말을 들은 여자는 아무 말도 하지 않았다. 그는 그녀의 얼굴을 보았고, 그녀의 얼굴은 조금 전 그가 얘기한 텅 빈 표정을 짓고 있었다.

"한번은 그곳에서 옷을 사다가 입은 적이 있는데, 그 옷 역시 죽은 사람의 옷이었지만 그가 어떻게 죽었는지는 알 수 없었죠. 그래도 그 옷을 입고 나니 죽은 사람의 고통이 느껴지는 것만 같았고, 그 옷을 입을수록 더욱더 심해져 결국 내다 버릴 수밖에 없었죠."

여자는 어떤 심한 충격을 받은 사람처럼 멍하니 앉아 있었다. 그는 여자가 무척 편한, 기능적인 소파라고 말한 그 소파 위에서 말할 수 없는 불편함을 느꼈다. 그는 더 늦기 전에 자리에서 일어나야겠다고 생각했고, 몸을 일으키기 위해 두 손을 소파에 짚어 보았지만 손은 탄력을 잃은 소파 속에 묻혀 버렸다. 오히려 자리에서 일어난 것은 그가 아닌 여자였다.

"내가 취한 모양이에요." 여자가 말했다.

그녀의 걸음이 비틀거렸다. 그는 하마터면 자리에서 일어나 그녀를 부축할 뻔했다.

"아무래도 안 되겠어요. 오늘 계약은 없었던 걸로 해 줬으면 좋겠어요." 여자가 말했다. "나는 이 집에서 계속 살아야만 할 것 같아요."

"그건 왜죠?" 그는 자신의 목소리가 자신의 것이 아닌 것 같았다.

"나는 이 집을 떠날 수가 없을 것 같아요. 이 집의 뭔가가 나를 놓아주지 않는 것 같아요."

"이 집의 뭐가 그렇다는 거죠?"

"뭔지는 모르겠어요. 내가 알 수 있는 건 내가 알지 못하는 이 집의 뭔가가 나를 놓아주지 않고 있다는 거예요."

"그렇다면 오히려 이 집에서 벗어나야 하지 않을까요?"

"하지만 그건 불가능할 것 같아요."

그녀는 잠시 아무 말이 없었다.

"그를 처음 만난 것도 이 집에서였어요. 우리가 알게 된 건 내가 이 집을 내놓은 광고를 보고 그 사람이 찾아오면서였죠. 바로 이 집에서 우리의 비극이 시작되었고 아직 끝나지 않았죠."

그는 순간적으로 온몸에 소름이 돋는 것을 느꼈다.

"당신이 죽은 그 사람을 상기시키는 건 아닌데도, 당신을 보고 있으면 그 사람이 내 앞에 있는 것만 같아요." 여자가 말했다.

그녀는 그의 얼굴을 빤히 쳐다보았다. 그때 방 밖에서, 집 안 어딘가에서 고양이 울음소리가 들렸고, 그는 그 울음소리가 단순한 고양이의 울음소리로만 들리지 않았다.

"이유는 알 수 없지만 나는 지금도 죽은 그 사람을 마치 옷을 벗듯 편안하게 벗어 버릴 수가 없어요. 오늘 하루도 나는 그가 오래전 내게 선물한 이 소파 위에서 그를 기다렸던 거예요."

그는 그 방에서 나갈 수 있는 기회를 영원히 놓쳐 버렸다는 생각이 들었다.

"당신을 만난 적이 없다고 생각하기로 마음먹었어요." 자신에게서 그런 다짐을 받아 내려는 듯 여자가 천천히 말을 했다.

그는 아무 말도 할 수가 없었다.

"우리가 만난 적이 없다고, 우리가 모르는 사이라고 얘기해 줘요." 여자가 말했다.

"우리는 만난 적이 없고, 모르는 사이예요." 그는 그 말을 반복하는 자신의 목소리가 갑작스럽게 높아져 스스로도 놀랐다.

하지만 그는 그 말을 끝낸 순간 그녀가 소파에 머리를 파묻는 모습을 발견했다. 그녀가 그에게서 눈을 뗀 사이 그는 자리에서 일어났다. 그는 걸음을 떼야 한다고 생각했지만 그것이 불가능하다는 것을 진작 알고 있었던 사람처럼 가만히 서 있었다.

"아니, 그렇게 가지 말아요. 그냥 좀 더 있어 줘요." 갑자기 고개를 들며 그녀가 소리쳤다.

"괜찮아요?" 그가 물었다.

하지만 이미 그녀는 괜찮지 않아 보였다. 취기 때문인지, 흥분 때문인지 그녀는 정신이 나간 것처럼 보였다.

"이렇게 당신이 올 줄 알았어요. 내가 당신을 기다렸으니까요." 그녀가 소리쳤다.

그녀가 그를 바라보았지만 그 시선은 그에게 머물지 않았다.

"당신의 모습이 보이지는 않지만 이 방 어딘가에 당신이 있다는 걸 알 수 있어요. 당신의 숨소리를 들을 수가 있어요. 당신이 내 근처 어딘가에 있다는 생각만으로도 나는 괜찮아질 수 있어요."

그는 여자를 쳐다보았다. 그녀는 그를 자신의 죽은 남자로 착각하고 있는 것이 분명했다.

"하지만 지금 나는 너무 피곤해요. 당신을 기다리느라 너무 긴 하루를 보낸 것 같아요. 하지만 당신이 이렇게 내 곁에 있으니 괜찮아요."

그녀는 마치 오래도록 함께 시간을 보낸 사람을 대하듯 아무렇지도 않게 자리에서 일어나 잠옷으로 갈아입고 화장실로 들어가 버렸다. 그는 그녀의 옷걸이에 걸려 있는 옷들을 바라보았다. 옷걸이에 제대로 걸려 있는 옷들이 별로 없었다. 대부분은 옷걸이에 반쯤 걸려 있거나 아래에 떨어져 있었다.

잠시 후 여자는 화장실에서 나와 그 방에 아무도 없다는 듯 태연하게 방을 가로질러 침대에 엎드렸다. 여자는 곧 잠이 들었다. 아니면 잠이 든 척하는 건지 알 수가 없었다.

그는 자리에서 일어나 그녀의 뒤로 가 숨을 들이쉬고 내쉼에 따라 조금씩 움직이는 그녀의 목덜미를 바라보았다. 그런 다음 방 안을 서성이다가, 어느새 자신의 손에 들려 있는 나이프를 발견했다. 그는 그녀의 옷의 파인 선을 따라 살며시 나이프를 등에 그었다. 여자는 아무런 의식이 없었다. 그는 자신이 지금 개막을 앞둔 공연의 리허설을 하고 있는 것만 같았다. 이번에는 좀 더 대담하게 포크를 들고 무딘 날을 세워 그녀의 맨살을 찔렀다. 그녀의 등에서 네 방울의 피가 흘렀다. 그는 피가 흐르는 포크를 치켜들었고, 그 순간 연극의 막이 내리는 모습을 상상했다. 하지만 관객의 환호는 들리지 않았다. 그는 귀를 기울였고 침묵을 들었다. 그는 다시 아래를 내려다보았다. 여자는 죽어 있었다. 그녀가 입고 있는 잠옷은 이미 죽은 사람의 옷처럼 보였다. 하지만 이것은 그의 상상일 뿐 그는 그녀의 털끝 하나 건드리지 않았다. 다만 잠이 들었거나 든 척하는 그녀의 목덜미를 바라보았을 뿐이었다. 그럼에도 그의 시선 속에서 그녀는 죽어 있는 것처럼 느껴졌고, 그의 시선이 담고 있는 어떤 욕망이 하나의 죽음을 빚어낸 것 같았다. 하지만 실제로는 그녀가 죽은 모습을 아무리 상상하려 해도 어디까지나 상상일 뿐, 그녀는 단지 잠이 들어 있을 뿐이었다. 그는 잠시 그녀 옆에 누웠지만 어떤 욕망도 생겨나지 않았다. 마치 그 사실을 확인하고자 했을 뿐이라는 듯 그는 다시 소파로 돌아가 앉았고, 무척이나 기능적인 소파라고 생각하며 편하게 몸을 기울였다. 그는 잠이 든 그녀를 물끄러미 바라보았다. 걷잡을 수 없이 하품이 나왔고, 졸음이 몰려왔다. 그리고 그는 마치 졸음을 쫓으려는 듯 불쑥 자리에서 일어나 방을 나와 계단을 뛰어 내려갔고, 동시에 문득 자신이 주방 기구를 판매하는 외판원 일을 한 적이 없다는 사실을 떠올렸다.

아까 보았던 고양이가 비를 피해 현관 복도 앞에 쪼그리고 앉아 있었다. 그는 괜히 고양이를 향해 두 손을 구부려 맹수의 발톱처럼 만들고 입을 벌려 이빨을 드러내 보였다. 고양이가 몸을 일으키며 방어 자세를 취하고 털을 곤두세웠다. 이건 그냥 고양이일 뿐이야, 무시해 버려, 하는 생각을 하며 집을 나선 그는 골목길에 잠시 서서 그녀의 방을 올려다보았다. 열어 놓은 창문 사이로 부는 바람에 커튼이 펄럭이고 있었고, 그 너머로 누군가가 어른거리는 것 같았다. 그는 걸음을 옮겼고, 곧 골목에서 벗어났지만 뒤에서 계속 들리는 고양이 울음소리는 좀처럼 잦아들지 않았다.

습기

이건 정말 믿을 수 없는 일이오. 나는 아무것도 이해할 수가 없소…… 아무것도 이해할 수 없고, 아무것도 이해하고 싶지 않군요…… 여기서 내가 무엇을 이해해야 한단 말이오…… 그보다도 여기서 뭔가를 이해한다는 게 도대체 무슨 도움이 될 수 있겠소? 지금도 나는 이 모든 일이 현실로 믿기지 않는군요…… 사건이 있던 날, 아니 그 전날로 차마 되돌아가고 싶지 않군요…… 그래요, 그날은 아들의 생일이었고, 나는 평소보다 일찍 돌아오려 했소…… 하지만 그날도 바쁜 일 때문에 그렇게 일찍 오지는 못했소. 그래도 평소에 비해서는 일찍 돌아왔소…… 그날 그녀가 어때 보였냐고요? 그날도, 그전의 어떤 날도 그녀가 특별히 이상해 보였던 적은 없소…… 오늘따라 이 사람이 왜 이렇게 이상해 보이지, 하는 따위의 생각은 해 본 적이 없소…… 아니, 다시 생각해 보니 그날 그녀는 조금 이상했던 것 같소. 아침에 일어난 나는 그녀가 거실 베란다에서 밖을 내다보고 있는 것을 보았소. 이른 아침이었는데 그녀는 아직 어둠이 채 가시지 않은 바깥을 골똘히 내다보고 있었소. 마치 정신이 나간 사람처럼. 하지만 내가 그녀를 부르자 아무 일도 없었던 것처럼 거실로 돌아와 나를 위해 아침 식사를 준비하기 시작했소…… 한데 내가 아침 식사를 끝낸 후 화장실에 갔을 때 그녀는 변기 뚜껑 위에 앉아서 손바닥으로 머리를 감싸고 있었소. 내가 괜찮냐고 묻자, 다시 그녀는 아무 일 없다는 듯 일어나 화장실을 나왔소…… 그래요, 그녀는 그날따라 얼이 빠져 있었던 것 같소. 내가 집에 돌아왔을 때에도 그녀는 내가 돌아온 것도 몰랐소. 나는 부엌으로 가서 냉장고를 열고 마치 그 안에서 뭔가를 꺼낼 것처럼 가만히 서 있는 그녀를 보았소. 내가 그녀를 불렀지만 그녀는 아무 대답도 하지 않았고, 고개도 돌리지 않았소. 그녀는 마치 냉장고에서 새어나오는 불빛에 몸이 얼어붙은 것처럼 서 있었소…… 아니, 다시 생각해 보니 그녀가 얼이 빠져 있었던 건 그날만이 아니었던 것 같소. 어쩌면 그녀는 늘 딴생각에 빠져 있었던 것 같소…… 지난 일요일의 일만 해도 그렇소. 그날 아침 늦게 일어난 나는 거실로 나왔지만 아무도 없었소. 내가 창가로

가 바깥을 내다보았을 때 그녀는 집 안에서 쓰던 것이었지만 이제는 낡아, 앉을 때마다 삐걱거리는 나무 의자에 앉아 있었소. 그녀는 사과나무 아래에 의자를 놓고 앉아서 그 위쪽의 어딘가를 쳐다보고 있었소. 내가 밖으로 나가자 그녀는 태연하게 일어나, 이제 일어났냐며 식사 준비를 하겠다고 말하며 집 안으로 들어갔소. 나는 정원 일을 끝낸 후 집을 한번 둘러보았소. 그러고는 집이 칠을 한 지 오래되어 다시 칠을 해야겠다고 생각했소. 칠이 벗겨져 나간 회색 집은 너무 우중충해 보여서 이번에는 파란색을 칠할까 생각했소. 나는 아내와 그 문제를 상의해야겠다고 생각했소. 그런데 그때 문득 집 안에서 무슨 소리인가 계속 들리고 있다는 것을 깨달았소. 아내가 설거지를 하는 듯, 그릇이 부딪히는 소리가 들려왔소. 식기 세척기가 있는데 왜 저런 소리가 날까, 하고 나는 약간 이상하다고 생각했소. 그리고 잠시 후에는 딸아이가 지르는 비명 소리가 들렸소. 내가 안으로 들어갔을 때 아내는 손가락을 다친 듯 피를 흘리고 있었소. 그녀는 대수롭지 않은 상처라면서 손가락을 그냥 수돗물에 씻었소. 하지만 손가락에서는 피가 계속 나고 있었소. 내가 응급 처치를 하라고 하자 그녀는, 그 정도는 아니라며, 그냥 놔둬도 된다며, 약간 화가 난 듯 말했고, 나는 그냥 내버려 둘 수밖에 없었소…… 아, 미안해요. 잠시 딴생각을 하고 있었소. 그녀의 성격이 어땠냐고요? 그녀는 비교적 평범한 편이었소. 마음씨는 따뜻한 편이었고, 사람들에게는 상냥하고 친절했지만 사리는 분명했소. 그리고 솔직한 편이었소…… 아니, 지금에 이르러서는 그 점에 대해 자신이 없소. 지금 생각해 보니 많은 것들을 숨겼던 것 같소…… 그리고 그녀는 그다지 예민한 성격의 소유자는 아니었소…… 아니, 그녀가 예민하게 반응했던 게 한 가지 있는데, 바로 날씨였소. 거의 집 안에만 있는 그녀가 왜 그렇게 날씨에는 예민한지 이해가 가지 않을 정도였소…… 물론 빨래를 하자면 그럴 수도 있겠죠. 하지만 그 이상이었소. 마치 날씨와 관련된 일을 하는 사람처럼 보일 정도였소…… 알다시피 장마가 시작되면서 며칠 동안 계속 비가 내리다가 얼마 전부터 잠시 소강상태에 들어갔소. 그 사건이 있기 며칠 전부터 아주 화창하고, 더운 날씨가 이어졌소. 그 며칠 동안 그녀는, 언제쯤 다시 비가 올까요, 하는 말을 여러 번 했던 것 같소. 언제 다시 비가 올지는 오히려 내게 더 중요한 일인데도 말이오. 아시겠지만 나는 건설 현장에서 감독 일을 하고 있으니까요…… 지금 생각해 보니 장마가 소강상태에 들면서, 화창한 날씨가 계속된 며칠 동안 그녀는 우울해했던 것 같소…… 아니, 그전에도 날씨가 맑을 때면 표정이 밝지 않았지만 그 며칠 동안에는 다른 때와는 다르게 조금 우울해했던 것 같소…… 의기소침한 상태였다고나 할까…… 그녀에게 병이 있었던 건 아니냐고요? 아뇨, 내가 알기로는 그렇지 않소. 비교적 건강한 편이었죠. 물론 나이가 들면서 여기저기가 조금씩 불편하다는 얘기를 했지만 그건 우리 같은 중년에 이른 사람들에게는 자연스러운 일이죠. 정신적으로도 크게 우려할 만한 점도 없었소. 우울증이 없진 않았지만 그다지 심한 정도는 아니었소. 가끔 우울해지기도 했지만 오래지 않아 곧 괜찮아졌소. 그 때문에 약을 먹는 일도 없었고…… 그래요, 한 가지 문제가 있긴 했죠. 그녀에게는 불면증이 있었죠. 가끔 그녀는 밤에 잠을 이루지 못하고 밖으로 나가는 일이 있었소. 하지만 그러다가도 바로 다시 침대로 돌아왔소…… 그래요, 그날 밤에도 내가 잠시 깼을 때 그녀는 잠이 오지 않아 밖에 나갔는지 보이지 않았소. 그리고 그날 새벽에도 그랬소. 내가 잠에서 깼을 때 그녀의 모습은 보이지 않았소. 평소에도 코를 심하게 고는 편인 나는 자다가 무호흡증으로 잠을 깨는 경우가 있소. 어쨌든 밤에 그녀가 방을 나가는 일이 종종 있었고 그래서 나는 대수롭지 않게 생각하고 다시 잠이 들었소…… 그렇지만 빗소리 때문에 쉽게 잠을 이루지는 못했소…… 나는 빗소리가 들리면 쉽게 잠을 이루지 못하거든요. 빗소리를 듣다 보면 마치 그 소리가 내 머릿속을 두드리는 것만 같거든요…… 그리고 다시 잠이 든 나는 꿈결에 아내가 내 옆에 앉아, 이 습기가 좋지 않아요, 살갖이 물고기의 살처럼 느껴져요, 하고 말하는 것을 들었소. 실제로 그녀가 그렇게 말했는지는 잘 모르겠소. 어쨌든 나는 그녀에게서 그런 말을 들은 것 같소. 그리고 그것이 내가 그녀에게서 들은 마지막 말이오…… 평소에 아내는 별로 말이 없었소. 그건 나 또한 그랬소. 서로 굳이 할 말도 없었고, 말이 없이도 서로 크게 어색하지는 않았소. 함께 오래 살다 보면 서로 할 말이 점점 줄어들 수밖에 없소…… 집에서 일을 하지 않을 때면 그녀는 조용히 혼자 책을 읽곤 했소…… 그녀가 무슨 책을 읽었는지는 잘 모르겠소. 혼자서 책을 읽다가도 내가 가까이 가면 책을 덮어 침대나 소파 밑으로 밀어 넣곤 했으니까요…… 내가 무슨 책을 읽고 있었냐고 물으면 그녀는 대답 대신, 그냥, 별로 읽을 만한 책은 아닌 것 같아요, 하고 말했소. 때로 그녀는 자신이 읽고 있는 책의 제목이나 작가를 기억하지 못하는 경우도 있었소. 어쩐지 그녀는 그 책들을 그다지 집중해서 읽지는 않았던 것 같소…… 그 책들을 침대와 소파 밑에서 찾아냈다고요? 어디 한번 봅시다. 소설책들이군요. 그녀가 소설책을 읽었다는 게 잘 이해가 되지 않는군요…… 벌써 그것들을 읽어 보았단 말이오? 무슨 내용인지 나도 한번 읽어 봐야 할 것 같군요…… 그런데 도움이 될 만한 단서는 없었다고요? 그럴 수밖에 없겠죠. 어쩌면 이 집에서 일어난 일을 설명하는 데 도움이 될 만한 어떤 단서도 찾을 수 없다는 것이 이 끔찍한 사건의 특성일지도 모르겠소. 나도 아무리 애를 써도 단서라는 것을 찾을 수 없었으니까요…… 사실은 나도 지금의 내 감정을 잘 모르겠소. 너무도 엄청난 일이 일어나 그 충격으로 감정이라는 게 마비되어 버린 느낌이오…… 솔직히 말해 나는 그녀에게도, 아이들에게도 제대로 신경을 쓰지 못했소. 하지만 그녀는 결혼 생활에 크게 불만이 없는 듯 보였고, 아이들도 이제 모두 자라 스스로 모든 것을 알아서 할 나이가 되었으니까요…… 오래전 단 한번 그녀가 집을 나간 적이 있었소. 아무 얘기도 없이. 그러고는 며칠 후 돌아왔소. 아무 일도 없었다는 듯이. 그리고 아무 설명도 하지 않았소. 그럴 필요가 없다는 듯이. 그래서 나 또한 아무것도 묻지 않았고, 그 일을 그냥 덮어 두었소. 다시 돌아온 그녀는 평소의 모습으로 다시 돌아갔고, 그사이 이 집에는 아무 일도 없었던 것처럼 되었소. 정말로 그녀가 집을 나간 적이 없었던 것처럼 되어 버렸소. 그리고 다시 말하지만 이건 오래전 일이오…… 그녀는 상냥하고 친절한 성격이었지만 때로는 무서울 정도로 냉담하기도 했소. 이중적인 데가 있었소. 그러고 보니 그녀 속에는 전혀 다른 두 인물이 공존했던 것 같소…… 얼마 전 텔레비전에서 한 정신병자가 어린 소녀를 살해하고 사지를 잘라 냉동실에 보관하다가 사체를 가방에 담아 골목길에 내다 버린 잔인한 사건이 방송된 적이 있었소…… 물론 알고 계시겠죠. 그것을 함께 보며 내가, 어떻게 저런 짓을 저지를 수 있지, 하고 말하자, 그녀는 무표정한 얼굴로, 저 사람도 자기 스스로는 어쩔 수 없었을 거예요, 하고 말하는 거였소. 나는 그녀의 말에 약간 놀랐소…… 그런데 뉴스가 계속되면서 그 유괴범이 소녀의 집에 전화를 해, 여느 유괴범처럼 돈을 요구하는 대신 소녀가 강아지를 좋아하는지 고양이를 좋아하는지 물었다는 소식을 전했소. 나는 기가 막혔소. 그게 어디 유괴범이 유괴한 아이의 부모에게 전화를 해서 할 소리요? 별 미친놈이 다 있군, 내가 말했소. 한데 아내는 아무 말 없이, 알 수 없는, 어떤 이상야릇한 웃음을 짓는 거였소. 그 순간 그녀의 모습은 섬뜩할 정도였소…… 아, 이렇게 담배가 타들어 가는 것도 몰랐군요…… 다행히도 손가락이 덴 것 같지는 않군요…… 그래요, 내가 알고 있다고 생각한 그녀와 다른 그녀가 그녀 안에 있었던 것 같소. 한번도 내게는 알려 주지 않은 그녀가. 그녀를 죽음에 이르게 한 것 또한 그러한 그녀일 거요…… 그래요, 우리 가정은 누가 봐도 화목한 가정은 아니었지만, 커다란 문제는 없었소. 경제적으로도 크게 어렵지 않았고, 아이들로 인한 문제도 별로 없었소. 그녀와 나 사이도 나쁘지는 않았소. 우리는 크게 다툰 적도 없고, 매년 여름이면 휴가 여행을 갔고, 가끔은 부부끼리 외식을 하거나 음악회에 가기도 했소…… 물론 우리 사이에 아무런 문제가 없었던 것은 아니었지만 그 문제들이라는 게 결혼한 모든 부부 사이에 있음 직한 문제일 뿐이었소…… 최근 들어 내가 자주 집을 비웠고, 그로 인해 우리 사이가 좀 더 소원해지긴 했소. 하지만 내가 하는 일의 특성상 그건 어쩔 수 없는 일이었소. 최근에는 서로 얘기를 나눠 본 적이 없었던 것 같소. 그럴 시간도 없었으니까요…… 그래요, 전에 한번 내가 외도를 한 적은 있었소. 하지만 그리 심각한 정도가 아니었고, 곧 정리를 했소. 그리고 그 일로 아내가 크게 상처를 입었던 것 같지도 않았소. 그래서 오히려 나로서는 아내에게 서운할 정도였소. 그 후로도 나는 책임 있는 가장의 역할을 다했소…… 그래요, 내가 한동안 그녀에게 무관심했던 것도 사실이오…… 그리고 다른 식구들은 몰랐지만 그녀가 자신의 삶이 공허하다고 느꼈을 수도 있소. 하지만 그것이 그녀가 느닷없이 어느 날 아침 목을 매단 이유가 될 수 있을까요? 아니, 그것이 충분한 이유가 될 수 있을까요? 도대체 이유라는 게 될 수 있을까요? 그리고 그녀가 죽어 간 명분이 될 수 있을까요, 남은 가족들에게 이토록 커다란, 지울 수 없는 상처를 남기고 죽어 갈? ……그리고 그렇게 죽는 게 그녀에게는 그토록 부득이한 일이었을까요? ……그녀의 상태가 어땠는지는 알 수 없지만, 그 점에 대해서는 그녀에게 미안하게 생각하지만, 그래도 나라면 이런 식으로 일을 벌이지는 않았을 거요…… 그래요, 그녀를 생각하면 다른 무엇보다도 배신감이 앞서고 있소…… 아, 미안해요. 내가 다소 흥분한 모양이오…… 그렇소, 장례식은 가급적 빨리 치르고 싶소, 그리고 되도록 조용하게…… 나로서는 그렇게 하기가 힘들겠지만 남은 아이들을 생각하면, 이 일은 어떻게든 빨리 덮어 버리고 싶소…… 물론 그렇겠죠. 먼저 검시 결과가 나와야겠죠…… 물론 장례식을 서둘러 치른다는 느낌은 갖고 싶지 않지만 어쨌든 나로서는 그녀의 죽음이 오래가게 하고 싶지는 않소…… 그래요, 며칠 휴가를 내기는 했죠. 부득이한 상황이니까요. 하지만 요즘 회사가 워낙 바쁜 탓에 오래 쉴 수는 없소…… 괜찮다면 이제 좀 쉬고 싶군요…… 그렇소, 너무나 피곤한 하루를 보낸 게 사실이오.

그날따라 특이한 일은 없었던 것 같아요. 조용한 하루였죠. 장마 기간이었지만 그 며칠 전부터 화창했고, 그날 밤부터 비가 다시 오기 시작했죠…… 그날 내가 집에 도착했을 때 어머니는 이미 저녁 식사 준비를 마친 상태였지만 아버지는 아직 오지 않으셨죠. 내가 어머니한테 누나는 왔냐고 묻자, 누나는 오늘따라 일찍 집에 와 줄곧 자기 방에 있다고 했어요. 평소에도 누나와는 대화가 별로 없었죠. 나는 누나의 방에 가 노크를 했지만 아무 대답이 없었어요. 문은 열려 있었고, 누나는 방에 없었어요. 2층 욕실에서 물소리가 났어요. 나는 누나가 샤워를 하고 있나 보다 생각했죠. 하지만 누나는 집에 없었던 거예요. 나중에 안 것이지만 2층 창가에 놓아둔 사다리를 타고 내려가 외출을 했던 거예요. 누나에게는 남자친구가 있었고 그를 만나러 나갔던 거죠. 조금 있자 아버지가 돌아왔고, 또 조금 후에는 누나가 아무 일 없었다는 듯 2층에서 내려왔어요. 그날의 기억 중에서 가장 인상적이었던 건 저녁 식사 시간이었어요. 모두가 별말 없이 식사를 하고 있었죠. 그랬을 거예요, 늘 그래 왔으니까…… 나는 식사를 하면서 한 손을 탁자 아래로 내린 채로 탁자 아래쪽을 두드리고 있었죠. 소리가 나지 않게 최대한 신경을 쓰면서. 식구들은, 특히 아버지는 식사 시간에 소리를 내는 것을 무엇보다도 참지 못했거든요. 나도 모르게 식탁을 두드리다가 아버지에게 지적을 받은 적이 여러 번 있죠. 사실은 그 때문에 수도 없이 야단을 맞았죠. 하지만 그 버릇은 어쩔 수가 없었어요. 쉽게 고쳐지지가 않았어요. 그리고 나도 모르게 발을 구르곤 했어요. 오래전부터 드럼을 연습하고 있거든요. 나는 친구들과 함께 아마추어 밴드를 만들려고 하고 있어요. 물론 식구들한테는 얘기하지 않았지만요. 사실은 오늘이 우리 밴드가 모여 처음으로 연습을 해 보기로 한 날이었는데…… 죄송해요. 딴 얘기를 해서…… 나름대로는 열심히 하고 있어요. 지금의 내게는 훌륭한 밴드를 만드는 일이 가장 중요하죠. 자신이 하는 어떤 일을 통해 능력을 인정받게 됨으로써 스스로를 찾게 되는 것 아닌가요? ……반드시 그런 건 아닌 것 같다고요? 그 말에는 동의할 수가 없군요…… 그런데 형사라는 직업은 어때요? 저한테는 무척 흥미롭게 여겨지는데…… 죄송해요, 지금 그런 관계없는 얘기를 하다니. 하지만 그건 개인적으로 형사를 만나면 꼭 물어보고 싶었던 거예요…… 한데 그날 밤에 아버지는 내가 내는 소리에 대해 아무 말도 하지 않았어요. 그도 그럴 것이 그때 비가 내리기 시작했고, 빗소리에 그 소리가 묻혔으니까요…… 오늘 저녁은 이른 편이군, 잠시 후 아버지가 말했어요. 하지만 아버지의 말은 사실이 아니었어요. 오히려 저녁 식사 시간으로는 늦은 시간이었어요. 하긴 아버지의 말이 맞기도 해요. 아버지는 집에서 저녁을 먹는 경우가 드물었으니까요. 그런데 그때 빗소리 사이로 무슨 소린가 났어요, 희미하게. 하수구 소리였어요. 우리집 하수구는 곧잘 막히곤 했죠. 배관공을 여러 번 불러 수리를 했지만 소용이 없었어요. 워낙 오래된 집이니까요. 하수관들이 모두 녹이 슨 게 틀림없어요. 나는 그 소리에 귀를 기울였어요. 나는 하수구에서 나는 소리가 좋아요. 뭔가를 깊게 빨아들였다가 내뱉는 듯한. 이게 무슨 소리지, 어머니가 말했어요. 아무 소리도 들리지 않는데, 아버지가 말했어요. 아버지는 원래 귀가 좋지 않았으니까요. 하지만 그 소리는 똑똑히 들렸어요. 벽에 구멍을 뚫는 것 같은데요, 누나가

말했어요. 꼭 공원 잔디밭의 스프링클러에서 나는 소리 같
구나, 어머니가 말했어요. 아니, 어쩌면 두 사람의 이야기
가 뒤바뀌었는지도 모르겠어요. 그렇게는 안 들리는데, 아
니, 나한테는 아무 소리도 안 들리는데, 아버지가 말했어
요. 저건 하수구에서 나는 소리예요, 장담할 수 있어요, 내
가 말했어요. 하수구에서 나는 소리로는 약간 이상하게
들리는구나, 여전히 내 귀에는 아무 소리도 들리지 않지
만, 아버지가 말했어요. 그 소리는 계속 이어졌어요. 우리
는 그것이 무슨 소리인가를 놓고 얘기들을 계속했어요. 그
런데 무슨 소리가 난다고 그러는 거야, 아버지가 말했어요.
아버지의 귀에만 그 소리가 들리지 않는 모양이었어요. 잠
시 후 그 소리는 더 커졌어요. 그 소리 때문에 빗소리가 작
게 들렸어요. 하지만 잠시 후 소리가 조금씩 작아졌고, 마
침내는 아무 소리도 들리지 않았어요. 그때서야 나는 그
것이 어쩌면 하수구 소리가 아니었는지도 모른다고 생각
했어요…… 아니, 그건 세탁기에서 나는 소리였는지도 모
르겠어요. 그날 밤 비가 내리기 시작했는데도 어머니는 빨
래를 했던 거예요. 어쩌면 어머니가 빨래를 시작했을 때는
비가 내리기 전이었는지도 모르겠어요…… 어쨌든 대화를
나누는 사이 저녁 식사는 끝이 났어요…… 가족 중 한 사
람의 생일을 축하하는 저녁 식사 시간의 대화로는 약간 이
상했죠…… 평소 우리 가족 사이에는 대화가 거의 없었죠.

아니, 이건 내 생각일 뿐 평소 우리 가족 사이에는 지나칠 정도로 대화가 많던 것 같아요. 그날 저녁처럼요. 그런데 그 대화라는 게 정체를 알 수 없었던 소리에 관한 것처럼, 무슨 얘기를 했는지조차 금세 잊어버리게 되는 것이었죠…… 대화를 통해 서로에 대해 알게 되는 것을 피했죠. 나는 그런 대화를 나누는 식사 시간이 싫었고, 그래서 평소에는 가족과 함께 식사하는 경우가 드물었죠…… 어쨌든 저녁 식사가 끝나고서 우리는 케이크에 초를 꽂고, 불을 붙였고, 생일 축하 노래를 불렀고, 돌아가며 사진을 찍었고, 불을 껐고, 생일을 축하하며 다들 내게 한마디씩 했고, 케이크를 잘랐고, 가족들이 나를 위해 준비한 선물들을 꺼내 놓았어요. 나는 모두에게 고맙다고 말했죠. 하지만 그들이 준비한 선물들은 내게 그다지 필요한 것들이 아니었어요…… 우리는 좀 더 얘기를 나누었고, 잠시 아무말 없이 소파에 앉아 있었어요. 그리고 아버지가 텔레비전을 켰고, 우리는 다 같이 그것을 보았지만 누구도 그다지집중해서 보지는 않았어요. 아니, 꼭 집중을 해야 하는 일처럼 집중하고 보았는지도 몰라요…… 그런데 차츰 빗줄기가 굵어지며 실내로 들이쳤어요. 아버지는 리모컨으로 텔레비전의 볼륨을 좀 더 높였어요. 그러자 어머니는 자리에서 일어나 창가로 갔어요. 창문은 열려 있었어요. 창문을 닫는 대신 어머니는 손을 내밀었어요. 마치 손을 말릴 때

처럼 그 빗줄기에 손을 비비기까지 했어요…… 지금 생각
해 보니 그 순간 어머니는 기쁜 표정을 짓고 있었던 것 같
아요…… 어머니는 비를 좋아했어요. 비가 내리면, 그 소
리를 좋아했죠. 한번은 비가 내리는 날 어머니가 정원에서
들어와, 비에 젖은 나무에서 나는 냄새가 너무 좋더구나,
하고 말한 적이 있어요. 그때 어머니는 비에 흠뻑 젖어 있
었어요…… 그리고 또 한번은, 그때도 비에 젖어 있었어요.
마치 내 몸이 습기를 가득 머금은 공기가 내뿜는 것처럼
느껴지는구나, 하고 기쁜 듯이 말한 적도 있어요…… 네,
어머니는 날씨에 민감했던 것 같아요, 지나칠 정도로요.
좀 더 정확히 말하면, 어머니가 민감하게 반응했던 건 습도
였던 것 같아요…… 마치 습도의 변화에 따라 어머니의 상
태가 달라지기라도 하는 것처럼요. 그래요, 마치 어머니가
편안한 상태로 있을 수 있는 습도와 그렇지 못한 습도가
있는 것 같았어요…… 그런데 그때, 이건 그날 저녁 일이에
요. 어머니가 빨래를 밖에 널어 놓은 것을 깜빡 잊었다며
빨래를 걷으러 밖에 나가려고 했어요. 비가 올 걸 모르고
빨래를 했단 말이오, 아버지가 말했어요. 왜 그랬는지 모
르겠군요, 어머니가 말했어요. 비가 올 걸 알면서도 왜 빨
래를 했는지 모르겠어요. 저렇게 비가 오니 빨래는 그냥
놔두는 게 좋겠소, 아버지가 말했어요. 현관을 나서려다
말고 어머니는 잠시 어쩔 줄 모르고 그대로 서 있다가 다

시 거실로 돌아와 소파에 앉았어요. 내가 왜 이렇게 정신이 없는지, 어머니가 혼잣말처럼 조용히 하는 말이 들렸어요…… 아, 죄송해요. 어느새 나도 모르게 발을 구르고 있었네요…… 그리고 우리는 잠시 빗소리를 들으며 앉아 있었고 조금 있다가 각자의 방으로 갔어요. 어머니는 가족들 모두가 좀 더 같이 시간을 보내기를 바라는 것 같았어요. 이건 지금 떠오른 생각이에요. 하지만 모여서 더 이상 할 얘기도, 할 일도 없었죠. 어쩌면 좀 더 같이 있었다면 더 어색해지기만 했을 거예요. 그리고 이미 그때 아버지는 리모컨을 손에 쥔 채로 잠이 들어 있었어요…… 내가 어머니를 사랑했냐고요? 물론 사랑했죠. 그건 당연한 게 아닌가요? 아니, 물론 꼭 그렇지 않을 수도 있겠죠…… 지금 생각해 보니 내가 생각했던 것 이상으로 어머니를 사랑했던 것 같아요…… 어쨌든 그날 밤 우리는 그렇게 각자 잠자리에 들었어요. 하지만 그날 나는 쉽게 잠을 이루지 못했어요. 눈을 감고 아무리 누워 있어도 잠이 오지 않는 거예요. 나는 책을 꺼내 읽었지만 별로 도움이 되지 않았어요. 다시 자리에 누운 나는 눈을 뜬 채로 천장을 가만히 올려다보았고, 파리가 천장에 다닥다닥 붙어 있는 것을 보았어요. 그것을 보며 나는 도마뱀처럼 혀가 아주 길어져서 파리를 잡아먹는 상상을 했어요…… 그래요, 도마뱀요. 아, 작년에 우리 가족은 열대 지방에 여행을 갔었는데, 그곳 휴양지에서 도마뱀이 파리를 잡아먹는 것을 보았죠. 평소에는 입안 가득히 긴 혀를 머금은 채로 꼼짝 않고 있다가 파리가 지나가면 혀를 날름 내밀어 잡아먹는 거죠. 그런 상상을 하며 잠이 들었죠. 어쩌면 그때 이미 어머니는 스스로 목숨을 끊고 있었는지도 모르겠어요…… 아, 죄송해요. 저한테 전화가 온 모양이네요. 밴드를 같이 하기로 한 친구한테 온 전화일 거예요. 잠시 전화를 받을게요.

그래요, 처음 어머니의 시신을 발견한 건 나였어요. 그날 따라 아침에 일찍 일어났죠. 아침에 해야 할 회사 일이 있었거든요. 평소 습관대로 그날 아침에도 먼저 부엌에 내려가 커피를 만들어 다시 내 방으로 올라왔죠. 나는 커피를 마시면서 컴퓨터를 켰어요. 그때 바깥에 비가 내리고 있다는 사실을 깨달았어요. 나는 밖을 내다보았죠. 조금씩 날이 밝아 오고 있었죠. 그러다 다시 컴퓨터로 눈을 돌렸어요. 그런데 뭔가 이상한 것이 있다는 것을 깨달았고, 그래서 다시 창밖으로 고개를 돌렸죠. 그러고는 그것을 본 거예요. 뭔가가 사과나무 가지에 매달려 있는 거예요…… 이렇게 울어서 죄송해요…… 그게 뭔지 똑똑히 볼 수 있었어요. 어머니의 얼굴이 내 쪽을 향하고 있었으니까요. 아니, 그보다도 어머니가 입고 있는 옷을 보고 그것이 누구인지 알 수 있었죠. 하지만 나는 소리를 지를 수도, 몸을 움직일 수도 없었어요⋯⋯ 조금 후 가까스로 소리를 지를 수 있었어요⋯⋯ 나도 모르게 침을 꿀꺽 삼킨 후에야 그럴 수 있었어요⋯⋯ 그 순간 숨이 멎었던 것 같아요. 그 순간 나는 숨을 멎게 만드는, 그리고 숨을 멈춘 채로만 바라볼 수 있는 광경을 바라보고 있었으니까요. 그래요, 침을 삼킨 일이 분명하게 기억나요. 우습게 들릴 수도 있지만, 어머니의 모습을 보며 침을 꿀꺽 삼킨 후 소리를 지를 수 있었고, 그 소리에 정신을 차리게 되었거든요⋯⋯ 지금도 내가 지른 비명 소리가 이 집 안에서 울리고 있는 것 같아요⋯⋯ 조금 있다 동생이, 그 다음에는 아버지가 내 방으로 뛰어들어왔죠. 나는 간신히 창밖을 손가락으로 가리킬 수 있었을 뿐이에요⋯⋯ 다음에 무슨 일이 있었는지는 잘 모르겠어요. 그 순간 나는 정신을 잃었으니까요⋯⋯ 죄송해요. 어쩔 수가 없네요. 눈물을 참으려 해도 어쩔 수 없어요⋯⋯ 정말로 어머니가 그런 일을 저지르리라고는 누구도 생각지 못했을 거예요. 어떤 암시도 징조도 보이지 않았으니까요⋯⋯ 장마가 끝난 다음 우리 가족은 휴가 여행을 갈 작정이었는데, 여행지를 결정한 것도 어머니였죠⋯⋯ 어머니는 작년에 우리가 갔던 열대 섬 말고 지도에서 다른 열대 섬을 찾아보자고 했고, 우리 모두 그 계획에 찬성했어요⋯⋯ 그래요, 그게 우리가 작년에 열대 지방으로 여행을 갔을 때 찍은 사진이에요⋯⋯ 잠깐만요. 사진 속에서 어머니는 무척 환한 웃음을 짓고 있네요. 평소에는 좀체로 구경할 수가 없었던 웃음이에요. 그래서 어쩐지 어머니의 웃음이 아닌 것만 같네요…… 아, 그렇다고 어머니가 평소에 전혀 웃지 않았다는 얘기는 아니에요. 단지 사진 속의 웃음이 조금 낯설어 보인다는 것뿐이에요…… 그리고 그건 어느 여름 우리 가족이 바닷가에 갔다가 돌아오는 길에 찍은 사진이에요…… 네, 뒷모습만 보이는 사람이 어머니예요. 아버지가 운전을 하고 있었는데 중간에 어머니가 갑자기 차를 세워 보라고 했어요. 그러곤 차에서 내렸어요. 무슨 볼일이 있었던 건 아니에요…… 네, 맞아요. 어머니 뒤로는 태풍에 쓰러진 옥수수밭이 드넓게 펼쳐져 있어요. 어머니는 한참 동안 꼼짝도 않고 그 옥수수밭을 바라보았어요. 마치 옥수수밭이 어머니를 그렇게 만들기라도 하는 것처럼요. 아버지가 차창 밖으로, 뭘 그렇게 바라보고 있냐고 하자, 어머니는, 아무것도 아니에요, 하고 말했어요. 하지만 어머니가 보고 있는 것은 아무것도 아닌 게 아니었어요. 나 또한 그것을 바라보았고, 그리고 느꼈어요. 넓은 들판에 펼쳐져 있는 푸른색의 공간은 이상하게도 사람을 압도하는 어떤 힘을 갖고 있었어요…… 그것을 보고 있자 나도 문득, 쓰러져 있는 옥수수밭 위에 쓰러지고 싶은 충동을 느꼈어요. 아마 어머니도 그 순간 그런 느낌에, 또는 그 비슷한 느낌에 빠졌을 거예요. 다시 차에 탄 어머니는, 이

제 됐다고 말했어요. 아버지가 뭐가 됐다는 말이냐고 물었
지만 어머니는 그냥 미소만 지었어요. 그리고 조금 후 어머
니는 혼잣말처럼, 이상하게도 옥수수밭을 보면 무서운 느
낌이 들면서도 마음이 끌려요, 하고 말했어요. 그건 왜, 하
고 아버지가 물었어요. 어린 시절 어느 여름에 시골의 할머
니 댁에 갔을 때였어요, 하고 어머니가 말했어요. 그 마을
에는 넓은 옥수수밭이 있었는데, 동네 아이들과 함께 술래
잡기를 하다가 우연히 그 속에 들어가게 되었어요. 내 키보
다 더 높이 자란 옥수수대들 사이를 뚫고 달려가는 게 너
무 즐거웠어요. 그리고 그 안에서는 잡힐 염려가 없었죠.
그래서 계속 안쪽으로 들어갔고, 어느 지점에 멈춰 섰어
요. 그런데 내가 서 있는 발 밑에, 고랑 속에, 흙이 묻은 하
얀 목장갑과 찢겨진 장화와 녹슨 낫이 널브러져 있었어요.
그것을 발견하고는 몸이 얼어붙는 공포를 느꼈고, 꼼짝도
할 수가 없었죠. 그건 단지 일꾼들이 아무렇게나 버린 물
건들에 지나지 않았고, 그곳에서 무슨 끔찍한 일이 벌어졌
던 것도 아닌데, 그 물건들이 거기 옥수수밭 속에 놓여 있
음으로 해서 공포스러운 물건들이 되어 버린 거였죠. 얘기
를 마친 어머니는 미소를 지었어요. 우리는 아무 말도 못
하고, 가만히 어머니를 쳐다보기만 했죠…… 이 사진은 어
머니가 뒤돌아 선 채로 쓰러진 옥수수밭을 바라보고 있는
모습을 아버지가 찍은 거죠…… 그리고 우리는 다시 출발

했어요. 그런데 조금 후 이번에는 아버지가 차를 세웠어요. 길가에 삶은 옥수수를 파는 곳이 있었거든요. 아버지는 창밖으로 얼굴을 내밀어 삶은 옥수수 네 개를 샀어요. 우리는 옥수수를 하나씩 들고 먹었지만 어머니는 먹지 않았어요. 옥수수를 보면 꼭 누군가가 이빨을 드러내고 웃고 있는 것 같단 말이야, 옥수수를 먹으며 아버지가 말했어요. 아버지는 옥수수를 무척 빨리 먹었고, 어머니의 몫까지 마저 먹었어요. 우리는 다시 출발했고, 어머니는 계속 더 이상 옥수수밭은 보이지 않는 바깥을 아무 말 없이, 꼼짝도 않고 내다보고 있었어요. 그때 문득 나는 우리 모두가 어머니에게 어떤 나쁜 짓을 저지른 것만 같은 느낌이 들었지만 그건 그저 내 느낌일 뿐이라고 생각했어요…… 그래요, 그건 그날, 동생의 생일날 찍은 사진이에요. 폴라로이드 카메라로 찍느라 서로 돌아가며 찍어서 사진 속에 모두가 나올 수가 없었죠…… 사진을 찍자고 제안한 건 어머니였죠. 그날 사진을 찍으면서 약간의 해프닝이랄 수 있는 사건이 있었죠. 우리 집 고양이도 함께 찍으려 했는데 고양이가 가만있으려 하질 않았죠…… 사진 속에서 사람들이 약간 움직이는 듯한 느낌을 주는 건 고양이를 가만있게 하느라 그런 걸 거예요…… 그것들은 옛날 가족사진들이네요. 그 사진들에서는 고양이가 항상 초점의 중심이 되었죠. 가족사진을 찍을 때면 고양이를 빼놓지 않았죠. 그리고 고양이가 사진을 찍는 데 도움이 되기도 했어요. 고양이를 먼저 세우고 나면 우리는 그것을 중심으로 쉽게 자리를 잡을 수 있었죠. 우리 가족사진에는 거의 예외 없이 고양이가 등장하죠. 가족의 일원처럼요…… 어머니에게서 이상했던 점요? ……그래요, 생각나요. 며칠 전 일요일이었어요. 내가 오후에 낮잠을 자다가 눈을 떴을 때였어요. 어쩌면 그 소리에 눈을 떴는지도 모르겠어요. 아래층에서 그릇들이 부딪히는 소리가 그날따라 요란하게, 그리고 아주 오랫동안 들려왔어요. 어머니가 설거지를 하고 있는 게 분명했어요. 하지만 약간 이상하게 느껴졌어요. 어머니는 식기들을 그때그때 씻어서 설거지 거리가 쌓이는 일은 없었거든요. 나는 내려가 볼까 하다가 그만두고, 대신 음악을 틀었어요. 하지만 그 소리는 그치지 않았어요. 그래서 나는 음악의 볼륨을 높였죠. 그러고는 천천히 일어나 밖을 내다보았어요. 정원에는 아버지가 나와 있었어요. 무슨 이유에서인지, 처음 와 보는 이웃처럼 우리 집을 둘러보고 있었어요. 나중에 안 것이지만 그때 아버지는 집을 무슨 색으로 다시 칠할까 연구하고 있었던 거예요. 나는 잠시 우리 집을 둘러보는 아버지를 바라보고 있었죠. 그런데 그때 부엌에서 뭔가가 깨지는 소리가, 요란한 소리가 들려왔어요…… 내가 달려 내려갔을 때 어머니는 뭔가에 베인 듯 손가락에 피를 흘리고 있었어요. 어떻게 된 일이냐고 묻자 어머니는 그냥 그릇이 깨지면서 베였다고만 했어요…… 어머니는 종종 그렇게 부엌일을 하다가 가벼운 상처를 입곤 했어요…… 가끔 어머니가 넋이 나간 사람처럼 보일 때가 있었어요. 이건 내가 언젠가 저녁에 집에 돌아왔을 때의 일이에요. 집에서 아무런 인기척이 느껴지지 않았어요. 나는 부엌으로 갔어요. 하지만 부엌에는 불이 켜져 있지 않아 어두웠어요. 나는 그냥 나오려다가 뭔가 희미한 형체가 어둠 속에 있는 것을 보았죠. 어머니였는데, 꼭 정신이 나간 사람처럼 꼼짝 않고 서 있었어요. 내가 불렀지만 어머니는 아무 대답도 하지 않았어요. 가까이 다가가서 보니 어머니가 어둠 속에서 무를 썰고 있더군요. 아니, 무는 반쯤 썰려 있었고, 어머니는 그렇게 한 손에는 칼을, 다른 한 손에는 반이 썰려 나간 무를 쥐고 멈춰 있었어요. 불을 켰더니 도마 위로 피가 흐르면서 무채를 붉게 물들이고 있더라고요. 나의 놀라움은 거기서 그치지 않았어요. 어머니가 호피 무늬의 벨벳 원피스를 있고 입는 걸 보고는 아연했죠. 외출할 때나 입을 만한 옷이지 집 안에서 입기에는 어울리지 않는 옷이죠. 아니 그보다도 어머니한테는 도무지 어울리지 않는 옷이었죠. 평소 어머니의 차림을 생각한다면 아주 낯설게 보이는 옷이었죠. 게다가 그것은 어머니가 오래전 입었던 적이 있지만, 나는 그것을 본 기억이 없거나, 아니면 한 번도 꺼내 입은 적이 없는 것이고, 살이 찐 어머니에게는 너무 작았어요. 살 때문에 옷은 터질 듯했어요. 그리고 어쩌면 당연한 일이지만 어머니가 숨도 쉬기 어려워하는 것을 눈치챘죠. 아무 말도 할 수 없었어요. 너무도 기이한 장면이었으니까요…… 그래요, 그건 어머니가 죽던 순간에 입고 있던 옷이기도 해요…… 하지만 어머니가 이상하다고 생각했던 건 그때뿐이었어요…… 아니, 지금 생각해 보니 어머니는 항상 어딘가가 이상했던 것 같아요. 어머니는 항상 생각이 딴 데 가 있었던 것 같아요. 특히 비가 내릴 때면 더 얼이 빠져 있는 것 같았어요…… 한번은 비 오는 날 어머니가 비에 흠뻑 젖은 채로 시장에 다녀온 일이 있었어요. 어떻게 된 일이냐고 묻자 우산을 갖고 나가는 것을 잊었다고 했어요. 하지만 그날엔 어머니가 외출하기 전부터 비가 왔고, 우산을 안 갖고 나가거나, 우산을 어디서 잃어버렸을 리도 없었어요. 시장은 집에서 가까운 곳에 있으니까요. 일부러 비를 맞았던 게 틀림없어요…… 그런데 어머니가 택한 자살 방식이 나로서는 도무지 납득이 가지 않아요…… 어머니가 목을 맨 사과나무는 아버지가 이 집에 이사를 오면서 심은 건데 이제는 나이가 들어 사과도 열리지 않아요. 아니 봄이 되면 싹을 틔워 열매를 맺긴 했지만 가을까지 붙어 있는 법은 없었죠…… 어머니는 그 아래에 삐걱거리는 의자를 놓고 올라가 미리 매어 둔 줄에 자신의 목을 맸던 거예요. 그리고 어머니가 목을 매는 데 사용한 줄은 고양이를 묶어 놓았던 줄이에요. 아, 그 고양이는 오래전에 죽었는데, 어머니가 유난히 아끼던 것이었죠. 그런데 그 고양이도 스스로 목숨을 끊었어요. 고양이가 자살을 한다는 게 믿기세요? 하지만 그런 일이 실제로 있었다니까요. 그것도 가장 가혹한 방법으로. 아예 먹지를 않은 거예요. 이유는 알 수 없었어요. 어쩌면 아무 것도 먹을 수 없는 병에 걸렸는지도 모르겠어요. 하지만 동물 병원에서도 정확한 원인을 밝혀내지 못했죠. 그 후 아버지는 어머니를 위로하기 위해 이번에는 고양이 대신 강아지를 키우는 게 어떻겠냐고 했지만 어머니는 싫다고 했어요. 그래서 결국 아버지는 다른 고양이를 들여왔죠. 하지만 어머니는 그 고양이를 좋아하지 않았어요. 그리고 고양이도 어머니를 싫어했던 것 같아요. 가끔 집에 돌아왔 을 때 그사이 무슨 일이 있었는지, 어머니의 팔에 고양이 가 할퀸 상처가 남아 있곤 했죠. 하지만 어머니는 그 고양 이를 없애자고는 하지 않았어요. 그렇게 어머니는 자신의 생각을 거의 표현하는 법이 없었어요…… 아니, 자신에 관 련된 얘기는 거의 안 했지만, 가끔은 관련이 없어 보이는 생각들을, 특히 꿈 얘기를 하곤 했어요. 언젠가 한번은 자 신이 꾼 꿈을 이렇게 얘기했어요. 빨래를 해서 바깥 정원 에 있는 빨랫줄에 걸어 놓은 다음 집 안으로 들어왔는데 그사이 빨래가 다 날아가 버렸더구나. 분명히 집게로 집어

놓았는데도. 그래서 밖에 나가 다시 빨래를 걸어 놓았지. 그런데 집 안에 들어오자마자 또 날아가 버렸어. 그렇게 아무리 집게로 집어 놓아도 집 안에 들어오기만 하면 빨래가 날아가 버리더구나. 그 얘기를 하면서 그것이 재미있는 꿈이라도 되는 듯 희미하게 웃음을 지었어요······ 그때의 웃음이 기억나요. 그래요, 그 순간에도 그랬지만 어머니의 웃음은 항상 희미했어요. 감정이 실리지 않은, 안면 근육의 미약한 움직임이 만든 덧없는 형태 같은 것이었죠······ 어쩌면 어머니의 웃음은 어머니의 상태를, 존재를 드러내 주는 하나의 표식과도 같았던 것 같아요······ 그리고 지금 든 생각이지만, 조용히 소파에, 또는 정원의 의자에 앉아 있는 어머니의 형체는 실루엣처럼 입체감이 없는 그림자 같았어요······ 그것은 어쩐지, 곤충이 벗어 던진, 이제 오래되어 곧 부서질 것만 같은 허물처럼 보였어요. 그리고 그 허물은 아무것도 느끼지 못하는 빈 껍데기일 뿐이었죠. 어머니는 그렇게, 너무도 조용히 앉아 있었고, 그래서 자신이 그렇게 조용히 앉아 있다는 사실조차 잊어버린 것처럼 보였어요. 실제로 어머니는 그 순간 무슨 생각을 한다기보다는 멍하니 있거나, 그것도 아니면, 그냥 막연하게 앉아 있었던 것 같아요. 언젠가 한번, 내가 의자에 조용히 앉아 있는 어머니 옆에 다가갔을 때, 한참이 지나고 나서야 내가 옆에 있는 것을 깨닫고 나를 바라보았고, 무슨 생각을 하고 있었냐고 묻자, 아무 생각도 하지 않았다고 말했어요. 하지만 조금 있다가 어머니는 조용히, 어떤 이상한 것이 내 자리를 차지하고 있는 것만 같아, 내 자리가 그 뭔가에 뺏겨 없어진 것만 같아, 하고 말하는 것이었어요…… 또한 어머니의 시선은 뭔가에 고정되어 있었지만 실제로 뭔가를 보고 있었던 건 아닌 것 같아요. 어쩌면 어머니의 시선에도 뭔가가 비쳤지만 그것은 어머니의 망막에 맺혀 어떤 상도 이루지 못하고 투과되어 사라지는 것처럼 보였어요…… 어쩌면 어머니는 죽음을 예상했을 뿐만 아니라 기대한 것 같기도 해요…… 아마도 그렇게 의자 위에 꼼짝 않고 앉은 채로 자신의 상황을 받아들이는 동시에 자신에게 일어날 일을 기정사실로 만든 것 같아요. 그리고 자살로 사실이 된 거죠…… 얼마 전 어머니가 들려준 꿈 얘기가 기억나요. 학교 같은 어떤 실내에서 창문을 통해 바깥을 내다보고 있었다고 해요. 그런데 저녁이 되어 텅 빈 운동장에 어린 소녀가 둥근 구름사다리 위를 걷고 있는 게 눈에 들어왔대요. 구름사다리는 아주 높고 길었고, 소녀는 마치 무심히 땅 위를 걷듯 그 위를 걷고 있었다는 거예요. 어머니는 그 소녀가 떨어질지도 모른다는 생각에 창문을 열고 소리를 질렀지만 소녀는 아무 소리도 듣지 못했어요. 당황한 어머니는 소녀를 구해야겠다는 생각에 창틀 위로 올라섰고, 그러다가 몸이 휘청하며 아래로 떨어지면서 눈

을 뜬 거예요…… 지금 든 생각이지만 그 소녀는 어머니 의
식 속에 비친 어머니 자신이었던 것 같아요…… 그러고 보
니 어머니가 죽기 전, 정확히 어떤 순간인지는 기억할 수
없는 어떤 순간, 아주 짧은 어떤 순간에 어머니의 얼굴에
서 어떤 결의 같은 것이 스쳐 지나가는 것을 본 것 같기도
해요. 어떤 망설임과 뒤섞인 결의가요. 보는 사람을 흠칫
놀라게 하는, 동시에 누군가가 자신을 보고 있다는 것을
알고는 어머니도 흠칫 놀라는…… 하지만 나는 한번도 그
것에 대해 심각하게 생각해 본 적은 없었던 것 같아요……
어떻게 내가 그렇게 무심할 수 있었는지 모르겠어요……
아뇨, 나의 이 자책은 당연한 거예요. 지금 이 자리에서 이
렇게 말하는 건 뻔뻔스러운 것일 수도 있겠지만요…… 어
머니는 가족 가운데에서도 나를 가장 가깝게 생각했던 것
같아요…… 물론 우리가 속내를 터놓고 대화를 나눈 적은
없어요. 어느 시기 이후로 우리는 그러기에는 적절하지 못
한 상대가 되어 버렸죠. 다만 속내를 털어놓으며 얘기해야
할 정도로 심각한 일이 서로에게 일어나지 않기를 기대할
수밖에 없는 사이가 되어 버린 거죠…… 그래요, 나 때문
에 어머니가 속이 상했던 적도 있죠. 내가 대학 시절 사귄
남자친구와 잠자리를 같이 한 후 임신을 했고, 어떻게 하
다 그 사실을 어머니가 알게 된 적이 있었죠. 물론 나는 수
술을 했고, 그 친구와의 관계도 끝이 났죠. 하지만 그것 말

고는 내가 특별히 어머니의 마음을 상하게 한 적은 없었어요…… 아, 이 사실을 아버지한테는 말하지 말아 줘요. 아버지는 모르고 있으니까요…… 평소에 어머니와 될 수 있는 한 많은 대화를 나누려고 했지만 쉽지는 않았어요. 그다지 할 말도 없었고, 나 또한 직장 일 때문에 시간이 별로 많지 않았으니까요…… 사실 우리 가족 사이에는 평소에도 대화가 부족했죠. 그날 저녁에도 마찬가지였지만, 우리가족이 모처럼 자리를 같이 할 때면 각자의 하루에 대한 시시한 이야기들을 열심히 하곤 했어요. 지나칠 정도로 열심히요. 마치 각자의 생활과 삶에 대한 깊이 있는 얘기를 그날 하루에 관한 이야기로 미리 막기라도 하는 것처럼요…… 그런데 그날 저녁 식사를 끝낸 후 우리가 거실 소파에 앉았을 때 어머니는 주말 농장 같은 걸 하는 건 어떻겠냐고 말했어요. 텔레비전에서 그런 사람들을 보았는데 보기 좋더라고 말했어요. 어머니는 계속 얘기했지만 누구도 그다지 귀담아듣지도, 그 얘기에 찬성이나 반대를 표하지도 않았어요. 그런데도 어머니는 계속 얘기를 했어요. 동생과 아버지가 각자 다른 얘기를 하고 있었어요. 아버지는 새로 집을 칠하려 하는데 파란색이 어때, 하고 말했고, 동생은 친구들과 함께 배낭여행을 가고 싶다고 말하고 있었어요. 나는 나만의 생각에 빠져 있었죠. 그런데도 어머니는 계속 그 얘기를 했어요…… 어쩌면 어머니는 자신이 하는 이야기를 어디에서 끝내야 좋을지 몰라서 그랬을 수도 있다는 생각이 들어요······ 어쩌면 그런 식으로 우리는 서로에게 할 아무런 이야기도, 서로에게서 들을 아무런 이야기도 없는데도 그 사실을 인정하지 않으려고 끊임없이 무슨 얘기든 했던 것 같아요······ 사실 가족간의 대화란 형식적일 수밖에 없지 않아요? 내 말은, 그것이 진지한 경우에도 형식적일 수밖에 없다는 거죠. 가족간의 대화에서는 솔직한 것도 그다지 도움이 못 되는 것 같아요. 여기서 솔직함은 오히려 서로에게 상처가 되기 쉽죠······ 모르겠어요, 우리가 서 있는, 그 무엇으로부터도 보호받아야 하며, 보호받을 수 있다고 생각하는 가족이라는 토대는 그 자체가 너무도 취약했는지도 모르겠어요. 어쩌면 가족이라는 이름을 둘러싼 이 온순한, 지독한 거짓이 우리 가족을 떠받치고 있었던 거예요······ 우리 가족을 둘러싼 이상한 무감각 같은 게 느껴지지 않아요? 어쩌면 그런 게 가족이라는 것인지도 모르죠······ 내가 잘못 생각하고 있는 게 아니냐고요? 그럴 수도 있겠죠······ 하지만 나로서는 달리 생각할수가 없군요······ 더 할 말이 없냐고요? 어쩐지 나는 이 집안에서 이런 일이 일어날 걸 알고 있었다는 생각이 들어요. 물론 그 일이 이런 식으로 일어나게 될 줄은 꿈에도 생각지 못했지만요······ 모르겠어요······ 그런데 잠깐만요. 그런데 왜 어머니는 전혀 어울리지 않는, 어쩌면 자기가 가진 옷 중 가장 어울리지 않는 옷을 입고 죽어 간 걸까요? 지금 생각해도, 그 옷을 입고 있는 어머니를 떠올리면 몸이 떨려요…… 가만, 어머니가 그 옷을 입은 건 아끼던 죽은 고양이와 관계가 있는 건 아닐까요? 근거 없는 생각일 테지만 갑자기 그런 생각이 드는군요…… 재미있는 추리라고요? 이렇게 웃다니 죄송해요…… 그래요, 우리 가족도 유서를 발견하지 못했어요. 어쩌면 유서를 남기지 않은 건 어머니답다는 생각이 들어요…… 이유요? 잘 모르겠어요. 어쨌든 어머니는 죽음을 이해하는 데 도움이 되는 어떤 것도 남기지 않았는데, 그러기를 바랐던 것 같아요. 어쩌면 어머니로서도 알 수 없었던 어떤 상황에서 죽었고 또 살아왔던 것 같아요. 그리고 달리 생각해 보니 목을 매고 죽은 것도 어머니다운 행동이라는 생각이 들어요…… 어떻게 그런 생각을 하게 되었냐고요? 모르겠어요. 어머니가 죽은 후 그 죽음에 대해 생각해 보다가 들게 된 생각이에요…… 자살을 결심한 사람은 자신도 의식하지 못하는 사이에 자신에게 가장 어울리는 자살 방식을 택하는 것 같아요…… 아, 물론 개인적으로 아는 사람이 자살한 경우는 없어요. 영화나 소설에서 보면 그렇다는 거예요. 그리고 그건 어머니의 경우에도 마찬가지였을 거예요. 어머니가 택한 자살 방식, 그건 어쩐지 자신을 쉽게 드러내지 못하는, 그래도 내면은 서정적인 사람이 자연스럽게 택하는 죽음의 방식

인 것 같아요. 스스로 목을 매다는 행위에는 자신의 육체
가 비록 숨이 멎은 상태라도 어떤 강렬함을 발산하기를 바
라는 기대가 깔려 있는 것 같아요. 그래, 나는 여기 이렇게,
시체로나마 버젓이 존재한다는 무언의 메시지를 담고 있
는 것이죠. 그리고 다른 한편으로는 생전에는 그렇지 못했
던 자아의 응집력에 대한 욕망을 표현하는 거죠…… 어떻
게 이런 생각까지 하게 되었냐고요? ……어머니의 죽음으
로 인해 어머니에 대해서뿐만 아니라 죽음에 대해서도 많
은 생각을 하게 된 것 같아요…… 그리고 이건 좀 다른 얘
기지만 어머니가 목을 매고 있는 모습은, 지금 생각해 보
니, 어쩐지 부자연스럽게 여겨져요…… 어쩌면 어머니의
삶 자체가 그랬는지도 모르겠어요. 어머니는 삶이 고통스
럽다거나, 무의미하다기보다는 단지 부자연스럽게 느꼈는
지도 모르겠어요…… 실제로 그날 아침 내가 정신을 차리
고 정원에 나가 계속 내리는 비에 완전히 젖은, 여전히 나
무에 매달려 있는 어머니를 보았을 때 받은 인상도 그랬던
것 같아요. 빗물이 흘러내리는 어머니의 얼굴에는 이상하
게도 어떤 고뇌의 흔적도 보이지 않았어요. 마치 모든 것
이 빗물에 씻겨 버린 듯. 그런데 그 순간 내 시선을 붙든
건 어머니의 얼굴이 아니라 어머니의 발이었어요…… 그
호피 무늬 원피스를 입고 있었는데, 언제 그 옷으로 갈아
입었는지 모르겠어요, 그 전날 밤만 해도 다른 옷을 입고

있었거든요. 그 옷은 살갗처럼 어머니의 몸에 밀착해 있었어요. 그 옷 아래쪽으로 맨발이 드러나 있었죠…… 그런데 지금 문득 든 생각이지만, 축 늘어져 있는 그 발이야말로 다른 사람들로서는 알 수 없는, 어머니가 끝내 숨긴 어머니만의 어떤 고뇌의 흔적처럼 느껴져요…… 이런 말을 하는 제가 이상해 보일 수도 있겠지만, 그 맨발은 다소 우스꽝스럽게 보이기도 했어요. 그도 그럴 것이 발톱에 파란색 매니큐어가 칠해져 있었거든요. 어머니의 나이를, 그리고 평소에 우리 가족에게 보인 모습을 생각하면 발톱에 그런 매니큐어를 칠했다는 게 도무지 어울리지 않는 일이었죠. 그건 정말이지 기이하고도 우스꽝스러운 모습이었어요…… 기이한 만큼 우스꽝스러운 모습이었죠…… 지금도 그 모습을 떠올리면 그런 느낌이 드는 것을 어쩔 수가 없어요……어떤 사실 자체는 비극 또는 비극에 가깝지만 그것에 대한 표현은 희극 또는 희극의 모습을 통해서만 찾을 수 있는 일이 있잖아요. 어머니의 그 이상한 죽음의 모습이 꼭 그렇게 느껴져요…… 더 할 말은 없냐고요? ……특별히 할 말은 없는 것 같아요…… 아, 참, 그런데 이상하게도 자꾸만 어머니가 입고 있던 그 호피 무늬 옷이 머릿속에서 지워지지가 않아요. 이제는 그 옷이 아닌, 다른 옷을 입은 어머니를 떠올릴 수가 없을 정도예요. 그 옷을 통해서만 어머니를 떠올릴 수 있을 정도로요. 그 옷은 어머니가 드러내지 못한 어떤 애매하고도 복잡한 감정을 표현하는 것처럼 여겨져요. 어머니의 감정은 그 옷으로 표현되었지만 그 이해할 수 없는 옷만큼이나 파악하기 어려운 것 같아요. 그렇게 생각하면 그 순간 어머니에게는 그 옷만큼 어울리는 옷도 없었던 것 같아요…… 이 사건은 이미 종결지어졌다고요? 그렇겠죠. 타살의 의혹은 조금도 없는, 어느 가족에게서나 일어날 수 있는 사소하고 불행한 우발적인 사건에 지나지 않을 테니까요. 이 사건도 경찰서의 문서 보관함에 종결 처리된, 약간의 의문점은 있지만 사건의 정황으로 미루어볼 때 문제 될 것이 없는 사건을 기록한 서류로 분류되겠죠? ……그렇지만 나는, 우리 남은 가족은 어떻게……, 어떻게……, 어떻게 해야 하는 거죠? ……네, 나는 괜찮은 것 같아요…… 아뇨, 더 이상 할 말은 없는 것 같아요…… 아니, 한 가지 궁금한 게 있어요. 엉뚱한 얘기일 수도 있지만, 왜 많은 동물들 가운데서도 거의 유일하게 호랑이 가죽 무늬를 모방한 옷만 있는 걸까요? ……괜히 쓸데없는 얘기를 했군요……

꿈

내가 지도상의 작은 점으로 표시된 그 작은 섬에 도착한 것은 거의 저녁 무렵이었다. 배는 아침 일찍 육지의 항구에서 출발했지만 워낙 거리가 멀었기 때문이었다. 파도가 제법 심했고, 중간에 뱃멀미를 해서 섬에 이르렀을 때에는 녹초가 되어 있었다. 나는 거의 들것에 실려 옮겨져야 할 정도였지만 누구도 도와주지 않았고, 그래서 비틀거리는 걸음으로 배에서 내려야 했다. 작은 항구에는 사람들의 모습은 거의 찾아볼 수 없었고 이상할 정도로 많은 갈매기들만이 어지럽게 날아다니고 있었는데 그 광경을 보자 진정되려던 뱃멀미가 다시 재발하는 것 같았다.

나는 항구에서 조금 떨어진 곳에 있는, 그 일대에서는 유일한 듯한 여관에 들어갔다. 하지만 여관에는 아무도 없었다. 카운터 앞으로 가 그 위에 놓인 작은 벨을 눌렀지만 아무도 나타나지 않았다. 그때 어디에선가 코를 고는 소리가 나지막하게 들렸다. 주위를 둘러보았지만 아무도 없었다. 나는 카운터를 세게 두 번 두드렸다. 그때 카운터 뒤에서 누군가가 일어서 고개를 들었다. 키가 아주 작은 누군가가 그곳에 서 있었다. 카운터 너머로 몸을 기울여 그 아래를 내려다보니 난쟁이 한 명이 서 있었다. 난쟁이는 눈을 비비며 등받이가 없는 둥근 의자 위로, 마치 담을 타 넘듯이 힘들게 — 나는 하마터면 카운터 너머로 몸을 기울여 그가 의자 위로 올라오는 것을 도울 뻔했다 — 올라왔다.

난쟁이는 잠이 덜 깬 듯 게슴츠레한 눈으로 나를 쳐다보았고, 나는 그의 흐릿한 시야 속에 좀 더 분명하게 자리를 잡기 위해 그의 앞으로 몸을 기울였다. 난쟁이라면 대개 사랑스럽기 마련인데 그는 왠지 보기 흉했다. 그에게는 골골이 추한 것만으로는 설명할 수 없는, 뭔가 거부감을 일으키는 구석이 있었다. 그에게 방이 있는지 물었다. 방이 있는지는 확인을 해 봐야 알겠는데요, 이유 없이 히죽히죽 웃으며 그가 말했다. 그는 숙박계를 펼쳐 넘기기 시작했다. 하지만 숙박계에는 아무것도 기입되어 있지 않았다.

이 녀석이 어디에 있다가 또 왔지, 어디에서 나타났는지 한 여자가 모습을 드러내며 말했다. 내쫓자마자, 내쫓기도 전에 다시 나타난단 말이야. 그녀는 빗자루를 휘둘러 난쟁이를 내쫓았다. 하지만 난쟁이는 항상 있는 일이라도 되는 듯 아무렇지 않게 뒤를 돌아보며 웃음을 터뜨리면서 달아나가다가, 나를 향해, 내가 이 섬을 안내해 줄 수도 있죠, 보다시피 내가 키는 작지만 이 섬에 관해서라면 그 누구보다도 잘 아니까, 하고 소리쳤다. 그리고 마지막으로 말하는데 이 섬에는 조심해야 할 것들이 있어요, 그렇게 말하며 그는 여관 밖으로 나갔다. 저놈의 난쟁이는 자기가 있어야할 곳은 수풀 속이나 어두운 골목 안이라는 것을 곧잘 잊어버린단 말이야, 주인 여자가 말했다.

주인 여자는 나를 반기는 기색이 아니었다. 나를 머리끝에서부터 발끝까지, 마치 내게 있을 수도 있는 신체적인 결함을 찾기라도 하듯 훑어보았다. 나는 내 몸에 아무런 하자가 없다는 것을 확인시켜 주기라도 하듯 가만히 서 있었다. 며칠이 가도 손님 하나 없을 것 같은 여관에 뜻하지 않게 찾아온 손님에 기뻐해야 할 텐데도 주인 여자는 도리어 몹시 불쾌하다는 듯 갖은 인상을 썼다. 그것은 내가 이후 그 섬사람들을 상대하며 짐짓 감탄하며 내뱉은, 기가 막힐 노릇이군, 이라는 말이 튀어나오게 한 최초의 상황이었다. 나는 돈을 지불했고, 그녀는 내게 방을 안내했다. 앞서 걸어가는 그녀의 몸에서는 오랫동안 빨지 않은 옷에서 나는 시큼한 냄새가 풍겼다.

방 안에 들어선 나는 몹시 피곤했음에도 불구하고 이

전에도 낯선 여행지에서 늘 그랬듯이 그곳이 내가 여행하는 지방의 어디쯤에 있는 곳인지 정확히 알지 못하는 상태에서 벽에 나른하게 몸을 기댄 채로 내가 사는 집에서 들을 수 있는 것과는 다른 소음들에 귀를 기울이며 그 조용하고 막막한 순간에 잠시 나를 맡긴 후에야 잠자리에 들었다. 하지만 쉽게 잠이 들지는 못했다. 그날 밤은 휴식을 원하며 감은 눈 위로 부드러우며 미지근한 공기가 스치는, 주위의 고요함에 희미해져 가는 의식을 내맡길 수 있는 너그러운 밤이 아니었다. 가만있어도 땀이 흘렀고, 어디선가 알 수 없는 소음이 들려왔다. 나는 귀를 기울였다. 멀리서 확실치는 않지만 돼지의 울음소리 같은 소리가 들려왔다. 그리고 가까이서 그것과 다른 소리도 들려왔고, 무슨 소리일까 궁금해하고 있는 순간 개구리 한 마리가 침대 아래에서 나와 잠시 방바닥에 가만히 있었다. 울지는 않았지만 그것이 소리를 내서 울 때처럼 목 아래, 사람의 목젖에 해당되는 부분이 달싹거리고 있었다. 잠시 후 내가 그 개구리 위로 몸을 숙이자 벽을 기어오르려고 애썼다. 하지만 그 시도는 번번이 실패로 끝났고, 결국 내가 그것을 집어 들어 창밖으로 내던져야 했다. 그래도 개구리의 울음소리가, 그것도 방 안에서 다시 들렸다. 조금 후 침대 아래에서 개구리 한 마리가 또 나왔고, 그것도 밖으로 나가려고 애를 썼지만 소용이 없었다. 이번에는 문을 열어 주었다. 개구리는 방 안 여기저기를 헤매고 다니다가 결국 문으로 나갔다. 어쩐지 개구리는 창문이 아니라 복도에서 들어온 것 같았다. 아니면 누군가가 일부러 개구리를 방에 갖다 놓았는지도 몰랐다.

계속 개구리의 울음소리가 들렸지만 희미한 것으로 보아 방에는 더 이상 없는 것 같았다. 이 섬에는 뭔가 이상한 점이 있는 것 같아, 하지만 이곳에서 지내다 보면 차차 이해하고 받아들이게 되겠지, 하고 생각하며 얼굴에 흐르는 땀을 계속 훔치다가 어느새 잠이 들었다. 그리고 그날 밤에는 이상한 꿈을, 내가 돼지가 되는 꿈을 꿨다. 돼지가 된 나는, 돼지가 되어서도 계속 인간처럼 생각할 수가 있었다. 결국 내가 어쩌다가 돼지가 되었군, 하필이면 다른 것도 아닌 돼지가, 하고 말하는 것으로서 그 상황을 받아들였을 뿐 아니라 혼자 웃음을 지었는데 그건 인간으로부터 돼지로의 변화가 너무나 큰 비약처럼 여겨졌기 때문이었다.

이튿날 아침 잠에서 깨어 밖으로 나갔을 때 복도에서 마주친 여관 주인은 전날 그곳에 든 손님인 나를 아는 척도 하지 않았다. 그녀는 심지어 잠이 덜 깬 듯 눈을 비비며 내가 보이지도 않는 것처럼 내 곁을 지나쳐 갔다. 나는 그녀를 불러 세워 아침 식사를 준비해 달라고 부탁했다. 그녀는 알았다는 말도 없이 그냥 가 버렸다. 다시 내 방으로 돌아온 나는 세수를 하고 아침 식사를 기다렸다. 식사는 금방 나오지 않았고, 한참을 기다리다가 결국 더 이상 참지 못하고 복도로 나갔다. 그때 복도 끝에서 아침 식사를 들고 오는 여관 주인의 모습이 보였다. 그녀는 세수도 하지 않은 듯 지저분한 얼굴이었고, 그런 모습을 보자 식욕이 싹 사라져 버렸다. 그리고 그녀가 내온 아침 식사는 이미 사라진 식욕을 되돌려 주지 못했다. 음식도 너무나 형편없었고, 그래서 나는 몇 숟갈 뜨다 말았다. 바닷가인데도 생선은 찾아볼 수도 없었다.

식사를 끝낸 나는 일단 경찰서로 향했다. 여관 주인의 설명대로 경찰서를 찾아갔지만 경찰서는 보이지 않았다. 나는 지나가는 몇 사람에게 물은 후에야 여관 주인이 설명한 곳에서 한참 떨어져 있는 경찰서를 찾을 수 있었다. 말이 경찰서지 육지의 여느 도시에 있는 파출소만도 못했다. 서장의 모습은 보이지 않았다. 아니, 그곳에는 서장뿐만 아니라 다른 경찰관의 모습도 보이지 않았다. 이미 출근 시간이 훨씬 지난 후인데도 아무도 없었다. 경찰서 앞에서 한참을 기다린 후에야 경찰관 한 명이 나타났다. 내 소개를 했다. 하지만 그는 별 관심 없이 시큰둥했다. 그는 내가 조사를 위해 이 섬에 왔다는 사실을 누구에게도 듣지 못한 상태였다.

경찰서에 들어가서 그에게 내가 맡게 된 사건과 관련된 보고서를 요구했다. 나는 중앙 정부에서 나온 사람임을 강조했다. 하지만 그는 별로 상관하지 않는 것 같았다. 우리 집안은 대대로 이 섬에서 살아왔고 앞으로도 계속 살아가게 될 겁니다, 이 섬은 우리에게 필요한 모든 것을 제공하죠, 그는 자랑이라도 되는 듯 말했다.

그런데 그는 내가 맡게 된, 그리고 우리가 함께 해결해야 할 그 사건이 벌어진 지 불과 얼마 되지도 않았음에도 그 사건에 대해 아는 바가 없었다. 아니면 알고 있는데도 모르는 척하는지도 몰랐다. 나는 내가 맡게 된 실종 사건과 관련해 서류를 준비해 달라고 요청했다. 그리고 내가 그에게 그런 지시를 내릴 수 있는 위치에 있다는 사실도 주지시켜 주었다. 경찰관은 내가 그 서류를 요청하는 영문을 모르겠다는 듯 가만히 서 있었다. 그러다가 이제야 생각이 났다는 듯 책상 뒤쪽에 있는 캐비닛으로 갔다. 그가 무엇을 하려는지 알 수가 없었다. 하지만 캐비닛은 열리지 않았다. 열쇠가 맞지 않는 것임에 틀림없었다. 그는 다시 책상 서랍 안에 있는 다른 열쇠를 가져다가 시도를 해 보았지만 소용이 없었다. 그는 그 캐비닛에 맞는 열쇠가 어떤 것인지도 몰랐다. 그는 캐비닛을 주먹으로 몇 번 두드렸고, 그러자 그것은 거짓말처럼 열렸다. 그는 안에 있는 서류들을 뒤적이기 시작했다. 캐비닛 안의 서류들은 얼핏 보아도 정리가 되어 있지 않은 듯 어지럽게 널려 있었다. 그는 어지럽게 널브러진 서류들을 더 흩트려 놓고 있었다. 지금 뭘 하고 있는 거요, 내가 말했다. 부탁한 서류를 찾고 있습니다, 그가 말했다. 그런데 무슨 서류를 부탁했죠? 나는 기가 막혔지만 다시 얘기를 해 주었다. 그는 계속 서류를 뒤적였다. 그때 다른 경찰관 한 명이 나타났다. 그 경찰관은 내가 부탁한 서류가 어디에 있는지 알고 있었다. 하지만 앞의 경찰관이 서류를 흩트려 놓아 그것을 찾는 데 애를 먹어야 했다. 그가 한참을 뒤진 후에 찾아온 서류의 글씨는 알아보기 힘들었고 맞춤법 또한 엉망이었다. 도대체 그 서류를 작성한 자가 학교나 제대로 나왔는지 의심스러울 지경이었다. 겨우 해독한 서류의 내용은 아무런 도움이 되지 않았다. 간단한 사실만이, 그것도 그것을 읽은 후에는, 지금 읽은 것이 무슨 내용이지, 하는 생각이 들도록, 적혀 있을 뿐이었다.

나는 나중에 나타난 경찰관을 앞세워 사체를 부검한 의사를 찾아갔다. 그는 그 사건에 대해 잘 알고 있을 것 같았다. 하지만 우리가 찾아간 의사 역시 거의 도움이 되지 않았다. 부검은 적절한 절차를 따르지 않은 것이 분명했다. 그 의사는 죽은 것이 확실한 사체에 최종적인 사망 선고를 내렸을 뿐이었다. 그가 작성한 소견서에는 사망자가 익사를 한 것인지, 다른 곳에서 이미 죽은 시체를 누군가가 물속에 빠뜨린 것인지에 대해서도 밝혀져 있지 않았다. 그는 부검에 관한 지식이 거의 없는 듯했다. 사망자가 바닷물 속에서, 수초에 휘감긴 채 발견되었다는 사실이 내가 확인할 수 있었던 거의 유일한 사실이었다. 이 섬에서는 출생과 죽음이 비공식적으로 처리되는 경우가 드물지 않죠, 내가 실망한 기색을 보이자 의사가 말했다. 몇 달 사이에 동일한 장소에서 세 명이 연달아 죽은 것이 그렇게 이상할 건 없죠. 하지만 그들 모두가 외지인들이라는 점은 이상하지 않나요, 내가 말했다. 그들 모두가 외지인들이라는 사실을 빼면 이상할 것도 없죠, 의사가 말했다. 이 섬에서는 누군가와 얘기를 나누는 일이 쉽지 않군, 하고 나는 생각했다.

병원에서 나온 나는 경찰관과 함께 바닷가의 사건 현장으로 갔다. 경찰관은 사망자의 사체가 발견된 곳을 손가락으로 가리켰다. 그 장소에서 특이한 점은 눈에 띄지 않았다. 어떤 흔적이 남아 있었다 해도 이미 사라진 게 분명했다. 물이 맑아 훤히 들여다보이는 물속에서 작은 물고기들이 무리를 지어 헤엄치고 있었다. 그럼에도 나는 그곳에서 어떤 단서를 찾을 것처럼 주위를 유심히 살펴보았는데, 거기서 어떤 단서를 찾을 수도 있으리라는 희망 때문이라기보다는 아직 나를 잘 모르는 그 시골뜨기 경찰관에게 내가 그 무엇도 쉽게 넘어가지 않으며, 모든 것을 용의주도하게 파악하는 사람이라는 인상을 남기고 싶어서였다. 하지만 그는 그사이 바위 위에 누워 있었다.

내가 다가갔을 때 그는 그사이 잠이 든 듯 코까지 골고 있었다. 나는 그를 깨웠다. 그는 잠을 방해받은 사람처럼 짜증스러운 기색이었지만 내색은 하지 않았다. 어쩌면 저쪽에 있는 절벽 아래에서 떠 내려왔는지도 모르죠, 절벽을 가리키며 그가 말했다. 절벽은 그곳에서 떨어질 경우 살아남기 힘들 정도로 높았다. 우리는 함께 절벽 위로 갔다. 절벽에 이르는 길은 두 사람이 나란히 걷기에는 너무 좁았다. 경찰관은 내 뒤에 바짝 붙어 뒤따랐다. 가파른 길을 힘들게 오른 우리는 벼랑 끝에 이르렀다. 벼랑 끝에는, 자칫하다가는 이곳에서 떨어져 죽을 수도 있음, 이라는 붉은 글씨가 적힌 하얀 팻말이 땅바닥에 놓여 있었다. 그것은 그곳에서 떨어지는 일이 없도록 주의하라기보다는 죽고 싶으면 여기서 떨어지면 된다는 뜻으로 읽혀졌다. 경찰관은 몹시 신경 쓰이게도, 마치 여차하면 나를 떠밀듯이 바로 내 뒤에 서 있었다. 나는 그의 존재를 애써 무시하며 앞쪽을 바라보았다. 절벽 위에서 내려다보이는 바다는 평화롭고 아름다웠다. 사건의 단서가 될 만한 것은 아무것도 없었다.

절벽에서 내려온 우리는 근처 야산에 있는 공동묘지로 갔다. 죽은 사람들은 모두 신원불명으로 처리되어 매장되었다. 하지만 동행한 경찰관은 어느 것이 변사자들의 무덤인지 찾지 못했다. 잡초로 뒤덮인, 묘비조차 없는 초라한 무덤들은 모두 비슷해 구별할 수가 없었다. 우리는 다시 읍내로 돌아왔고, 나는 경찰관에게 내가 묵고 있는 여관의 이름을 알려주며 서장이 오면 내게 연락하기를 바란다고 말한 후 여관으로 향했다.

하루가 지났을 뿐인데도 무척이나 피곤했다. 나는 저녁 식사도 하지 않고 잠자리에 들었다. 그런데 내가 막 잠이 들려던 참에 누군가가 내 방문을 두드렸다. 경찰서장이었다. 그는 하루 종일 어디에 있었는지, 그리고 어떻게 해서 이제야 나를 찾아오게 되었는지에 대해서는 한마디도 하지 않았다. 그는 내가 자기 집에 묵었으면 했다. 필요한 것이 있으면 망설이지 말고 얘기하라고 했다. 하지만 그의 얘기와는 달리, 그 후에 내가 필요한 것이 있어 부탁할 때면 번번이, 그건 좀 곤란하겠는데요, 하고 말했다.

나는 그와 함께 그의 집으로 갔다. 그의 몸에서도 여관 주인의 몸에서 났던 나쁜 냄새가 났다. 이 섬의 모두가 자신들에게는 너무도 익숙해 스스로는 지각하지 못하는, 이 방인의 코에만 느껴지는 악취를 풍기고 있군, 하고 나는 생각했다. 그리고 그 악취는 그들의 몸뿐만 아니라 생활 곳곳에 배어 있는 것 같았다. 그와 함께 가는 동안 나는 이 섬에 사는 사람들 모두가 다소 이상한 것 같다고 얘기했다. 서장은 그게 무슨 말이냐는 듯이 나를 쳐다보았다. 나는 경찰서와 읍사무소에서의 일을, 그곳의 직원들이 다들 자신들이 할 바를 다하고 있지 않더라는 얘기를 했다. 그는 이곳 사람들은 모두 성실하기로 정평이 나 있으며, 모두가 모두의 본보기가 되고 있다고 말했다. 나는 그 섬의 그 누구보다도 그 말을 하는 서장이 이상하게 생각되었지만 그 말은 하지 않았다. 서장은 방을 하나 내주었고, 피로한 하루를 보낸 나는 곧 잠자리에 들었다.

이튿날 아침에는 한 소녀가 아침 식사를 내왔다. 그녀는 다리를 절고 있었는데, 그도 그럴 것이 그녀의 다리 하나가 비정상적으로 가늘었다. 그녀는 내게 알 수 없는 미소를 지은 후 방을 나갔다. 식사를 끝낸 내가 방을 나오자, 마당에 서 있던 서장이, 오랜만에 바다낚시나 해 볼까 했는데 날씨가 좋지 않아 포기해야겠군, 하고 말했다. 오늘은 평일이 아닌가요, 내가 물었다. 평일이라고 해서 낚시를 못할 건 없죠, 서장이 말했다. 내가 마음먹고 뭔가를 해 볼라치면 꼭 그것을 방해하는 뭔가가 있다니까. 하지만 날씨는 화창했고 바람도 거의 없어 바다낚시를 하기에는 그지없이 좋은 날씨처럼 보였다. 날씨는 아주 화창한 것 같은데요, 내가 말했다. 저기 구름을 봐요, 하늘을 가리키며 서장이 말했다. 곧 비가 뿌릴 거요. 구름이 떠 있긴 했지만 비를 몰고올 구름 같지는 않았다.

나는 이번 사건과 관련해 수사상의 미진한 점에 대해 얘기했다. 하지만 그는 내 말은 못 들은 듯, 그보다 먼저 당신을 데려가고 싶은 곳이 있소, 하고 말했다. 그곳이 어디죠,

내가 말했다. 가 보면 알게 될 거요, 그가 말했다. 집을 나선 우리는 읍내의 대로를 따라 걸어갔다. 그런데 얼마 가지 않아 우리와는 반대편에서 오던 누군가가 서장을 향해 아는 척을 했다. 하지만 서장은 그를 외면했다. 그의 행색은 초라했고, 눈에는 눈곱이 껴 있었다. 우리 곁을 지나가면서 그는 뭐라고 알아들을 수 없는 말을 중얼거렸다. 전도사요, 서장이 말했다. 머리가 약간 이상한 자요. 전도사의 얼굴에는 뭔가에 겁을 먹은 듯한 표정이 서려 있었다.

조금 더 가자, 어느 가게 앞에서 두 남자가 서로 멱살을 잡고 싸우고 있었다. 우리는 그들이 있는 곳으로 갔다. 나는 그들을 말리려 했지만 서장은 그러한 나를 말렸다. 잠시 두고 봅시다, 그가 말했다. 그사이 사람들이 주위로 모여들기 시작했고, 싸우고 있는 두 사람을 에워쌌다. 나는 다시 그들을 말리려 했지만 이번에도 서장의 제지를 받았다. 싸움이 일어났을 때 가장 좋은 방법은 두 사람이 알아서 해결하게 하는 거요, 서장이 말했다. 모여든 사람들은 대체로 무표정했고, 그 가운데에는 기대에 차 열광하는 사람들도 있었다. 하지만 그 무표정과 열광은 조용한 광증이라는 동일한 뿌리를 갖고 있는 것처럼 여겨졌다. 서로 멱살을 쥐고 이리저리 흔들던 두 사람은 마치 관중이 충분히 모여들어 이제 본격적인 시합을 시작해도 되겠다고 판단한 격투기 선수들처럼 서로에게 주먹을 날렸다. 그들이 무슨 이유로 싸우는지는 알 수 없었다. 어쩐지 그들은 아무이유 없이, 또는 단지 싸움을 즐기는 것 같았다. 한 사람의 코에서는 피가 흘러내렸고, 다른 한 사람은 입이 찢어졌다. 여전히 누구도 나서서 싸움을 말리지 않았다. 사람들은 그 싸움을 즐기고 있는 것 같았다. 마치 어떤 동물적인 본능이 그 섬사람들을 지배하고 있는 것 같았다. 그들의 얼굴에는 숲에 사는 야생 동물들에게서나 볼 수 있는 이상한 야성적인 빛이 감돌았다. 싸움은 더 격렬해졌고, 문득 어느 순간, 구경꾼들 틈에 있던 나는 그들이 좀 더 잔혹하게 싸우는 것을 보고 싶은 이상한 욕망을 강렬하게 느꼈다. 어쩌면 한순간 나는 그 이해할 수 없는 섬사람들에게 동화되었는지도 모르겠다. 하지만 한 사람이 쓰러지면서 싸움은 곧 끝이 났고, 모여들었던 구경꾼들은 곧 흩어졌다.

우리는 다시 걷기 시작했다. 이 고장에는 별로 볼 만한 건 없지만 재미있는 것들은 많이 있죠, 서장이 말했다. 하지만 그 재미있는 것들이 뭔지는 말하지 않았다. 거리에는 뭔가 특이한 것이 눈에 띄었다. 많은 노인들이 집 앞이나 가게 앞에 있는 걸상에 꼼짝 않고 앉아 있었다. 그들의 시선은 멍했고, 얼굴에는 아무런 표정이 없었다. 마치 넋이 나간 사람들처럼 보였다. 내가 그 이야기를 하자 서장은, 병에 걸린 사람들이죠, 하고 말했다. 정확히 무슨 병인지는 몰라요. 하지만 이 섬사람들 특유의 병이죠. 대개 몸이 마비되고, 얼이 빠진 것 같아 보이죠. 하지만 노인들처럼 보이는 저들도 실제로는 50대밖에 되지 않았소. 그런데도 아주 늙어 보이지. 그리고 저 사람들이 앓고 있는 병이 재미있는 점은 언제까지나 저렇게 가만히 앉아 있다가도 누군가가 일으켜 걷게 하면 다시 누군가가 멈추게 하기 전까지계속 걷는다는 거요. 그러다가 앉혀 놓으면 또다시 끝없이저렇게 앉아 있는 거요. 그리고 또 특이한 것은 저들은 계단을 내려가지는 못하면서도 계단을 오르는 데는 아무런불편이 없다는 거요. 나는 서장의 말을 들으며 어떤 가게앞에 앉아 있는 한 병자를 보았다. 그 역시 미동도 하지 않고 있었다. 시선은 텅 비어 있었고, 우리가 그의 앞을 지나갔지만 그의 동공은 전혀 움직이지 않았다. 나는 잠시 걸음을 멈추고 그를 바라보았다. 의자에 앉아 있기는 했지만살아 있는 사람으로는 보이지 않았다.

한데 내가 다시 고개를 돌렸을 때 서장의 모습이 보이지않았다. 그는 나를 어딘가에 데려가기로 하고서는 사라져버린 것이다. 어쩌면 그는 처음부터 그럴 생각이었는지도모른다. 그는 내가 할 일을 하지 못하기를, 내가 엉뚱한 곳에 가기를 바랐는지도 모른다. 이제 그 섬의 모두가 나를배척하기 위해 공모하고 있다는 짐작이 보다 뚜렷해진 것같았다.

할 수 없이 나는 마치 길을 잃은 사람처럼 터벅터벅 걸어 다시 돌아오기 시작했는데 실제로 그 복잡하지도 않은 곳에서 길을 잃었다. 그런데 그렇게 걷기 시작한 조금 후에는 부서진 건물을 발견했는데 그 앞에 쌓인 벽돌 더미 위에 좀전에 마주쳤던 전도사가 앉아 멍하니 하늘을 바라보고 있었다. 나는 옆으로 갔지만 그는 생각이 딴 데 가 있는 듯 내가 옆에 서 있는 것도 몰랐다. 그의 유난히 깡마른 몸이 인상적으로 느껴졌다. 무슨 좋지 않은 일이라도 있는 거요, 내가 물었다. 아닙니다, 그가 내 쪽으로 고개를 돌리며 대답했다. 이 건물은 어쩌다 이렇게 되었소, 내가 말했다. 선생님도 자신으로서는 이해할 수 없는 짓을 태연하게 하는 순간이 없나요, 그가 말했다. 나는 잠시 생각한 끝에 그런 순간이 있다고 말했다. 그런 순간이 있다면 제가 한 짓을 이해할 수도 있을 겁니다, 그는 손가락으로 무너진 건물을 가리키며 말했다. 본래 이곳은 교회였는데 지금 나는 교회를 허물고 있는 중이랍니다. 내가 왜 이 일을 하는지는 잘 모르겠지만 이 일을 하지 않을 수가 없습니다. 그 말을 하며 자리에서 일어나 옆에 있던 커다란 망치를 들고 무너진 건물 앞으로 가서 아직 남아 있는 벽을 부수기 시작했다. 벽돌 부스러기들이 머리 위로 쏟아졌지만 아랑곳하지 않는 것처럼 보였다. 나는 그가 하는 짓을 잠시 지켜보았지만 쉽게 납득이 되지 않았다.

내가 서장의 집으로 돌아왔을 때 마당에 있던 서장은 그사이 내가 어디 갔었는지 물었다. 우리가 헤어지게 된 것이 나의 잘못이라도 된다는 투였다. 나는 아무 말도 하고 싶지 않았고, 그래서 방으로 들어가 침대 위에서, 마치 어떻게 해도 이 고장에는 적응할 수 없는 사람처럼 불편하게 벽에 몸을 기댄 채 앉아 있었다. 늦은 오후였지만 아직 해는 많이 남아 있었다. 그냥 집에 있기가 뭐했고, 그래서 서장에게 낚싯대나 빌려달라고 할 생각으로 그가 있는 안채로 갔다. 그가 내가 필요한 것이 있으면 뭐든 말만 하라고 한 것을 기억했다. 서장은 보이지 않았다.

내가 안방 문을 두드린 후에 한참이 지나서야 문이 열렸다. 그 안에서는 한 소녀가 울고 있었다. 서장의 딸이었다. 옆에서 서장은 딸을 달래고 있었다. 그 전에 무슨 일이 있었는지는 알 수 없었지만 짐작이 가지 않는 것은 아니었다. 딸의 상의가 찢겨져 있었던 것이다. 그 순간 두 사람은 아버지와 딸 사이로 보이지 않았다. 두 사람은 불화를 겪고 있는 연인 사이처럼 보였다. 낚싯대나 좀 빌릴까 해서요, 라는 말을 하기에 적당치 않은 상황이었지만 나는 그렇게 말했다. 그런데 그게 좀 곤란한 게 얼마 전 낚시를 하다가 낚싯대를 잃어버렸지 뭐요, 아무 일도 없었다는 듯 태연하게 그가 말했다. 그런 다음 그는, 당신에 대해 좋지 않은 소문이 나돌고 있는 것 같더군요, 하고 말했다. 나에 대해 무슨 좋지 않은 소문이 나돌고 있다는 거죠, 내가 말했다. 하여튼 조심하는 게 좋을 거요, 내 말에는 대답을 하지 않으며 그가 말했다. 그의 말은 경고로 들렸다.

　나는 집을 나와 멀지 않은 곳에 있는 들판을 산책했다. 들판의 끝에는 농가가 한 채 있었는데 사람의 모습은 보이지 않았다. 한데 그때 어디선가 꿀꿀대는 돼지 소리가 들려왔다. 돼지우리는 농가의 뒤쪽에 있었다. 우리 안의 돼지들은 너무도 앙상한 나머지 돼지처럼 보이지도 않았다. 그런데 놀랍게도 돼지들이 들어 있는 우리 하나에는 한 남자가 쪼그리고 앉아 있었다. 그가 들어가 있는 우리에는 창살이 촘촘하게 나 있었고 밖에는 빗장이 채워져 있었다. 온몸에 오물을 묻히고 있어서 정확하지는 않았지만 그날 오후에 보았던 전도사가 틀림없었다. 지금 그 안에서 뭘 하고 있는 거요, 창살 틈으로 내가 말했다. 벌을 받고 있는 거죠, 그가 말했다. 그사이에도 옆 우리의 돼지들은 계속 꿀꿀대고 있었다. 바닥에 쌓인, 제대로 치우지 않은 똥으로 인해 악취가 코를 찔렀다. 벌을 받고 있다니요, 내가 말했다. 하지만 달게 받고 있죠, 그가 말했다. 무슨 벌을 받고 있다는 거요, 내가 말했다. 아직도 사람들을 교화시킬 수 있다는 믿음을 완전히 버리지 못한 죄에 대한 벌이죠, 그가 말했다. 내가 이 섬에 오면서 가져온 믿음은 이 섬사람들을 위한 것이 아니었죠. 나는 그가 하는 말을 도무지 이해할 수 없었다. 그런데 누가 당신에게 이런 벌을 내린 거요, 내가 말했다. 다른 누가 벌을 내린 건 아니고, 내가 자청한 거죠, 그가 말했다.

일단 당신을 풀어 줘야겠소, 내가 말했다. 그는 겁을 집어먹은 표정으로, 절대로 그래서는 안 된다고 했다. 내가 빗장을 풀려고 하자 그는 급기야 화를 내며, 이러면 자신도, 나도 곤란해질 수 있으니 그냥 가라고 했다. 하지만 그를 그곳에 두고 갈 수는 없었다. 그때 내 뒤에서 무슨 소린가가 들려왔다. 나는 뒤를 돌아보았다. 거기서 뭘 하고 있는 거요, 농가의 주인처럼 보이는, 험상궂게 생긴 남자가 내 쪽으로 다가오며 소리를 쳤다. 그의 뒤로는 그의 자식들처럼 보이는 아이 둘이 따르고 있었다. 당신이 이 사람을 여기 가둔 거요, 내가 말했다. 그는 내 말에는 아랑곳하지 않고 돼지우리 앞으로 다가와 그 안에 있는 전도사를 본 후 돼지들이 있는 다른 우리 쪽으로 걸음을 옮겼다. 이봐요, 내 말을 못 들은 거요, 내가 말했다. 당신이 누군지 알고 있소, 그가 말했다. 그렇지만 당신이 누군지는 문제가 되지 않소. 그냥 가도록 해요, 곤란해지기 전에. 그사이 아이들은 전도사가 갇혀 있는 돼지우리 앞으로 가 즐거운 듯 노래를 부르며 자기들이 먹던 것을 창살 사이로 던져 주고 있었다. 전도사는 수치스럽게도 아이들이 던져 주는 채소를 주워 먹고 있었다. 아직도 혼이 덜 났군, 한 아이가 말했다. 좀 더 혼이 나야 돼, 다른 한 아이가 말했다. 나는 기가 막혔다. 하지만 내가 그들을 말리려 하자 그들은 내게까지 채소를 집어던지며 뒷걸음질을 치기 시작했다. 나는 그들을 뒤쫓아 갔다. 그런데 그때 농부가 어디에서 데려왔는지 모르는 커다란 개 한 마리를 데리고 나타났다. 개는 아가리를 벌리고 이빨을 드러내며 으르렁거렸고 금방이라도 내게 달려들 태세였다. 나는 뒷걸음질을 쳤고, 조금 후에는 줄행랑을 치기 시작했다. 한참을 그렇게 도망친 후 뒤를 돌아보았을 때 농부와 아이들은 내게 손을 흔들고 있었다.

　나는 들판 끝에 있는 숲을 지나 바닷가로 나갔다. 그 섬에 온 지 얼마 지나지 않았음에도 불구하고 점점 더 이상한 일들을 접하게 되었지만 그 무엇도 쉽게 납득이 가지 않았다. 도대체 이 전도사에게는 무슨 일이 있었던 것일까? 나는 맡은 사건은 전혀 해결하지 못한 상태에서 더한 수수께끼 속으로 빠져들고 있었다. 그리고 어쩌면 나 자신 또한 어떤 식으로든 희생자가 될 수도 있다는 생각에 불안해졌다. 나는 그 불안감을 떨쳐버리기 위해 옷을 벗고 물 속으로 들어갔다. 물은 따뜻했다. 하지만 곧 뭔가가 나의 다리를 잡아끄는 느낌이 들었고, 그래서 곧 밖으로 나왔다. 하나도 이상할 것이 없는 해변과 그 너머의 섬 전체가 섬뜩한 느낌을 주었다. 해변은 텅 비어 있었지만 꼭 누군가가 나를 지켜보고 있는 듯한 느낌이 들었다.

저녁 무렵까지도 여전히 더웠다. 해변의 방죽 위에 심어진 들풀들은 풀이 죽어 있는 듯했고, 그 너머 숲의 나뭇가지들은 약한 바람에 힘없이 흔들리고 있는 것처럼 보였다. 나는 잠시 모래 위에 앉아 하늘을 바라보았다. 비가 뿌리려는지 잿빛 구름이 넓게 번져 가고 있었다. 그 잿빛 구름이 빚어낸 듯한 잿빛 갈매기들이 나의 생각을 방해하는 울음소리를 내며 하늘을 날고 있었다. 나는 그 울음소리에 방해를 받으며, 그 방해에 힘입어 두서없는 생각을 했다. 그런데 그때 앞쪽 개펄에서 뭔가 작은 것들이 기어 다니고 있었다. 게들이었다. 하지만 내가 좀 더 자세히 구경하기 위해 자리에서 일어나 가까이 가자 일제히 구멍 속으로 숨어버렸다. 나는 다시 꼼짝 않고 있었다. 그러자 게들이 다시 구멍에서 나와 이리저리 돌아다니기 시작했다. 나는 마치 내가 그곳에 없는 것처럼 조용히, 이리저리 기어 다니는 게들을 호기심을 잃은 시선으로 한참을 바라보다가 다시 걷기 시작했다. 천천히 걸으면서 나는 그곳 사람들의 문제가 무엇인지 생각해 보았다. 이곳 사람들은 외부 세계의 모든 변화의 물결을 거스르며, 그것으로부터 벗어나 자신들만의 시간 속에 빠져 있어, 나는 생각했다. 하지만 그것은 내가 떠나온, 바다 저 너머의 육지로부터 파도에 떠밀려온 생각처럼 여겨지기도 했다. 어쩐지 섬사람들의 문제는 그들의 냉담한 태도에, 또는 게으름과 뻔뻔스러움 속에 있다기보다는 이방인의 시선으로 그들을 보는 나의 오해 속에 있는 것 같았다. 그들은 아무 문제도 없는 것처럼 살아가고 있었고, 실제로 어쩌면 아무 문제도 없는지 모른다. 비가 조금씩 뿌리기 시작했고, 나는 서장의 집으로 돌아왔다. 하지만 서장은 집에 없었다. 그의 딸이 저녁을 내왔는데, 그녀는 내게 알 수 없는 미소를 지어 보였다. 그것은 추파도, 순수하게 우호적인 마음에서 나온 것도 아닌, 마치 그 섬사람들의 이해할 수 없는 심리가 집약된 미소처럼 보였다.

그날 밤 나는 한참을 뒤척인 후에야 잠이 들었다. 하지만 한밤중에 나는 어떤 인기척에, 그리고 뭔가가 얼굴을 간질이는 느낌에 잠에서 깼다. 누군가의 머리칼이 내 얼굴을 뒤덮고 있었다. 실제로 누군가가 내 몸에 몸을 밀착한 채로 누워 있었다. 나는 전등을 켰다. 하지만 불이 켜지지 않았다. 나는 머리맡에 있는 성냥불을 켰다. 놀랍게도 거기에는 서장의 딸이 누워 있었다. 그녀는 몸을 웅크린 채로 잠꼬대를 하는지 뭐라고 중얼거리고 있었다. 나는 조금 전 꾼 꿈이 생각났다. 바다 속에서 수초에 휘감겨 허둥대는 꿈이었다. 그런 꿈을 꾼 것은 서장의 딸의 머리칼이 내 얼굴을 덮고 있었기 때문인 것 같았다. 나는 누워 있는 소녀를 성냥불이 타 들어가 손가락이 뜨거워질 때까지 바라보았다. 그녀의 치마 아래로 옹이가 있는 나뭇가지처럼 뒤틀린 다리가 드러났다. 그 기형적인 다리를 바라보고 있자 뜨거운 욕망이 나의 온몸을 휘저었다. 나는 그녀의 옆에 누워 웅크리고 있는 그녀의 몸을 더듬기 시작했다. 그녀의 몸은 잠이 들었음에도 불구하고 나의 애무에 꿈틀거렸다. 한편으로는 이러면 안 된다는 생각이 들었지만 이 섬에서 일어나는 이해할 수 없는 일들에 비춰보면 이쯤은 아무것도 아니라는 생각 또한 들었다. 나는 아랫도리를 내리고 그녀의 몸속에 내 성기를 삽입했다. 소녀의 몸에서도, 그녀의 겨드랑이와 사타구니가 그 진원지인 듯한 역한 악취가 났다. 그런데 신기하게도 그녀에게서 풍기는 그 참을 수 없는 악취에도 불구하고, 아니면 그 악취 때문인 듯 나는 흥분을 참을 수 없었고, 곧바로 사정을 했다. 그럼에도 서장의 딸은 아무것도 모르고 계속 자고 있었다.

하지만 내가 잠에서 깼을 때에는 옆에 아무도 없었다. 아직도 한밤중이었다. 내가 꿈을 꾼 것일 뿐인가? 알 수 없었다. 그렇지만 나는 나의 바지가 벗겨져 있는 것을 발견했다. 어쩌면 그것은 조금 전의 일이 사실이었음을 말해 주고 있었다. 나는 또 다른 놀라운 사실을 발견했다. 내가 그날 잠에서 깬 곳은 전날 내가 잠들었던 서장의 집이 아니었다. 그곳은 돼지우리였다. 사람들은 내가 잠이 든 사이에 나를 돼지우리에 가둬 버린 것이다. 내가 그렇게 갇힌 이유를 알 수 없었다. 내가 서장의 딸을 넘보았기 때문일까? 하지만 그것은 누구도 알지 못했다. 이제 나는 돼지가 되고 말 거야, 하고 생각했다. 하지만 생각과는 달리 내가 돼지가 되거나 하는 일은 일어나지 않았다. 내가 정신을 차리고 이런저런 생각을 하고 있는데 옆에서 누군가 나를 향해 인사했다. 전도사였다. 우리가 갇혀 있는 돼지우리 사이로는 또 다른 창살이 나 있었고, 그는 그 창살을 통해 인사를 건네고 있었다.

이제 우리는 같은 신세가 되었군요, 그가 말했다. 그는 냄새나는 우리 속에 갇혀 있는 것이 조금도 불편하거나 싫지 않은 듯한 표정이었다. 내게 무슨 일이 일어난 거죠, 내가 말했다. 내가 뭘 잘못한 거죠? 특별히 잘못한 게 없다고 해서 잘못이 없는 건 아니죠, 그가 말했다. 그리고 우리는 우리의 죄와는 상관없이 벌을 받기도 하죠. 그리고 모든 벌이 나쁜 것만은 아니죠. 우리가 여기서 빠져나갈 수 있는 방법은 없나요, 내가 말했다. 그건 우리 자신에게 달렸죠, 그가 말했다. 그의 말은 그것이 우리를 이곳에 가둔 사람들에게 달렸다는 말보다도 더 무섭게 들렸다.

그때 어디선가 한 마리가 아닌, 여러 마리의 개구리들이 내는 듯한 울음소리가 가까이서 들려왔다. 소리는 들렸지만 그 소리를 내고 있는 개구리들의 모습은 볼 수 없었다. 전도사가 뭐라고 계속 말을 했지만 그의 말은 시끄럽게 울어대는 개구리의 울음소리에 묻혀 버렸다. 그 때문인지는 모르겠지만 개구리들이 내 앞에 있는 전도사 대신 말하는 것처럼 여겨졌다.

한데 또다시 놀랍게도 내가 완전히 정신을 차려 보니 전도사는 돼지우리 안에 있지 않았다. 그는 앞쪽 벽에 십자가가 매달려 있는 어떤 예배당에 있었다. 그는 거기서 어느새 무릎을 꿇고 앉아 기도를 드리고 있었다. 그 창살 하나를 사이에 두고 나는 여전히 돼지우리 안에 있었다. 그리고 다른 쪽 창살 너머로는 돼지들이 꿀꿀거리고 있었다. 그 꿀꿀거림으로 나름대로 기도를 드리고 있는 것처럼 여겨지기도 했다. 기도 소리와 돼지 울음소리가 뒤섞여 나를 혼란스럽게 만들었다. 그때 돼지 한 마리가 내가 있는 우리 안으로 들어와 주둥이를 내 얼굴 가까이 대고 코를 킁킁거리며 나를 올려다보았다. 그 돼지는 비만이 아닐까 싶을 정도로 살이 쪄 있었고, 까만 털은 너무도 까매 은빛 윤기가 흐를 정도였다. 돼지는 분홍색 주둥이를 내 얼굴에 아주 가까이 대고 있었고 그 주둥이에서는 돼지 주둥이의 고유한, 참기 어려운 시큼한 냄새가 물씬 풍겼다. 돼지는 마치 내가 동족이라도 되는 듯 호기심 어린 눈으로 나를 쳐다보고 있었다. 그 순간 내가 느낀 것은 부끄러움이었을까? 어쩌면 그랬을 수도 있을 것이다. 그도 그럴 것이 그 순간 나는 어떻게 된 일인지 두 손으로 얼굴을 가린 것이다. 그런데 나의 손바닥에 만져진 것은 사람이 아닌 돼지의 얼굴이었다. 나는 그사이 돼지가 되어 있었던 것이다. 나는 내 몸에서 나는, 돼지에게서나 나는 지독한 악취를 통해서, 그리고 마치 발정 난 수퇘지처럼 내게 달려드는 돼지를 통해 그 사실을 확인할 수 있었다.

그때 누군가가 우리 밖에 나타났다. 첫날 여관에서 본 난쟁이였다. 하지만 그는 표정 없이 나를 바라볼 뿐 아무 말도 하지 않았다. 그리고 손에 들고 있던 무언가를 내게 던졌다. 개구리였다. 그가 던진 것은 한 마리였는데도 마치 요술처럼 그 한 마리가 여러 마리로 변해 내 주위를 돌아다니기 시작했다. 어떤 것은 내 몸 위로 기어오르기도 했다. 그리고 그의 뒤로 갑자기 내가 그 섬에서 보았던 사람들이 나타나더니 마치 그 전날 거리에서 싸우는 사람들을 — 다시 생각해 보니 그들은 자신들이 싸우는 이유를 찾기 위해 싸우고 있었던 것 같다 — 바라보던 구경꾼들처럼 무표정과 열광이 교차하는 표정으로 나를 바라보았다. 이제 절벽 위로 데려가 내던지는 일만 남았군, 하고 누군가가 말했다. 문득 나는 어쩐지 내가 순교는 아닌, 어쩌면 순교와는 반대되는 상황에 처해진 것처럼 느껴졌다.

바로 그 순간 나는 내 얼굴을 간질이는 어떤 느낌에 잠에서 깼다. 내 옆에 앉은, 잠이 든 누군가의 머리칼이 내 얼굴 위로 쏟려 있었다. 그리고 내가 알지 못하는 누군가가 요란하게 코 고는 소리에 정신이 들었다. 그것은 돼지의, 또는 개구리의 울음소리처럼 들렸다. 나는 아직 배 안에 있었다. 그리고 식은땀을 흘리고 있었다. 그때부터 뱃멀미가 시작되었다. 나는 왜 아무런 볼 것도 없고, 볼일도 없는 그 섬에 가고 있는지 알 수가 없었다. 나는 급히 자리에서 일어나 배의 뒤쪽에 있는 화장실로 달려가 변기 속에 토하기 시작했다. 내가 가까스로 정신을 차리고 고개를 들자 거울 속에서 난쟁이 하나가 나를 물끄러미 올려다보고 있는 것이 보였다. 마치 그는 보고 있는 것이 재미있다는 듯 알 수 없는 웃음을 짓고 있었다. 그리고 내가 다시 거울을 보았을 때 그 거울 속 얼굴의 주인은 난쟁이였다.

탐정, 텔레비전, 농담, 그리고 꿈

강보원(문학평론가)

실종자들

사실 나는 이 글을 보르헤스의 "모든 소설은 탐정 소설이다"라는 문장을 인용하며 시작하려고 했었다. 하지만 그럴 수 없었는데, 보르헤스는 그런 말을 한 적이 없었기 때문이다. 실제로 그런 말을 했는지 하지 않았는지 정확히 알 수는 없지만 적어도 글로 남긴 적은 없었고, 혹은 글로 남겼을 수도 있긴 하지만 내가 찾을 수는 없었다. 하지만 보르헤스가 탐정 소설을 무척 좋아했고, 단지 좋아하는 것을 넘어서 탐정 소설이 문학의 본질적인 것을 건드린다고 진지하게 생각했던 것은 사실이다. 그는 「탐정 소설」이라는 글에서 현대 문학을 이야기할 때 빼놓을 수 없는 두 사람을 거론하는데,[1] 이는 월트 휘트먼과 에드거 앨런 포이다. 보르헤스에 따르면 에드거 앨런 포는 탐정 소설을 만든 사람이고 또 이어서 탐정 소설의 독자를 만든 사람이며, 그로부터 보들레르의 상징주의가 나온다는 것이다.

물론 이 두 사람이 현대 문학에 매우 중요한 영향을 끼친 것은 사실이겠지만, 현대 문학을 이야기할 때 빼놓을 수 없는 사람은 둘보다는 확실히 더 많을 것이다. 그럼에도 보르헤스는 월트 휘트먼과 에드거 앨런 포라는 두 사람만을 이야기했는데, 이는 다분히 수사적인 전략이지만 그렇다고 꼭 허무맹랑한 이야기라고만 할 수는 없는 것 같다. 아마도 이와 유사한 정도의 엄밀성을 유지하는 수준에서, 나는 정영문이 더 이상 쓸 수 없다고 얘기하기도 했던, 어쩌면 재래식 소설이라고 할 수 있는[2] 소설에는 두 종류의 소설이 존재한다고 생각한다. 하나는 『돈키호테』로부터 시작한 반-기사도 소설이고, 다른 하나는 에드거 앨런 포의 뒤를 이어 등장한 반-탐정 소설이다. 이 두 유형의 소설이 가진 공통점은 이 소설들이 흔히 장르문학이라고 불리는 소설들의 패러디로 시작했다는 점이다. 반-기사도 소

---

1 호르헤 루이스 보르헤스 저, 송병선 옮김, 『말하는 보르헤스』(민음사, 2018), 70쪽.

2 정영문, 『강물에 떠내려가는 7인의 사무라이』(워크룸프레스, 2018), 59쪽.

설로서의 『돈키호테』는 기사가 되지 못하는, 기사가 불가능한 시대의 기사에 대한 이야기이다. 마찬가지로 탐정 소설로부터 출발한 소설들은, 탐정이 되지 못하는, 탐정이 불가능한 시대의 탐정에 대한 이야기, 즉 반-탐정 소설이다. 이 두 소설의 차이점은 무엇일까? 그것은 전자가 모험과 관련되어 있는 반면 후자는 모종의 범죄와 관련되어 있다는 것이다.

그렇게 본다면 『꿈』을 비롯한 정영문의 초기 소설들은 대부분 후자에 속한다고 말할 수 있을 것이다. 『꿈』에 수록된 모든 단편에 범죄가 전제되어 있는데, 이 범죄는 때로는 실종과, 때로는 의문의 자살 사건과, 때로는 시작되기조차 전에 끝나 버린 모호한 사건과 관련되지만 그 중심에는 언제나 죽음이 자리하고 있다. 거기에는 밝혀져야 할 미스터리가 있고, 탐정의 역할은 이 미스터리를 해명하는 것이다. 하지만 반-탐정 소설로서 정영문의 소설은 이 미스터리를 해명함으로써 세계의 자명함을 증명하는 길을 따르지 않는다. 오히려 그가 보여 주는 것은 이 자명함의 근본적인 불가능성이다. 이에 따라 탐정은 관료로 대체되며(전형적인 탐정 소설에서 관료는 무능함을 대변한다.), 이 관료들은 문제를 해결할 능력도 의지도 결여하고 있다. 동시에 그들은 범죄 그 자체와 한층 더 가까워지고, 즉 그 자신에게 접근할 능력과 의지를 결여한 채로 텅 빈 공백 주변을 어슬렁거리는 것이다.

　이 범죄, 혹은 실종의 정체는 무엇인가? 그것은 정영문이 여러 지면을 통해 되풀이해서 말해 왔던 바, 의미의 전적인 부재이다. 앞서 이야기했던 두 유형의 소설이 공유하는 또 다른 공통점은 기사의 모험이나 탐정의 추리가 무의미 속에서 어떤 의미를 찾는 행위와 연관된다는 것이다. 아주 거칠게 말해 보자면, 반-기사도 소설에서 의미는 주인공이 스스로 고양시키고 생산해야만 하는 무엇이다. 한편 탐정 소설에서 의미는 있어야 하고 또 원래는 있었다고 여겨지지만 이제는 없는 어떤 것, 즉 실종된 것으로 파악된다. 문제는 그 실종이 너무나도 철저한 나머지, 그에 대한 탐사가 언제나 실패할 운명에 처해 있다는 것이다. 실패할 수밖에 없는 추리라는 것이 도대체 무슨 의미가 있겠는가? 그러므로 의미의 완전한 실종과 함께 이 의미를 탐색하는 형식인 소설 자체도 실종된다. 다시 말해 소설이란 이제 실종된 의미를 찾는 형식조차 될 수 없으며, 실종된 의미를 찾다가 실종된 소설 자신을 찾아야 하는 형식인 것이다. 「물오리 사냥」에서 그것은 다음과 같이 담백한 유머와 함께 제시된다: "우리는 어떤 실종자를, 또는 그 실종자의 흔적을 찾고 있었다. 단순한 실종자가 아니었다. 그는 다른 실종자를 찾던 중에 실종된 것이다. 우리는 그 두 번째 실종자를 찾고 있었는데 그의 실종은 최초의 실종자

의 실종과 분명 어떤 연관이 있는 것이 틀림없었고, 그래
서 우리는 두 실종자를 동시에 찾게 되었다."(9쪽)

물론 이 수사는, 우리가 작품에서 확인하듯, 아무 성과
없는 제자리걸음일 뿐이다. 이 작품이 끝날 때까지 펼쳐지
는 대화는 실종 사건으로부터 점점 멀어져 가며 의미없고
실없는 주고받음으로 채워진다. 그런데 우리는 이 '제자리
걸음'이라는 말을 조금 더 문자 그대로 받아들일 필요가
있다. 보다 정확히 말하면 중요한 것은 '제자리걸음'이 탐정
소설, 그리고 정영문의 초기 소설들에서 주로 차용되는 대
화 형식과 맺는 관계이다. 『꿈』의 첫 작품인 「물오리 사냥」
에서 보이듯, 대화는 종종 그의 소설 전체를 잡아먹는다.
그의 소설에서 대화는 보통 가만히 있던 화자에게 누군가
가 찾아오며 시작된다. 이 누군가는 화자를 잘 알고 있다
고 말하지만 화자는 그를 거의 기억하지 못하며, 사실상
처음 본 사람처럼 대한다. 그리고 그는 이야기를 시작하는
데, 화자와 아무런 관련도 없는 이야기처럼 보이지만, 그
래도 그는 그 이야기를 가만히 듣는다. 그는 물오리가 나
타나지 않는 호숫가에 앉아서 장작불을 바라보거나(「물오
리 사냥」), 자신의 집 거실에 앉아 상대가 땅콩을 먹는 것
을 바라보며(「아늑한 궁지」), 집을 구하러 갔다가 잠시 머물
러 달라는 요청을 받고 집주인의 거실에 앉아(「죽은 사람
의 의복」), 혹은 어떤 참사가 일어난 집의 가족들을 찾아가

(「습기」) 이야기를 듣고, 이야기를 한다.

그렇다면 왜 이 인물들은 이 불청객의 이야기를 듣고, 또 결국 자신도 이야기를 하며 대화를 이어 나가는 것일까? 정영문 인물들의 특성상 그 이유라는 것은 누군가 말을 걸어왔을 때 그것이 듣기 싫을 수도 있지만 굳이 듣지 않을 이유도 없으며, 또 듣지 않는다고 해서 이야기를 듣고 있는 것보다 딱히 나은 것을 할 수 있는지에 대한 확신이 없기 때문이기도 할 것이다. 하지만 한편으로 그들이 걸어오는 대화를 피하지 않는 것은, 그것이 적어도 대화가 이어지고 있는 동안에는 움직이지 않아도 되는 구실을 제공해 주기 때문인 것 같기도 하다.

이 움직이지 않음은 우리가 정영문의 초기 소설들이 차용하고 있다고 이야기했던 탐정 소설의 특징이기도 하다. 예컨대 기사도 소설의 경우를 생각해 보자. 모험에는 출발이 있고 도착이 있으며, 그 사이의 낙차가 있다. 이 낙차는 모험을 떠난 이의 여정 속에서만 구현되며, 그러므로 모험에서는 맞닥뜨리는 것들, 마주치는 것들, 그리고 이 마주침을 가능하게 하는 이동이라는 테마가 중요하다. 한편 탐정 소설에서는 어떤 사건, 혹은 범죄가 저질러지며, 다른 모든 이야기는 이 저질러진 범죄를 중심으로 구성된다. 거기에는 밝혀져야 할 미스터리가 있고 탐정의 역할은 이 미스터리를 해명하는 것이다. 그런데 이 해명은 본질적으로 지적인 것으로, 꼭 이동해야 할 필요가 없다. 전해 들은 단서만으로 벽난로 앞에 앉아 모든 사건을 해결하는 '안락의자 탐정'은 탐정 소설에 있어 이 이동의 불필요함을 상징적으로 드러낸다. 기사도 소설이 앞에 놓인 미지의 것을 향해 나아간다면, 탐정 소설의 동력은 이 미스터리 자체로부터, 해명되지 않은 구멍의 인력으로부터 자체적으로 생성된다. 소설은 가만히 있어도 그 구멍으로 빨려 들어가는 것이다.

　말하자면 정영문의 인물들은 마치 탐정처럼, 하지만 전혀 사건을 해결하려 하지 않으면서, 오히려 이 사건에 개입하는 것을 완전히 그만두지는 않는 방식으로 그것을 끝없는 지지부진의 상태에 놓아둠으로써, 이 실종 사건이 실은 일어난 적도 없으며 존재하지도 않는 사건이라는 사실을 은폐하며, 마치 의미라는 것이 언젠가 실종되었으며 그것을 찾을 가능성이 조금이라도 있는 것처럼 보이는 상태를 유지하려고 하는 반-탐정들이다. 『꿈』의 전반에서 느껴지는 긴장감과 어떤 은밀한 죄책감은 소설의 이러한 구조로부터 기인한다. 정영문의 인물들이 어떤 극단적인 행동을 저질렀다고 서술된 후에도 그러한 일이 마치 처음부터 일어나지 않았던 것처럼 취소되는 이유는 그 모든 행동이 실은 비-행동과, 즉 전혀 일어나지 않은 일과 전적으로 구분되지 않기 때문이다. 「파괴적인 충동」에서 우리가 보는 것이 바로 이 구분 불가능성이다. 테니스 채를 휘둘러 쥐를 내려치는 일이나 돌이 든 양말을 휘둘러 소년의 머리를 내려치거나 하는 일 모두가 실은 테니스 채를 쥐지도 않은 손을 들어 허공에 휘두르는 일과 다르지 않은 것이다. 이는 이 모든 일이 실제로 일어나지 않았음에도 불구하고 여전히 이 소설이 어떤 죄책감 속에 머물러 있는 이유이기도 하다. 그러나 정영문의 인물들이 움직이지 않은 채로 그러한 비-행동에 머물러 있고자 하는 이유는, 그들이 이 세계에 의미가 부재한다는 것을 잘 알고 있는 만큼이나, 그것을 갈망하기도 하기 때문일 것이다.

이미지, 소리, 거리

그런데 움직이지 않으면서 우리는 무엇을 할 수 있을까? 요즈음 사람들은 스마트폰을 이용해 연락을 주고받고, 유튜브를 보고, 넷플릭스를 시청할 것이다. 지금보다 조금 더 예전에는 그런 것들 대신 텔레비전이 있었다. 사람들은 예전 일들을 잘 기억하지 못하기 때문에 스마트폰이 대화를 빼앗아 가고 서로 얼굴을 보는 시간을 줄인다고 말하지만, 대화를 빼앗아 가는 것들은 항상 있어 왔다. 왜냐하면 우리는 그것을 피하고 싶어 하기 때문이다. 스마트폰 이전에 우리를 도와줬던 것이 바로 텔레비전이다. 하지만 우리가 시청한 동영상의 데이터를 바탕으로 또 보고 싶을 만한 영상을 추천해 주고, 간단한 조작으로 세상에 존재하는 거의 대부분의 분야에 접근할 수 있으며, 어떻게든 시청자의 니즈를 만족시키기 위해 만들어진 영상들이 준비되어 있는 최근의 영상 매체들과 달리, 텔레비전에는 어떤 두드러지는 수동성이 있다. 텔레비전을 두고 그것을 시청하는 사람들을 바보로 만든다는 이유로 바보 상자라고 부르기도 했지만, 최근의 '스마트' 기기들과 비교하면 텔레비전 자신이 이미 바보이기도 했던 것이다. 그러니 스스로 바보이면서, 보는 사람도 바보로 만들어 주는 이 상자에 원래부터 아무것도 하고 싶지 않은 정영문이 매혹되었던 것은 어쩌면 당연한 것처럼 보이기도 한다.

    T는 얘기를 계속했다. 그의 이야기를 건성으로 들으려고 했던 것은 아니지만 그럴 수밖에 없었는데, 텔레비전의, 나와는 아무런 상관도 없는 너구리에 관한 이야기가 나와 직접적으로 관련이 있는, T가 하는 이야기보다 더 흥미로 웠던 것이다.(「아득한 궁지」, 98쪽)

텔레비전에서 송출되는 영상이 나와 아무런 관계가 없다는 사실은 정영문이 텔레비전에 더욱 흥미를 느끼는 이유가 된다. 실제로 텔레비전은 서로 밀접한 관계가 있는 것들을 해체하며, 또 전혀 관계가 없는 것들을 이어 붙인다. 우선 그것은 실체와 이미지를, 그리고 이미지와 소리의 관계를 해체한다. "잠시 침대에 누워 쉬다가 아무 생각 없이 텔레비전을 켰다. 텔레비전에서는 테니스 시합을 중계하고 있었다 …… 나는 텔레비전의 볼륨을 완전히 줄였다. 그러자 생동감이 없어진 그들의 동작은 우스꽝스럽게 느껴졌다."(「파괴적인 충동」, 87쪽) 승리를 위해 열정적이고 격렬하게 움직이는 테니스 선수들의 동작은 줄어드는 볼륨과 함께 간단히 생동감을 빼앗기고 우스꽝스러운 것이 된다. 이 장면에서 이루어지는 것은 단순한 소리의 조작이라기보다 이미지가 가진 거리의 조작일 텐데, 왜냐하면 소리는 우리에게 근접성을 지시하는 것이기 때문이다. 먼저 텔레비전은 영상을 통해 머나먼 곳에서 일어나고 있는 사건을 방 안까지 끌고 들어온다. 하지만 리모컨 볼륨의 간단한 조작은 그 이미지로부터 소리를 빼앗아 그것을 다시 먼곳으로 돌려놓는다. 소리 없는 영상 이미지는 그것이 한낱이미지일 뿐이라는 것을 적나라하게 드러내며, 방금까지 느껴졌던 생동감의 허구성을 폭로한다. 그러므로 진정 우스운 것은 그들의 동작이라기보다, 이미지가 가지고 있는 이 거리의 삭제, 혹은 거리의 삭제될 수 있음, 또는 거리의 조작 가능성이라고 말해도 좋다.

나는 오른손을 이마에 얹어 머리가 아픈 시늉을 했는데, 그렇게 하자 거짓말처럼 머리가 깨질 듯이 아프기 시작했다.(「궁지」, 160쪽)

나는 화가 난 사람처럼 얼굴을 찌푸린 채로, 네가 그렇게까지 화가 난 줄은 몰랐어, 하고 말했고, 그런 다음, 화를 좀 풀지, 하고 말했다. 나는 실제로 화가 난 것은 아니었기에 쉽게 화를 풀 수 있었다.(「궁지」, 191쪽)

매표소로 간 나는 반원형 구멍이 나 있는 유리를 통해 그 너머에 있는 직원을 향해 필요 이상으로 행선지를 크게 말했다. 그러자 내가 갈 곳이 분명해진 것 같았다.(「궁지」, 167쪽)

분리되는 것은 단순히 타인의 이미지와 그것의 생동감뿐만이 아니다. 정영문에게 자신의 제스처는 아마도 텔레비전 속의 테니스 선수의 동작만큼이나 낯선 것이다. 제스처는 신체의 움직임을 이용한 언어로, 그것 역시 언어이기에 사회적 구성물이다. 하지만 그것은 문자로 표현되는 언어보다는 훨씬 더 신체에 가까이 있으며, 마음의 자연스러운 표현 수단으로 여겨지기도 한다. 그러나 정영문에게 제스처는 언어 그 자체만큼이나 먼 곳에 있다. 소리와 분리되는 신체처럼, 제스처는 마음으로부터 분리된다. 그는 텔레비전 볼륨을 조정하는 사람처럼 제스처와 마음의 거리를 조작하며, 그 둘을 어색하게 끼워 맞춘다. 하지만 이 끼워 맞춤의 과정조차 쉽게 되지 않는다. 제스처는 좀처럼 움직이지 않는 마음을 앞질러 가며, 마음과 내적 현실은 앞질러 간 제스처를 흉내내기에 급급하다. 머리가 아프기 때문에 손을 이마에 얹는 것이 아니라 이마에 손을 얹고 나면 머리가 깨질 듯 아파 오기 시작하는 것이다. 갈 곳을 분명히 알기 위해서는 마치 그것을 분명히 알고 있는 듯 필요 이상으로 크게 말해야 한다. 이 모든 필요는 서로 연결되어 있어 자연스럽게 작동해야 하는 것들이 조작될 수 있으며, 또 조작되어야만 한다는 것을 말해 준다.

텔레비전의 채널 시스템은 이러한 조작 가능성을 극적으로 체현하고 있다. 채널을 한 번 바꾸면 텔레비전 화면에서는 전혀 다른 곳에서 송출된, 전혀 다른 맥락의 이미지가 출현한다. 말하자면 그 전혀 다른 이미지들은 전체를 한눈에 파악할 수 없는 몽타주처럼 서로 이미 접합되어 있는 것이다. 우리가 무료할 때 하는 그 일, 리모컨 버튼을 연속으로 눌러 계속 채널을 돌리며 이미지를 갈아 끼우는 그 일은 이 서로 다른 맥락의 이미지들을 수평적으로 배열하는 텔레비전의 기능을 이용하여 이 이미지들을 접합시키고 또 곧바로 분리시키는 일이다. 그리고 이는 정영문이 소설을 통해 수행하는 바로 그 작업이기도 하다. 정영문에게 텔레비전은, 그에게 대화가 그러했듯, 그가 움직이지 않으면서도 새로운 서술로 옮겨 갈 수 있는 구실을 제공해 주는 역할을 하는 것에 그치는 것이 아니라, 그의 소설을 조직하는 형식 그 자체이기도 한 것이다.

나는 눈길을 돌렸고, 방 한쪽 구석에 있는 서랍장을 발견했다. 나는 침대에서 굴러 떨어지듯이 내려가서 서랍장으로 기어가 건성으로 빈 서랍을 연 후 아주 조심스럽게 닫기를 반복했다. 나의 행동은 그 일에서 어떤 즐거움을 찾거나 즐거움을 발견한 사람이 보이는 행동처럼 보일 수도 있었지만 전혀 그렇지 않았다. 어쨌든 그러한 행위의 반복을 통해 나는 그 순간 무엇을 하고 있는지 잠시나마 잊을 수 있었다. 어쩌면 나는 그 행위 속에서 어떤 궁지를 빠져나갈 방법을 궁리한 것은 아닐까? 그것은 알 수 없다.(「궁지」, 184쪽)

정영문이 열고 닫는 빈 서랍, 닫았다가 다시 열었을 때 똑같은 텅 빔만을 보여 주는 서랍을 반복해서 들여다보는 행위는 곧 텔레비전 채널을 돌리는 행위와 같다. 어떤 채널에도 보고 싶은 하나의 이미지라는 것이 존재하지 않고 어떤 특정한 이미지는 그것과 전혀 관련이 없는 다른 이미지로 대체되기 위해 임시적으로 시선이 머무는 장소일 뿐이다. 그런 한에서 그것은 텅 빈 이미지이며, 채널을 돌려 다른 이미지를 불러내는 것은 빈 서랍을 다시 열어 보는 일과 다르지 않다. 그럼에도 정영문은 그 빈 서랍을 열고 닫는 행위 자체를 반복하며 "그 행위 속에서 어떤 궁지를 빠져나갈 방법을 궁리"하는 것이다. 눈앞의 장면에 대해 서술하다가 전혀 무관한 대상에 눈길을 빼앗기며, 그 대상으로부터 또 다시 그것과 무관한 다른 대상으로 옮겨 가는 정영문의 소설 쓰기는, 바로 이 옮겨 감 자체로부터만 향유를 취하며, 서술을 하고 있다는 사실을 "잠시나마 잊을 수 있"는 유일한 행위로서의 채널 돌리기이다. 그러니 그에게 그토록 권태롭고 모든 것에 의미가 없다면 왜 소설을 쓰느냐고 물을 수는 없는 것이다. 왜냐하면 소설을 쓴다는 행위 자체가 이 무료함과 무의미함의 가장 적실한 표현이며 그것으로부터 최소한의 숨 쉴 틈을 획득하기 위한 방법이기 때문이다.

문제없음과 문제없음의 문제

세계로부터 느끼는 이 모든 권태와 무력함, 거리감에도 불구하고 정영문의 소설은 절망적이지만은 않은데, 이는 그가 언제나 그것을 유머와 함께 바라보고 있었기 때문이다. 정영문의 농담은 보다 후기의 소설에서 두드러진다는 인상이 있지만, 사실 그는 첫 장편을 상자하던 때부터 단한 순간도 농담을 잊은 적이 없었다. 왜냐하면 그에게 농담은 단순히 어떤 기교가 아니라 하나의 세계관이자 소설관에 가깝기 때문이다. 『꿈』에 수록된 마지막 단편이자 동명의 제목을 가지고 있는 단편 「꿈」에서 화자는 섬에서 연달아 일어나는 실종 사건을 조사하기 위해 파견된다. 그러나 이장과 경찰을 비롯한 섬의 주요 인사들은 도무지 그에게 협조적이지 않으며, 사망자들이 모두 이방인이라는 중요한 사항을 지적하는 화자에게 의사는 이렇게 대꾸한다.

몇 달 사이에 동일한 장소에서 세 명이 연달아 죽은 것이 그렇게 이상할 건 없죠. 하지만 그들 모두가 외지인들이라는 점은 이상하지 않나요, 내가 말했다. 그들 모두가 외지인들이라는 사실을 빼면 이상할 것도 없죠, 의사가 말했다. 이 섬에서는 누군가와 얘기를 나누는 일이 쉽지 않군, 하고 나는 생각했다.(「꿈」, 277쪽)

의사의 말은 단순한 뻔뻔함을 넘어 어처구니없는 웃음을 터뜨리게 만들 정도로 황당하다. 중요한 건 이 황당한 뻔뻔함이 세계의 태도이기도 하다는 것이다. 세계가 있고, 언어가 있으며, 언어로써 세계를 다루는 소설이 있다. 그러나 이 셋 중 자신의 일을 제대로 하는 것은 하나도 없다. 세계는 의미를 가진 척하지만 그 어떤 존재의 이유도 증명하지 못하며, 언어는 인간과 세계를 매개하고 무엇인가를 지시해야 하지만 그것은 실상 아무것도 지시하지 않는다. 그리고 탐정임을 자임하며 세계와 언어의 비밀을 밝혀내겠다는 소설의 유일한 도구는 이 고장난 세계와 언어일 뿐이다. 그러나 세계와 언어와 소설은 각기 자신에게 아무런 문제가 없으며, 설령 문제가 있다 하더라도 그렇게까지 중요한 문제는 아니라고 주장하는 것이다. 물론 그 문제는 중요하며, 실은 그것 없이는 말이 되지 않을 정도로 중요한 것들이다. 그러나 아무리 그것이 문제라고 말해 보아도 돌아오는 것은 한결같은 뻔뻔한 대답일 뿐이다. 예컨대 이런 식이다. "내가 정서적으로 문제가 있는지는 모르겠지만, 그 문제 있는 정서와 더불어 내가 살아가는 데 아무 문제 없으면 그만이지, 그 말을 하며 그는 나를 외면했다. 그의 얄미운 점은 바로 그것, 상대에게 보여지는 그의 문제점이 자신에게는 아무런 문제도 되지 않는다는 것이었다."(「물오리 사냥」, 21쪽)

그러므로 정영문에게 소설이라는 형식은 근본적으로 하나의 농담에 가까울 수밖에 없다. 이런 엉망인 상황에서 가능한 소설이란 기껏해야 세계의 뻔뻔함에 같은 뻔뻔함으로 맞서는 형식 이상일 수 없는 것이다. 그리고 이는 정영문의 소설이 쓰이는 방식을 설명해 준다: 서로 대화를 하는데 서로의 말을 듣는 것 같지도 않고 소통이 이루어지지 않는 것 같은데 이상하지 않나요? 서로의 말을 듣는 것 같지도 않고 소통이 이루어지지 않는 것 같다는 점을 빼면 이상하지 않죠. 소설의 서술이 사건에 집중하지 않고 자꾸 딴 길로 새는 것 같은데 이상하지 않나요? 소설의 서술이 사건에 집중하지 않고 자꾸 딴 길로 새는 걸 빼면 이상할 것도 없죠.

이렇게 뻔뻔함에 뻔뻔함으로 맞서는 가운데, 중요한 것이라는 개념 자체가 사라진다. 그리고 어떤 대상에 있어서 중요한 것이 인정되지 않고 사라진다는 것은 이제 그 대상이 다른 어떤 대상과도 교체될 수 있다는 것을 의미한다. 왜냐하면 어떤 특정한 대상을 바로 그 대상으로 성립시켜 주는 것, 즉 어떤 대상의 본질은 그것의 가장 중요한 특성일 것인데, 그것이 삭제되고 나면 이 대상은 다른 어떤 것과도 구분될 수 없을 것이기 때문이다. 따라서 대상들은 무차별적으로 서로의 자리를 빼앗고 대체한다. 「물오리 사냥」에서 실종자를 찾으려는 목표는 실종자와 관련된 다른 실종자를 찾는 것으로 대체되고, 그 실종자를 찾으려는 시도는 그에 대한 결정적인 근거를 가지고 있다는 다른 사람을 기다리는 행위로 대체된다. 그 기다림은 다시 물오리 사냥으로, 물오리가 나오지 않으므로 낚시로 대체된다. 「궁지」에서 집을 구하기 위해 찾은 화자는 그 자신으로서가 아니라, 집주인 여자가 기다리는 이미 죽은 남자의 대체물로서 그곳에 머무른다. 「아득한 궁지」에서 화자가 만나는 인물들 역시 서로가 서로를 대체하며 끊임없는 자리바꾸기를 보여 준다. "며칠 후 다시 전화가 왔다. 하지만 전화 목소리의 주인공은 T도, 노신사도, 그에게 나를 데려간 자도 아니었다. 누군지 알 수 없는 그자는 내가 맡은 사건이 종결되었음을 알렸다."(「아득한 궁지」, 146쪽)

이 무차별적 교환-대체 시스템의 모체는 아마 언어 자체일 것이다. 언어는 그것의 발신자와 수신자의 관계를 매개하는 역할을 하는데, 이는 언어가 현실의 어떤 특정한 대상을 지시할 수 있다는 믿음 때문이다. 그런데 소쉬르에 이르러 언어는 기표의 차이를 바탕으로 자기 자신과만 관계를 맺는 자족적 교환체계로서 정립되는데, 이 교환체계는 언어가 종래 그것이 지시한다고 여겨졌던 현실과의 연결고리라는 가장 중요한 특성을 잃음으로써 성립된다. 즉 무엇을 말하더라도 거기에는 전혀 실체가 없으며, 이는 "결국 나는 실제 벌레보다는 벌레라는 단어와 그것이 들어가는 문장을 상대하고 있"(「아득한 궁지」, 106쪽)다는 인식으로 이어지는 것이다. 근본적인 층위에서 우리는 실재와 괴리되어 있는 언어를 통해 실재를 인식함으로써 실재와 완전히 단절된다. 언어는 그 자체로 실재를 대체하며,

그런 한에서 언어는 사물을 살해한다. 물론 그렇다고 해서 우리가 언어를 이용해 일상적이거나 전문적인 소통을 할 수 없는 것은 아니라는 것을 우리는 경험으로 이미 알고 있다. 이는 「물오리 사냥」의 P가 말했던 것처럼 '실재를 가리키는 데 문제가 있는지 모르지만, 그 문제 있는 결함과 더불어 살아가는 데 내가 아무런 문제가 없으면 그만이지'라는 논리이다. 그러나 정영문에게 이는 다시 생각해 보아도 우스운 이야기이며, 혹은 적어도 얄미운 이야기이며, 어쩌면 거기에 실제로 별 문제가 없는 것처럼 보이기 때문에 더 우스운 그런 이야기인 것이다. 그래서 정영문은 그것이 가능할 때라면 그냥 웃어 버리고자 한다. 그는 이 실체 없음으로부터 기인하는 무차별적 대체의 과정을 저지하고 그것에 저항하는 것이 아니라, 차라리 이 근본적인 망가짐을 북돋고 격려함으로써 일상 속에서는 은폐되어 있는 이 실체 없음이 표면에 드러날 때까지 그것을 가속시키고 밀어붙인다. 그는 스스로 우스꽝스러운 짓을 함으로써 이 우스꽝스러운 세계에 참여하는 것이다.

이제 저녁이 다가오고 있는 길을 조금 더 가자 한 남자가 내게 다가와 길을 물었다. 나는 그가 묻는 길을 알고 있었지만 모른다고 대답했다. 다른 사람에게 한번 물어보시오, 내가 말했다. 주위에 다른 사람은 보이지 않았다. 그는 내게 고맙다고 하고 다시 걸어갔다. 그는 가고자 하는 방향과는 반대 방향으로 가고 있었다. 나는 왜 내가 길을 알면서도 모른다고 했는지 알 수 없었고, 그래서 마치 그 이유를 알아내고자 하는 것처럼 그에게 달려갔지만 내 입에서는 전혀 엉뚱한 말이 튀어 나왔다. 나는, 이제야 생각이 났는데, 당신이 가는 곳으로 계속 가면 당신이 찾는 곳이 나온다고 말한 것이다. 그는 다시 한번 고맙다고 말했다. 나는 잠시 그 자리에 서서 그가 엉뚱한 방향으로 잘 가고 있는 모습을 지켜보았다.(「궁지」, 177~178쪽)

그러므로 이런 장면은 우스운 동시에 슬프다. 왜 그는 길을 알면서도 모른다고 했을까? 어떤 적극적인 의도가 있었던 것 같지는 않다. 하지만 한편으로 그가 제대로 된 방향으로 가서 가고자 했던 목적지에 도착했다고 해서 그것이 꼭 더 좋은 일이라고 할 수 있을까? 만약 우리가 목적지에 도착하든 그렇지 못하든 그것이 전혀 중요치 않을 정도로 중요한 무언가가 실종된 상태라는 예감이다. 아무튼, "가고자 하는 방향과는 반대 방향으로" 가고 있는 사람은 꼭 잘못 가고 있는 사람이기만 한 것이 아니라 "엉뚱한 방향으로 잘 가고 있는" 사람이기도 하다. 그가 결코 목적지에 도착하지 못할 것이라는 사실만 빼면, 그다지 이상할 것도 없는 것이다. 그래서 그가 다시 달려갈 때, 그래서 오히려 이 잘못된 방향이 더욱 굳어지도록 할 때, 그는 이 엉망인 상태에 참여하지 않는 방식으로 참여한다. 가령, 그가 다시 달려가서 그 방향으로 가도록 하라고 말하지 않았더라도, 그는 아마도 그 방향으로 갔을 것이다. 그가 한 것은 그저 어차피 그 방향으로 갈 사람에게 약간의 확신을 심어 준 것뿐이다.

이렇듯 정영문의 유머는 자신의 바닥을 과장되게 드러내며 모종의 영웅주의적인 태도를 취하거나, 견딜 수 없는 것을 견딜 만한 것으로 순식간에 바꾸어 놓는 마법을 부리지 않는다. 또 그가 세계와 일정한 거리를 두고 있는 것은 사실이지만 단지 냉소로 일관하며 날카롭게 대립각을 세우는 것도 아니다. 오히려 그의 유머에는, 특유의 어떤 엄살 같은 것이 있다. 우리를 웃게 하는 것은 이 엄살인데, 거기에는 예컨대 우리가 몹시 화가 나서 손에 쥔 스마트폰을 던지고 싶을 때 차마 그렇게 하지는 못하고 살살 내려놓거나 혹은 푹신한 침대의 이불 위로 던질 때의 그런 지극히 현실적인 망설임이 깃들어 있다. 그는 종종 이 현실적인 망설임이 세계의 부조리라는 거대한 문제를 간단히 제압하는 순간들을 보여 준다. 『꿈』은 전형적으로 죽음, 그리고 죽음과 관련된 성적 욕망에 몰입한 책처럼 보이기도 하지만, 사실 정영문의 화자는, 그리고 꼭 화자가 아니더라도 그의 소설에 등장하는 인물들은, 생각보다 잘 죽지 않는다. 사실 죽음은 그것이 세계의 의미 없음에 대한 유일한 정답이라는 것을 인정한다 할지라도, 오히려 그 때문에, 어느 정도는 지루한 것이다. 지루한 것이 싫은 그는 삶을 피하듯이 죽음을 피해 다닌다. 그 결과 그는 그 어떤 것도 피하지 못한다. 그는 세계의 "물줄기를 피할 수가 없"고, "몸이 젖는 것도 피할 수가 없"는 것이다. "그도 그럴 것이 나는 물줄기를 피하듯 이리저리 몸을 움직였지만 사실은 그 물줄기가 내게 와 닿도록 완전히 피하지는 않았던 것이다 (……) 그사이 나의 입에서는 웃음이 터져 나왔고, 나는 웃음을 멈출 수가 없었다."(「파괴적인 충동」, 91쪽) 이때 그가 웃음을 멈출 수 없었던 것은 피할 수 없는 것들을 피하려는 이 어정쩡한 제스처가 스스로 생각했을 때에도 가장 부질없는 행동, 행동이라 할 수 없는 행동 중 하나이기 때문이다. 한편으로 이 웃음이 어떤 "파괴적인 충동"의 일부인 것은 그가 이렇게 웃고 있는 순간에도 세계는 더더욱 엉망진창이 되어 가고 있으며, 이 웃음은 그러한 파괴를 부추기고 가속시키며 이 세계에 잘못된 확신을 주는 일이라는 것을 알고 있기 때문이다.

꿈

이 부추김의 끝은 어디일까? 혹은 거기에 끝이 있을까? 물론 우리는 이후의 정영문을 알고 있다. 어떤 시점 이후로 그는 최소한의 서사적 구조마저도 탈출하며, (원래부터도 열심히 임한 적은 없었던) 탐정직을 그만두었고, 따라서 거기에는 해결해야 할 미제 사건도, 이를 둘러싼 음모와 미궁도 없다. 연관 없는 생각들과 그것들의 갑작스러운 이어짐은 새삼스러울 것 없이 그에게 자연스러운 것이 되며, 의미의 부재에 괴로워하기보다는 결코 피해 갈 수 없는 이 무의미에 조금 더 친근한 태도를 취하게 된다. 하지만『꿈』을 쓸 당시의 정영문에게 아직은 이 무의미를 들여다볼 필요가 있었는데, 거기에는 이후의 전개와는 다른 또 다른 끝이 있다. 논리적으로만 보자면 이 끝은 다시 양극단으로 나뉘는데, 그 한 극은 더 이상 다른 어떤 것으로 대체되는 일이 없는 언어, "절대의 언어"(「물오리 사냥」, 24쪽)라고 부를 만한 무엇에 도달하는 것이다. 이는 「물오리 사냥」에서 화자가 마지막 순간에 내뱉었던 그러한 언어이다. 다른 하나는 이 모든 교환과 대체의 끝에 나 자신마저 다른 사물들과 대체되어 더 이상 구분되지 않게 되는 것이다.

프로이트를 따라 꿈이 소원 성취라고 말해 본다면, 다시 말해 꿈이 단지 어떤 욕망을 보여 주는 것이 아니라 욕망의 실현 그 자체라면, 이 작품에서 가장 꿈에 가까운 장면은 화자가 잠들어 있지 않은 어떤 장면이다. 조금 길지만 이 장면을 인용해 보자.

그리고 오늘 오전에 일어났을 때에는 안개가 짙게 껴 있었다. 창밖의 풍경은 안개 속에서 전혀 분간이 가지 않았다. 나는 창가에 서서 멀리 보이지 않는 바다에서 헤엄치는 상어를, 그리고 그보다는 좀 더 가까운 곳에 있는 들판에서 풀을 뜯고 있는 염소를, 그리고 그보다 좀 더 가까운 곳에 있는 어느 공원의 벤치에 앉아 있는 나이든 사내를, 그리고 그 사내의 위쪽 나무에 앉아 있는, 추위로 인해 활발하지 못한 새들의 날갯짓을, 그리고 가까운 곳에 있는 놀이터의 시소와 그네와 미끄럼틀을 떠올리며 그 모든 것을 향해, 어떤 열망처럼, 하지만 열망의 표현은 아닌 채로, 활짝 펼쳐진 채로, 투명한 차가운 유리창에 대어져 있는 나의 손바닥을 바라보았다. 그리고는 천천히 창문을 열어 그동안 유리창 너머에서 머뭇거리던 안개를 방 안으로 들어오게 했다. 안개는 기다렸다는 듯 재빠르게 방 안으로 밀려들어왔고, 이내 나의 모습 또한 사라지게 만들었다 (······) 안개는 거의 정오가 다 되어서야 완전히 걷혔다. 그리고 나는 보았다, 안개가 걷힌 후 출현한 거추장스러운 느낌 속에 있는 이 세계를. 나는 그 세계 속으로 나섰다.

머뭇거리는 걸음으로.(「아늑한 궁지」, 148~149쪽)

　사물들을 가시성의 영역으로부터 도피시키고 그로부터
보호하는 안개는 유리창 밖의 모든 사물들을 내 앞에 가
져다놓으며, 한편으로 그것들로부터 나를 차단한다. 이 유
리창은 「파괴적인 충동」의 화자가 아버지가 죽고 나서 집
에 돌아와 만졌던 텔레비전의 검은 브라운관이지만, 이번
에는 정전기로 그를 거부하지 않는다. 더 나아가 그는 창
문을 열어 이 안개를 방 안으로 들어오게 하며 그 안에서
사물들과 뒤섞이고 부풀어오르고 헤집어진다. 정영문에게
제스처가 어떤 의미인지를 알고 있기에, 우리는 "열망의
표현은 아니나, 마치 열망처럼"이라는 이 말이 그에게 얼마
나 강렬한 열망인지, 그러한 열망을 가질 수도 인정할 수
도 없지만 결코 포기할 수 없는 열망인지를 알고 있다. 그
러므로 이 열망은 이미 열망의 실현과 다르지 않으며 다시
말해 그는 소원성취의 바로 그 장인 꿈의 한복판에 서 있
는 것이다. 그러나 꿈이 늘 지난밤의 것이듯, 정영문은 해
가 뜨면 언젠가 안개가 물러가고 "거추장스러운 느낌 속
에" 이 세계가 다시 내동댕이쳐질 것이라는 사실을 안다.
　정영문의 꿈이 비현실적이지만 허황되거나 허무하지만
은 않은 이유는 그가 이 낮의 시간을 끝내 저버리지 않기
때문이다. 이는 우리가 후기의 정영문이 보여 주는 세계를

좋아하더라도, 그가 초기의 단점을 극복함으로써 그러한 세계에 도달했다고 말할 수는 없는 이유이기도 하다. 왜냐하면 우리가 보았듯 그는 가장 직접적으로 그러한 꿈을 열망할 때에도 이 꿈을 낮의 한복판으로 침투시키며, 세계의 모든 대상들이 본래 가지고 있다고 여겨지던 연관을 잃고 해체되는 모습으로부터 그것들이 맺는 새로운 관계를 보고 있었기 때문이다. 그리고 『꿈』을 비롯한 그의 초기작품에서 찾을 수 있는 것은 "어느 순간 아무런 관련 없는 이야기들이 모두 이상하게 관련을 갖고 있는 것처럼 느껴지"(「파괴적인 충동」, 58쪽)는 정영문 특유의 세계를 일별하게 하는 조각이자, 그 세계가 이미 그 안에 속해 있는 전체이다. 그리고 그것은 우리가 모닥불을 피워 놓고 그 앞에 앉아, 빨간 고무장갑이나 물오리, 혹은 몇 명의 사무라이들, 오리무중, 또 이런저런 세계들이 떠내려오거나 갑자기 떠오르기를, 무엇을 하거나 하지 않으면서 지루해질 때까지 혹은 지루해진 뒤에도 기다릴 수 있는, 그런 조각이기도 하다.

오늘의 작가 총서 35

꿈
정영문 소설

1판 1쇄 펴냄	2003년 3월 25일
2판 1쇄 찍음	2021년 12월 17일
2판 1쇄 펴냄	2021년 12월 31일

지은이	정영문
발행인	박근섭·박상준
펴낸곳	(주)민음사

출판등록	1966. 5. 19 제16-490호
주소	서울시 강남구 도산대로1길 62(신사동)
	강남출판문화센터 5층(06027)
대표전화	02-515-2000
팩시밀리	02-515-2007
홈페이지	www.minumsa.com

ⓒ정영문, 2021. Printed in Seoul, Korea

ISBN 978-89-374-2056-6 (04810)
ISBN 978-89-374-2050-4 (세트)

• 잘못 만들어진 책은 구입처에서 교환해 드립니다.
• KOMCA 승인필(108쪽, 141쪽, 165쪽, 195쪽)

새로 잇고 다시 읽는 한국문학의 정수, 오늘의 작가 총서 시리즈